GÜNTHER THÖMMES

Der LIMONADEN Mann

GÜNTHER THÖMMES

Der LIMONADEN Mann

ODER Die wundersame Geschichte eines GOLDSCHMIEDS, der der Frau, die er liebte, das Leben retten wollte und dabei die Limonade erfand.

ROMAN

GMEINER SPANNUNG

Immer informiert

Spannung pur – mit unserem Newsletter informieren wir Sie
regelmäßig über Wissenswertes aus unserer Bücherwelt.

Gefällt mir!

Facebook: @Gmeiner.Verlag
Instagram: @gmeinerverlag
Twitter: @GmeinerVerlag

Besuchen Sie uns im Internet:
www.gmeiner-verlag.de

© 2018 – Gmeiner-Verlag GmbH
Im Ehnried 5, 88605 Meßkirch
Telefon 0 75 75 / 20 95 - 0
info@gmeiner-verlag.de
Alle Rechte vorbehalten
1. Auflage 2018

Lektorat: Claudia Senghaas
Herstellung: Mirjam Hecht
Umschlaggestaltung: U.O.R.G. Lutz Eberle, Stuttgart
unter Verwendung von:
»Schriftproben«, Aktiengesellschaft für Schriftgiesserei und Maschinenbau,
Offenbach am Main, 1892. In: de Jong, Purvis, Tholenaar: »Type: A Visual
History of Typefaces and Graphic Styles, Vol. 1, 1626–1900«;
https://commons.wikimedia.org/wiki/File:Pomological_Watercolor_
POM00006408.jpg; https://commons.wikimedia.org/wiki/File:1783_Johann_
Jacob_Schweppe.jpg; http://www.drinkingcup.net/wp-content/uploads/
2012/04/1767-Schweppes-Geneva-Aparatus11.jpg
Druck: GGP Media GmbH, Pößneck
Printed in Germany
ISBN 978-3-8392-2296-6

Nichts anderes braucht es zum Triumph des Bösen,
als daß gute Menschen gar nichts tun.

Edmund Burke (1729–1797),
irisch-englischer Staatsmann
und romantischer Denker

Das, was wir »bös« nennen, ist nur die andere Seite vom
Guten.

Johann Wolfgang von Goethe
(1749–1832)

Verzeichnis der auftretenden Personen

In der Reihenfolge ihres Erscheinens:
Der britische König Wilhelm IV.
Her Royal Highness Princess Alexandrina Victoria of Kent
Die Gräfin Antoinette Albertine Johanna von Wallenschnudt
Harald, der Dorftrottel
Der hessische Landwirt Conrad Schweppeus
Der Hugenotte Antoine Roget
Hubertine, Antoines Gattin und Cousine 3. Grades
Conrads Frau und Antoines und Hubertines Tochter Eléonore geb. Roget
Jacob Schweppeus, die Hauptfigur
Der Kesselflicker Balthasar Apitzsch
Der Kasseler Goldschmiedemeister Johann Ludwig Wiskemann
Johanna Isabella Eleonore, Freiin von Poppy, verw. von der Groeben und von Bieleburg, spätere Lady Makepeace-Keay
Benjamin, der betrunkene Kutscher
Samuel Kornhammer, Juweliermeister zu Kassel
Der Londoner Uhrmacher Ahasuerus Blindganger
Der Kasseler Drucker und Verleger Johann Martin Lüdicke
Der Genfer Bijoutiermeister Jean-Louis Dunant
Posthum: Johann Conrad Richthausen, Freiherr von Chaos

Max Alfred von Bartenstein, Bürokrat aus Wien in Genfer
Diensten
Jacobs Tochter Colette, Freiin von Bieleburg
Der berühmte Genfer Arzt Théodore Tronchin
Der berühmte Pariser Professor Jacques Alexandre César
Charles
Dessen Assistent Guillaume Belcombeux
Der Genfer Mechaniker Nicholas Paul
Dessen Vater Jacques Paul
Der Dorfrichter Pierre Gueule
Der Genfer Apotheker Henri-Albert Gosse
Der englische Arzt William Belcombe
Baronet Sir Howard Makepeace-Keay, Ritter des Königs und
Offizier bei der Britischen Armee
Leonie, eine brave Hündin
Der englische Dichter, Botaniker, Arzt und Erfinder, Dr. Erasmus Darwin, Großvater des berühmten Charles Darwin
Der englische Flaschenentwickler William Francis Hamilton
Thomas Hodgson, Kapitän im Dienste der Ostindien Kompanie
Dr. Francis Chandler, Offizier und Arzt in Fort William, Bengalen
Drei spätere Geschäftspartner:
Henry Lauzun
Francis Lauzun sowie
Robert George Brohier

1. Kapitel: Wilhelm IV.

DER KÖNIG HATTE BLÄHUNGEN. *Er saß an seinem imposanten Schreibtisch in einem großen, seidenbespannten, aber schrecklich unbequemen, italienischen Stuhl und fühlte sich alles andere als wohl.*

Um wie viel lieber läge ich jetzt in einer Seemannshängematte, in der ich mir meine Leibschmerzen wegfurzen könnte, dachte er, während er ungeschickt an seinem Kragen nestelte, als wolle er sich mehr Luft verschaffen. Dann würden vielleicht auch meine wirklich üblen Kopfschmerzen verschwinden.

Es versteht sich von selbst, dass niemand der Anwesenden an den königlichen Gedanken teilhaben konnte. Auch seine achtzehnjährige Nichte Victoria nicht, die zusammen mit einer älteren Dame zu ihrer Linken jetzt vor ihm stand; einer Dame, die er noch nie gesehen hatte. Sogar im Sitzen überragte der bullige, rotgesichtige Monarch seine zierliche, zukünftige Nachfolgerin. Victoria wusste den verkniffenen Gesichtsausdruck König Wilhelms IV. aus guter Erfahrung heraus dennoch zu deuten und fragte mitfühlend:

»Was bedrückt Euch, Majestät? Habt Ihr wieder Leibdrücken?«

Der König nickte dezent.

Victoria drehte sich um und ging in dem ihr eigenen, seltsam hoppelnden Gang zwei Schritte nach hinten. Trotz seiner Schmerzen schmunzelte der König, wie jedesmal, wenn er seine Nichte von hinten sah. In Gedanken verglich er sie immer mit einem dieser kleinen Ponys von den Shetlandinseln, ganz im Norden seines Reiches, sowohl von der Größe wie auch von der Gangart her. »Tölt«, fiel ihm respektlos dazu ein; ein geschmackloser, unangebrachter Herrenwitz über die junge Prinzessin, die in nur wenigen Jahren die mächtigste Frau der Welt sein sollte. Victoria winkte unauffällig mit der rechten Hand, und wie aus dem Nichts stand ein Diener neben ihr, mit einem silbernen Tablett in der Hand, auf dem eine Flasche lag und ein Glas stand. Victoria nahm die seltsam geformte, ovale, kleine Glasflasche beinahe liebevoll in die Hand und drehte den schmucklosen Korken heraus. Es zischte leicht, dann goss Her Royal Highness Princess Alexandrina Victoria of Kent eine leicht gelbliche Flüssigkeit ins Glas. Sie ging wieder nach vorne und reichte es ihrem Onkel, dem König von England.

»Trinkt das hier. Das wird Euch gut tun.«

Wilhelm IV. schnupperte misstrauisch an dem Glas, verspürte ein leichtes, angenehmes Prickeln in der Nase und nippte vorsichtig. Mit Genuss trank er das Glas in einem Zug leer.

»Was ist das? Das schmeckt großartig. Erfrischend und prickelnd. Ist das eine neuartige Patentmedizin?«

»Dieses Getränk ist der Grund, warum wir beide heute hier sind. Gräfin Antoinette Albertine Johanna von Wallenschnudt«, wobei Victoria auf die alte Dame zu ihrer Linken zeigte, »und ich.«

So langsam dämmerte es dem König. Da war doch was gewesen? Leider war sein Gedächtnis nicht mehr das allerbeste. Wie das eines Siebzigjährigen halt, der Zeit seines Lebens kein Saufgelage ausgelassen hatte und um keine Flasche Wein einen Bogen gemacht hatte. Sein heutiger Kater machte es zudem nicht besser.

»Hilf meinem Gedächtnis auf die Sprünge, liebe Victoria«, murmelte er so leise, dass es in den hinteren Reihen des Audienzzimmers nicht zu hören war.

»Ich hatte Euch doch seit einigen Jahren bereits von diesem Getränk vorgeschwärmt. Seit fünf Jahren haben wir es *bereits hier bei Hofe. Ich finde es wundervoll. Ich möchte dieses Getränk am liebsten immer am Hof haben. Jederzeit. Nun habe ich es Euch für ein Royal Warrant vorgeschlagen. Ihr solltet seinen Herstellern die königliche Empfehlung erteilen. Das höchste Prädikat unseres Königreiches.«*

»Das stimmt. Und heute ist der Tag?«

Schon verspürte er die eigenartige Wirkung des Getränks. Der Aufruhr in seinem Magen schien friedlicher zu werden. Andererseits spürte er, wie sich die Gase sammelten und zum Ausbruch drängten. Er gab dem Druck und dem Drängen mit einem mächtigen Rülpser nach. Danach fühlte er sich wie befreit. Entspannt. Er grinste wie ein Schuljunge.

Gräfin Antoinette Albertine Johanna von Wallenschnudt trat einen Schritt vor, näher an des Königs Schreibtisch. Ihre ungewöhnlich tiefe Stimme hatte etwas Beruhigendes.

»Eure Majestät, ich möchte Euch herzlich danken für das königliche Privileg. Es ist zwar nicht meine Firma, die Ihr damit auszeichnet, ich bin mittlerweile zu alt für derartige Geschäfte, aber mein Herz hängt sehr an diesem Getränk. Und an dieser Flasche.« Nun nahm sie die leere Flasche, die entfernt an eine römische Weinamphore erinnerte, strich verträumt mit den Fingern über die Namensgravur am Bauch der Flasche, über den eigenartig geformten, runden Boden und legte die Flasche wieder zurück auf das Tablett. *»Es hat meiner Mutter einst das Leben gerettet.«*

»Wie soll ich das verstehen, Gräfin von Wallenschnudt?«

»Das ist eine lange Geschichte.«

»Erzählt sie mir. Kommt heute Abend mit Victoria zum Diner.«

Dann unterschrieb und siegelte der König die vorbereitete Erklärung zur Königlichen Empfehlung.

Das Diner war vorbei, die Gäste zogen sich zurück. König Wilhelm IV., Oberhaupt des Hauses Hannover, winkte seiner Nichte und der Gräfin von Wallenschnudt zu und bat sie, sich zu ihm ans Kaminfeuer zu setzen.

»Und nun erzählt mir Eure Geschichte. Von dem geheimnisvollen Getränk. Ich platze vor Neugier.«

»Das Getränk ist weniger geheimnisvoll, als dass es eine überaus spannende Geschichte hat.«

Die Gräfin nippte an ihrer Teetasse.

»Sie beginnt in einem kleinen Ort in Hessen-Kassel, vor über einhundert Jahren.«

»Hessen-Kassel? Gehört das auch zu meinem Köngreich Hannover?«

»Das nicht, Majestät, aber der Ort, an dem alles begann, liegt gleich an der Grenze zu Hannover. Sein Name ist Witzenhausen.«

»Witzenhausen?« Der König lachte. »Was soll das für ein Name sein? Nichts und niemand heißt so. Und kennen tut es auch niemand.«

»Das mag sein. Niemand kennt Witzenhausen.«

2. Kapitel: Conrad Schweppeus

WITZENHAUSEN WAR EIN WINZIGER MARKTFLECKEN in einer trostlosen Gegend an der nordöstlichen Grenze des Fürstentums Hessen-Kassel gelegen. Trostlos trotz lange bestehender Stadtrechte deswegen, weil sich die ganze Region nur sehr langsam von den Schrecken des Dreißigjährigen Krieges erholte. Während die größeren Orte und Städte, allen voran das einen Tagesmarsch nach Osten entfernte Kassel, schon wieder an der Schwelle zum Wohlstand standen, ging es den Menschen auf dem Land mehr schlecht als recht.

Witzenhausen bestand im Grunde nur aus einem fast quadratischen Marktplatz, von dem in alle vier Himmelsrichtungen Strassen wegführten, die jedoch zur Hälfte bald schon an der baufälligen Stadtmauer endeten. Vier Straßen führten kreuz, vier Straßen quer, aber nur jede Zweite von ihnen führte zu je einem Stadttor hinaus. Auf einem zweiten, kleineren Platz im Südwesten stand die Marienkirche, in der nordöstlichen Ecke das kleine Kloster St. Wilhelmi. Vor dem nördlichen Tor floss gemächlich die Werra vorbei; ein Flüsschen, das neben der Landwirtschaft die beste Einnahmequelle der Bürger Witzenhausens darstellte; durch Fähren, Maut, Stapelrecht und Schiffshandel. Nur einen kleinen Fußmarsch entfernt vom anderen Ufer begann das erheblich wohlhabendere Kurfürstentum Hannover. Das höchste Gebäude neben dem Kirchturm war einer der Türme als Teil der runden Stadtmauer, der Diebesturm, der immer gut gebucht war. Die meisten Häuser innerhalb der Mauern hatten ein Feld und einen Garten dabei, denn fast alle Witzenhäuser waren Bauern, auch die,

die sonst einem anderen Beruf nachgingen. Die hauptberuflichen Bauern, also die meisten von ihnen, hatten zusätzlich noch Felder jenseits der Stadtmauer.

Wie in allen Orten, in denen es innerhalb der Stadtmauern noch Bauernhöfe gab, stank es entsetzlich. Es stank zu dieser Zeit eigentlich in jeder Stadt, immer und überall. Eine Melange von Fäulnis und Fäkalien waberte durch die Straßen, im Winter wie im Sommer. An warmen Tagen war es unerträglich. Größeren Städten, durch die ein Fluss lief, oder wo die Bauern bereits vor den Kaufleuten und Handwerkern kapituliert hatten und vor die Tore ausgewandert waren, ging es ein klein wenig besser.

Aber diese kleinstädtische Mischung aus tierischem und menschlichem Dung, welche die zahlreichen Misthaufen für die Myriaden von Fliegen attraktiv machten, mit der bräunlich-dunklen Brühe, die aus den Misthaufen herauslief und die Fugen zwischen den Pflastersteinen ausfüllte – da, wo es Pflastersteine gab –, oder sich unterschiedlos mit dem Schlamm der anderen Wege vermischte, das konnte einem an warmen Sommertagen schier den Atem rauben. Nicht nur den seltenen Besuchern von auswärts.

In der Mitte des Marktplatzes stand das Rathaus, das mitsamt seines gotischen Portals im Dreißigjährigen Krieg stark in Mitleidenschaft gezogen worden war, sowie ein großer, rechteckiger Brunnen mit langen, steinernen Wasserrinnen, dessen tagtägliche Bewachung die Aufgabe des Dorftrottels Harald war. Sofern er nicht die Misthaufen ordnete und neu sortierte. An den Wasserrinnen tränkten die durchreisenden Kaufleute oder Soldaten ihre Pferde, bevor sie weiterreisten, während sie selbst im einzigen Gasthof des Ortes einkehrten, der an der Ostseite des Marktplatzes gelegen war; praktischerweise gleich neben dem einzigen Freudenhaus Witzenhausens. Die Wenigsten blieben länger als unbedingt nötig.

Um den Marktplatz herum gruppierten sich auf der Nordseite die Fachwerkhäuser der wenigen wohlhabenden Bürger, zumeist Schiffer-Kaufleute. Der Amtmann besaß sogar ein Haus, das komplett aus Stein gebaut war. An der Südseite des Marktplatzes stand seit einigen Generationen das Haus der Familie Schweppeus, ein einfaches, leicht windschiefes Bauernhaus inmitten anderer einfacher, leicht windschiefer Bauernhäuser, mit einem Geschoss und einem Heuboden obendrauf. Die Wände waren vor zwei Generationen aus Holz und unbehauenen Steinen aufgerichtet und dazwischen einigermaßen unfachmännisch mit Stroh und Lehm befüllt und verputzt worden. Der Boden bestand aus rohen, ungeschliffenen Holzplanken. Familienoberhaupt der Bauernfamilie Schweppeus zur Zeit dieser Erzählung war Conrad Schweppeus. Er war groß gewachsen, schlank an der Grenze zur Magerkeit, fast glatzköpfig und völlig humorlos. Zumindest nach der Meinung aller anderen Menschen. Er selbst fand das nicht, aber da er eher ein Eigenbrötler war, fehlten ihm sämtliche Vergleichsmöglichkeiten. Manche Menschen behaupteten, er wüßte nicht einmal, was Humor sei, daher könne er ihn auch nicht vermissen.

Der fehlende Humor passte jedoch bestens zu seiner Religion, denn alle Mitglieder der Familie Schweppeus waren fromme Protestanten, soweit man zurückdenken konnte. Arbeiten, beten und in der Bibel lesen, mehr brauchte es nicht für ein sinnerfülltes Dasein. Nüchtern blieb Conrad Schweppeus dabei Zeit seines Lebens. Er braute nicht einmal Bier, so wie einhundertundsechsunddreißig andere Familien in Witzenhausen es taten. Also beinahe jeder Fünfte. Dafür müsste man nämlich im Notfall, beziehungsweise Kriegsfall, »beweibte Soldaten« unterbringen und verköstigen. Und dabei, so mutmaßte Schweppeus, ginge es des Nachts sicher drunter und drüber. Das war nichts für ihn, und Bier mochte er sowieso nicht.

Der Hüter des evangelischen Glaubens in Hessen-Kassel war Wilhelm VIII. von Hessen. Er regierte das Fürstentum als Statthalter für seinen Bruder Friedrich, der lieber Schwedenkönig war als ein unbedeutender Hessenfürst. Es ist fraglich, ob Wilhelm VIII. den kleinen Ort Witzenhausen überhaupt kannte, obwohl er doch zu seinem Reichsfürstentum gehörte. Aufgehalten hat er sich dort jedenfalls während seiner gesamten Regierungszeit nicht eine Minute. Die Witzenhäuser ihrerseits waren dennoch mächtig stolz darauf, dass ihr Stadtschultheißenamt mit seinen insgesamt dreihundertzweiunddreißig Häusern bereits vor einigen Jahrzehnten mit dem Amt Ludwigstein vereint worden war, wodurch Witzenhausen ganz hochoffiziell zum Hauptort des Amts Witzenhausen geworden war. Mit ihrem Stolz standen die Witzenhäuser allerdings ziemlich alleine da, denn der Rest der Welt weigerte sich beharrlich, vom Amt Witzenhausen, mitsamt seiner Haupt- und Nebenorte, auf irgendeine Art und Weise Notiz zu nehmen.

Dem frommen Protestanten Conrad Schweppeus konnte das nur recht sein. Er wollte lediglich seine Ruhe haben, und im Herbst eine Ernte einfahren, gut genug, um sich und seine Frau Eléonore ernähren zu können und keinen Hunger zu leiden. Als er zum Ende des viel zu milden Winters, Mitte März, in seinem Haus an der Südseite des Marktplatzes dieses kleine, schreiende Bündel Mensch in seinen mächtigen, derben Händen hielt, wusste er beim besten Willen nicht, was er damit anfangen sollte. Sein erster Gedanke war: Jetzt brauche ich einen Morgen Land mehr, um einen zusätzlichen Esser durchzubringen. Sein zweiter Gedanke war: Warum schreit das so laut?, und sein dritter: Es stinkt.

3. Kapitel: Antoine und Eléonore Roget

ES WAR NICHT EINFACH, im siebzehnten Jahrhundert unserer Zeitrechnung in Frankreich zu leben, wenn man Hugenotte war. Trotz des Toleranzediktes von Nantes. Die Stimmung war unheilschwanger und konnte jederzeit in Pogrome ausarten. Die Rogets hatten dennoch bereits seit beinahe einhundertundfünfzig Jahren tapfer durchgehalten. Niemals wurde gefragt, ob es das wert sei, für seinen Glauben so zu leiden, so gedemütigt und schikaniert zu werden. Eventuell sogar getötet zu werden am Ende. Die Hugenotten waren schlau, hatten mit der Zeit gelernt sich zu verstellen, falschen Freunden zu misstrauen und unter sich zu bleiben. Im unzugänglichen Gebiet der Cevennen waren sie den Truppen des Königs gegenüber sowieso klar im Vorteil. Jeder Besuch der Obrigkeit machte lange vor der Ankunft schon die Runde durchs Dorf. In aller Ruhe wurden die Gesangbücher und protestantischen Bibeln in die Geheimverstecke der doppelten Fußböden geräumt, predigende Besucher von auswärts in die Wandverstecke gepackt und den Soldaten des Königs heuchlerisch Treue und Ehrerbietung vorgespielt. Lange war dies gut gegangen. Schließlich war es dann dennoch so weit gewesen. Nachdem König Ludwig XIV. mit der Révocation, der Kündigung des Toleranzediktes, den Katholizismus wieder zur Staatsreligion gemacht hatte, hatten die Hugenotten alle religiösen und bürgerlichen Rechte eingebüßt. Sofern sie nicht konvertierten. So hatten auch die Rogets sofort und fol-

17

gerichtig beschlossen, den ewigen Anfeindungen und Verfolgungen zukünftig und endgültig aus dem Weg zu gehen, indem sie auswanderten. Mit dem Kleinkind Antoine im Leiterwagen – die anderen Geschwister sollten erst später, in der neuen Heimat, zur Welt kommen – hatte man sich auf den langen Weg von Millau in den Cevennen nach Norddeutschland gemacht. Preussen hatte sich noch immer nicht ganz von den Verheerungen des Dreißigjährigen Kriegs erholt, und um das Land wieder zu bevölkern, hatte man in Frankreich intensiv um hugenottische Fachkräfte geworben. Die preussische Toleranz in Religionsfragen hatte sich schnell herumgesprochen unter den geplagten, französischen Protestanten. Antoines Eltern waren allerdings bereits in Hessen-Kassel, besser gesagt: in Witzenhausen, hängengeblieben, sie hatten es erst gar nicht bis Preussen geschafft.

Aber auch hier waren sie freundlich empfangen worden. Man hatte ihnen eine Parzelle Land zugeteilt, außerhalb der Stadtmauern, ebenso ein Haus in zweiter Reihe, nicht direkt am Marktplatz und noch eine Spur windschiefer als die Häuser in der ersten Reihe, und auch das strohgedeckte Dach leckte ein wenig mehr in die Wohnräume als die der ersten Reihe. Die Rogets freute es dennoch, denn sogar ein Startkredit war ihnen zur Verfügung gestellt worden. Antoine war ganz ohne Angst vor Verfolgung aufgewachsen, die meisten der folgenden Geschwister – zehn an der Zahl, ebenso. Bis auf die drei, die ihre Geburt oder das Kleinkindalter nicht überlebt hatten.

Nachdem die Eltern beide recht jung und plötzlich verstorben waren – ein grässlicher Unfall, bei dem ein betrunkener Kutscher, eine Katze und ein Gewitter eine tragende Rolle gespielt hatten –, hatte Antoine mit siebzehn Jahren den Hof übernommen und war in der Folgezeit, um das Gedächtnis an seine Eltern und die hugenottische Verfolgung in der alten Heimat zu pflegen, leicht exzentrisch geworden. So dachten zumindest die anderen Leute in Witzenhausen über ihn.

Denn Antoine Roget hatte sich nach dem Tod seiner Eltern angewöhnt, sich nach Franzosenart, also erheblich vornehmer zu kleiden als die anderen, die durchschnittlichen, eingeborenen Witzenhäuser. Im Gegenzug, und wohl um einen wirklich authentischen Franzosen darzustellen, obwohl er seit seinem dritten Lebensjahr nicht mehr im Land seiner Geburt gewesen war, wusch er sich auch nach Franzosenart, nämlich überhaupt nicht mehr. Dafür parfümierte und puderte er sich wahrscheinlich mehr als jeder andere Mann im Fürstentum, den Fürsten eingeschlossen.

Da er, wenngleich er nicht trank, rote Backen hatte und eine dick geäderte Nase im Gesicht trug, sorgte der Kontrast aus weissem Puder und roten Adern für reichlich Gespött unter den Leuten. Vor allem, wenn sie zusahen, wie er, gekleidet mit Schnallenschuhen, Rüschenhemd und Pariser Gehrock, nicht nur durch Witzenhausen stolzierte, sondern in diesem Aufzug auch hinter seinen Ochsen und seinem Pflug herstapfte. Mit der Zeit war sein Hemd grau geworden vom Dreck des Alltags, die Fingernägel schwarz gerändert, der Rock starrend vor Schmutz. Nachdem seine Haare schon recht bald begonnen hatten, ohne ihn auszukommen, fügte er seiner kuriosen Erscheinung noch eine weiß gepuderte Perücke zu. Und zwar eine altmodische, lange Allongeperücke, wie sie selbst in Frankreich außer den Richtern niemand mehr trug. Er war schon bald eine lokale Berühmtheit. Fast so bekannt wie Harald, der Dorftrottel. Seine kleine, untersetzte Statur tat ein Übriges.

Die Kinder sangen Spottverse über den Mann, der aussah wie ein Trinker, aber jeden Trunk verschmähte. Und versuchten ihn zu reizen, weil sie sehen wollten, wie seine Perü-

19

cke im Laufen wegflog. Das gelang ihnen jedoch nicht. Oder zumindest nur äußerst selten.

Antoine war ruhig, fleißig und besonnen, nur die Körperhygiene und seine ausgefallene Kleidung unterschieden ihn von seinen Mitmenschen.

Mit der merkantilistischen Wirtschaft des Fürsten hatte er nichts am Hut, er wollte in Ruhe seinen Hof bewirtschaften und ohne allzu große Sorgen überleben. Insofern unterschied er sich um nichts von den Eltern des Conrad Schweppeus, mit denen er flüchtig bekannt war, und die eine Reihe näher am Marktplatz wohnten. In der Regel blieben die Hugenotten Witzenhausens aus alter Hugenotten-Gewohnheit jedoch unter sich. Zumindest die erste Generation der Eingewanderten, die sich auch mit der deutschen Sprache schwerer taten als ihre Kinder.

Länger als die meisten heiratsfähigen Männer Witzenhausens blieb er Junggeselle. Eine Tatsache, die ihm zum sonstigen Spott auch noch den unterschwelligen, unausgesprochenen Vorwurf der Homosexualität einbrachte. Erst mit vierunddreißig Jahren heiratete er Hubertine, eine grobschlächtige, leicht übergewichtige und nicht sonderlich wählerische Hugenotten-Bauerntochter, die zufällig auch noch seine Cousine dritten Grades war. Sie brachte immerhin etwas Reinlichkeit in seine Garderobe, wenngleich nicht ihren Gatten häufiger zum Waschtrog. Ein Jahr später erblickte seine Tochter Eléonore das Licht der Welt. Bei der Geburt verstarb Hubertine, danach wollte ihn keine Witzenhäuser Frau mehr heiraten. Antoine unterschätzte schlichtweg das Hygieneproblem.

So zog er Eléonore alleine groß und lehrte sie alles, was er wusste. Sie wurde ein hübsches, tüchtiges, aber auch zartes Mädchen, so ganz das Gegenteil ihrer Mutter.

Eléonore merkte bald, dass sie bei den anderen Kindern beliebter war, wenn sie sich öfter als einmal im Jahr wusch, so wie ihr Vater. Der ließ sie gewähren, ohne seine eigenen Angewohnheiten zu ändern. Als Eléonore sechzehn Jahre alt wurde, und somit alt genug war, suchte er ihr einen passenden Ehegatten.

Er fand ihn in der Person des Conrad Schweppeus.

So übersiedelte Eléonore mit sechzehn Jahren in die erste Reihe am Marktplatz, Südseite. Direkt am Brunnen.

Und wurde Mitte März Mutter des kleinen, schreienden, stinkenden Bündels Mensch, über das sich sein Vater Conrad gleich nach der Geburt seine drei Fragen stellte.

4. Kapitel: Der kleine Jacob

DER KLEINE JACOB sollte erst einmal für einige Jahre ein Einzelkind bleiben. Ungewöhnlich für diese Zeit. Jedoch, selbst wenn er da bereits hätte sprechen können, beschwert hätte er sich kaum.

Conrad kümmerte sich wenig bis gar nicht um seinen Nachwuchs, während Eléonore überwältigt war vom Angebot anderer Kümmerer in der Familie. Denn Antoines Eltern waren nicht alleine ausgewandert, sondern die ganze Sippe hatte Südfrankreich verlassen. Auch Antoines Geschwister waren fruchtbar und hatten sich fleißig vermehrt, und so wurde der kleine Jacob durch die Seite seiner Mutter von einer Unmenge an Hugenottentanten, Hugenottenonkeln, Hugenottencousinen und Hugenottencousins verwöhnt, gehätschelt, bespielt und geküsst. Lediglich die Hugenottenoma Hubertine, die ja bereits im Kindbett verstorben war, fehlte.

So lernte Jacob von klein auf neben dem hessisch-deutschen Dialekt Witzenhausens auch Französisch, die Sprache seiner Großeltern, an der die Hugenotten trotz der Verfolgung in Frankreich immer noch festhielten.

Sobald Jacob schulreif war, änderte sich fast alles. Seit zwanzig Jahren galt in Hessen-Kassel die allgemeine Schulpflicht, und so musste Jacob mit sechs Jahren zum ersten Mal das elterliche Haus am Marktplatz verlassen und mit fremden Kindern zusammen sein. Statt »Jacob« wurde er ab dann nur noch »Schwepp« gerufen. Das gefiel ihm weniger, und so bemühte er sich intensiv darum, dass seine Mitmenschen seinen Namen korrekt aussprachen. Mit der Betonung auf dem zweiten »e« und dem abgehackten »-us« am Ende. Leider meist vergebens. Sogar sein Lateinlehrer nahm seinen selbst verfassten Hinweis »Schweppe-us wie De-us, nicht Schweppeus wie Zeus« nicht so recht ernst, und die Kinder auf dem Schulhof sangen es umgekehrt, wenn sie spöttisch ein demütigendes Ringelreihen um den kleinen Jacob veranstalteten: »Schweppeus wie Zeus, nicht Schweppe-us wie De-us.«

Abgesehen von den Schwierigkeiten seiner Mitmenschen mit seinem Nachnamen verlebte Jacob jedoch eine einigermaßen zufriedene Kindheit. Er spielte mehr drinnen als im Freien, bastelte gerne und zeigte bereits früh Interesse für technisches Spielzeug, was er sich in der Regel selber baute. Die drei Brüder und zwei Schwestern, die ihm Jahre später folgten, waren so viel jünger, dass er sich Zeit seines Lebens wie ein Einzelkind vorkam.

Wenn er sich draußen aufhielt, dann saß er meist bei Harald, dem Dorftrottel, am Dorfbrunnen und half ihm, die Wassertropfen zu zählen. Einer Beschäftigung, der Harald bereits seit vielen Jahren mit vollem Einsatz nachkam; das Arrangieren der Misthaufen hingegen überließ Jacob dem fleißigen Harald zur Gänze alleine. Am Brunnen sitzend, beobachteten und zählten sie auch die Besucher des Freudenhauses – die fast immer von auswärts kamen. Nur ab und zu kommentierte er seine Erkenntnisse daheim, wenn sie beispielsweise den Amtmann dort gesehen hatten. Oder einen Gildemeister. Dann herrschte peinlich berührtes Schweigen am Tisch, das mit einem Gebet für die armen Sünder beendet wurde.

Manchmal, wenn das Wetter besonders schön war, gingen sie baden. Es gab einen kleinen Teich vor der südlichen Stadtmauer, in dem einige Frauen, auch Eléonore, regelmäßig ihre Wäsche wuschen. Die meisten Jungen vergnügten sich im

Sommer in der Werra, was aber aufgrund des vielen Verkehrs dort nicht ganz ungefährlich war. Jacob verbrachte seine Zeit gerne mit dem etwa vierzig Jahre älteren Harald, also verbot es sich von selbst, mit den anderen in die Werra zu springen. Besonders die Waschtage liebten sie. Wenn Eléonore mit dem Leiterwagen und dem schweren hölzernen Waschtrog heranrumpelte, war das große Abenteuer nicht mehr weit entfernt. Sobald Eléonore den Trog nicht mehr brauchte, fuhren Jacob und Harald damit auf hohe See, also in den Teich hinaus. Harald hatte einen grotesk lang und stämmig geratenen Rumpf, jedoch enorm kurze Beine mit riesigen Quadratlatschen, so dass er im Ausgleich von Rumpf und Beinen normale Männergröße erreichte. Mit Hilfe seiner großen Füße und der kurzen Beine stand er auch in einem stark schwankenden Waschtrog seemännisch fest. Mit einem Tuch, das Harald mit seinen ebenfalls etwas zu klein geratenen Händen und Armen wie ein Segel hielt, während Jacob mit einem Reisigbesen ruderte, als ginge es um ihrer beider Leben, fühlten sie sich wie wilde, kühne Piraten auf den Weltmeeren. Beide konnten nicht schwimmen, sich nur gerade so über Wasser halten, im Hundepaddelstil. Mehr als einmal kenterten sie, zum Schrecken von Jacobs Mutter, die die beiden nicht mehr sah und nach Hilfe für die Ertrinkenden rief. Bevor sie dann prustend und lachend aus dem kopfüber schwimmenden Bottich auftauchten, unter dem sie sich versteckt hatten. Jacob bemerkte dabei fasziniert, wie man unter dem umgedrehten Bottich atmen konnte, weil das Wasser die Luft nicht verdrängte. »Man sollte doch meinen, dass der Bottich versinkt und uns die Luft ausgeht.« Harald brummte nur. »Ich will nicht ertrinken.«

Von seinem Vater hatte Jacob die große Statur geerbt, von seiner Mutter die schlanke Zartheit an allen Gliedern. Von seinem Großvater Antoine kam ein leichter Hang zur Exzentrik, die sich immer stärker äußerte, je älter er wurde, sowie, eventuell, die große Nase. Er brauchte sein Gesicht jedoch gar nicht zu pudern wie sein Großvater, er war auch so immer leichenblass. Wie ein Kind, das ständig die Sonne scheute. Was er auch tat. Früh schon erkannten die Eltern, dass Jacob nicht wirklich zum Bauern geboren war. Zu intelligent war er, und zu schwächlich an Körperkräften. »Der Herrgott hat etwas anderes vor mit dem Bengel«, war von nun an ein Satz, den Eléonore des Öfteren aus dem Mund ihres Gatten hören musste.

Der Merkantilismus des Fürsten, der seinem Großvater so gleichgültig gewesen war, sollte dann dem zwölfjährigen Jacob seine große Berufschance bieten. Der Fürst baute und investierte mittlerweile gigantische Summen in sein Fürstentum, oftmals mit geliehenem Geld. Mit dem Herkules, dem Oktogon und anderen Prunkbauten stattete er Kassel als Herrschaftssitz prächtig aus. Die Folgen des Dreißigjährigen Krieges schienen irgendwann einmal selbst auf dem Lande weitgehend überwunden, die Bevölkerung wuchs endlich wieder. Und ein Beruf, der typisch war für den steigenden Wohlstand, war der des Goldschmieds. Unmengen an Blattgold wurden benötigt und verarbeitet, sowohl für Ornamente an den Prachtbauten wie auch für die stets steigende Produktion goldverzierten Porzellangeschirrs. Von Silbergeschirr, silbernen Kannen und Bechern konnte der Hof ebenfalls nicht genug bekommen.

Die erste Porzellanwerkstatt war in Kassel schon siebzig Jahre zuvor eingerichtet worden, und sie konnte die Nachfrage nach Schüsseln, Tellern und Krügen längst nicht mehr abdecken. So hatte der Landgraf Wilhelm VIII. nach Meissener Vorbild kurzerhand eine große Porzellanmanufaktur gegründet. Bald schon war er es jedoch leid, dazu derart viel Geld für Goldschmiedearbeiten aus Augsburg, dem Zentrum der Goldschmiedekunst, auszugeben. Also wurde auch hier der eigene Nachwuchs gesucht und gezielt gefördert.

Der Hugenottenzug hatte nicht nur viele Menschen ins Land gebracht, sondern auch Wissen und Handwerkskunst. Die Handschuh- und Perückenmacherei, Gold- und Silberschmiedekunst, das waren Gewerbe, die es vorher auf hohem Niveau im Fürstentum Hessen-Kassel nicht gegeben hatte. So profitierte einer vom anderen. Der Fürst gab das Geld, die Hugenotten ihr Wissen, und alle arbeiteten gemeinsam an dem einen Ziel: Wohlstand für alle. Oder zumindest für die meisten.

Conrad Schweppeus gelang es, mit dem jungen Goldschmiedemeister Johann Ludwig Wiskemann, der selber erst seit Kurzem als Meister der Goldschmiedekunst selbstständig war, eine Lehrstelle für Jacob zu vereinbaren.

Die Zünfte waren immer unbedeutender geworden, und die Goldschmiedekünstler waren die Ersten, die auf freie Ausübung ihres Gewerbes im Fürstentum pochten. Und die damit Erfolg hatten. Die hohe Nachfrage nach Lehrlingen brachte auch den Vorteil, dass Conrad Schweppeus für die Ausbildung Jacobs nichts bezahlen musste außer Kost und Logis.

So sollte Jacob Schweppeus an seinem zwölften Geburtstag Witzenhausen verlassen und nach Kassel gehen, um dort eine fünfjährige Ausbildung als Goldschmied zu beginnen.

Doch dazu kam es vorerst nicht.

5. Kapitel: Balthasar Apitzsch

DENN WÄHREND JACOB so dahinwanderte, unterwegs nach Kassel, begegnete er einem seltsam anmutenden Gefährt, voll beladen mit Gerümpel, Kesseln, Kannen und Werkzeug, das sich heftig schaukelnd seine Bahn über den mit Pfützen übersäten und von tiefen Löchern durchzogenen Weg brach. Jacob sprang schnell zur Seite, als die Kutsche laut klappernd vorbeirumpelte. Auf dem Kutschbock saß ein kleiner Mann von etwa dreißig Jahren, mit kleinen, schalkhaften Augen, geflickter Hose und Hemd sowie einem viel zu großen Hut auf dem Kopf. Jacob grüßte artig, der Kutscher antwortete.

Danach war Jacob wie vom Erdboden verschwunden. Niemand wusste, wo er abgeblieben war. War er einfach abgehauen? War er tot, hatte er unterwegs einen Unfall gehabt? War er ertrunken? Überfallen und ausgeraubt? Oder war er krank geworden und an der Ruhr krepiert? Aber wie sollte das geschehen auf der kurzen Strecke von Witzenhausen nach Kassel, die ja nur einen guten Tagesmarsch ausmachte?

Die Familie war ratlos, ganz Witzenhausen bestürzt. So ein freundlicher, aufgeweckter Bursche konnte sich doch nicht einfach so in Luft auflösen!

Es dauerte fast ein ganzes Jahr, bis Anfang März des nächsten Jahres, bis sich das Rätsel auflöste.

Urplötzlich stand der kleine Mann mit dem großen Hut zusammen mit Jacob, der in dem einen Jahr sichtlich gewachsen war, in der guten Stube der Familie Schweppeus. Der

Mann grüßte kurz, nahm demütig seinen Hut in die Hand und begann zu reden:

»Ich bin Euch eine Erklärung schuldig. Mein Name ist Balthasar Apitzsch, ich bin ein herumreisender Kesselflicker. Wie Ihr wisst, dürfen wir Kesselflicker, die anderswo auch Drouineure genannt werden, keiner Stadt näher als eine halbe Meile kommen. Daher arbeiten wir immer nur auf dem platten Lande. Als mir unterwegs Euer aufgeweckter Sohn begegnete, habe ich ihn überredet, mit mir zu reisen. Glaubt mir bitte, ich hatte nichts Unrechtes dabei im Sinn; ich suchte lediglich einen Mitreisenden zur Unterhaltung, dem ich unterwegs einiges beibringen könnte. Ich bin weder ein Störer noch ein Pfuscher.«

Er bat um etwas zu trinken. Conrad und Eléonore saßen immer noch wie versteinert auf der Bank, hin- und hergerissen zwischen Freude über das Wiedersehen und Ärger über den wunderlichen Kesselflicker und seine noch wunderlichere Erzählung. Eléonore goss einen Schluck verdünnten Wein in einen Tonkrug, Conrad grummelte nur: »Fahrt fort mit Eurer abenteuerlichen Geschichte.«

Balthasar holte Luft.

»Zuerst wollte er nur ein paar Tage mit mir reisen, bis wir einmal in der Nähe von Kassel stehen blieben. Um dann wieder alleine weiter zu wandern. Euer Sohn erzählte mir unterwegs, dass Ihr ihn zum Goldschmied ausbilden lassen wolltet, weil er für die Landwirtschaft zu zart sei. Daraufhin habe ich ihm angeboten, mit mir zu kommen. Ich könnte ihm ebenso beibringen, mit Metall zu arbeiten. Mit nützlicherem Metall als eitlem Tand und Schmuck. Da sagte er zu. Und ich muss sagen: Er war äußerst gelehrig.«

Er nahm erneut einen Schluck aus dem Becher, rülpste kurz und fuhr fort:

»Das ist aber auch der Grund, warum wir wieder hier sind: Euer Sohn ist so reich gesegnet an Geist und Talent, dass es an einen Kesselflicker verschwendet wäre. Daher bitte ich Euch demütig um Verzeihung dafür, dass ich Euren Sohn für ein Jahr mitgenommen habe. Ich glaube nicht, dass es ihm geschadet hat, ganz im Gegenteil, er hat viel gelernt. Aber von mir kann er nichts mehr lernen. Nehmt noch diese Geldbörse« – er hielt Conrad einen klimpernden Lederbeutel entgegen – »das hat er sich redlich verdient. Dieser talentierte Bursche kann jetzt hoffentlich immer noch die Goldschmiedekunst erlernen. Da ist er weit besser aufgehoben.«

Er ging zu Jacob, legte ihm freundschaftlich beide Hände auf die Schultern, nickte ihm zu und drehte sich auf dem Absatz um.

Einige Momente später hörten sie, wie die Kutsche laut scheppernd davonfuhr. Sie sahen ihn nie wieder.

Jacob verlor seinen Eltern gegenüber niemals ein einziges Wort über dieses Jahr. Was er erlebt hatte, wo sie gewesen waren. Nur was er gelernt hatte, das sahen sie bald. Besser gesagt: Die Resultate hinterher. Denn innerhalb von wenigen Tagen reparierte er in seinem Elternhaus alles, was sich in den vergangenen, vielen Wochen an kaputten Pfannen, gesprungenen Töpfen und sonstigem Metallzeug angesammelt hatte.

6. Kapitel: Johann Ludwig Wiskemann

Es bedurfte nur wenig Überredungskraft, und noch weniger Münzen von Conrad Schweppeus, um Jacob erneut eine Lehrstelle als Goldschmied zu beschaffen. Noch immer war die Nachfrage in Hessen-Kassel größer als das Angebot, und Meister Wiskemann war sogar ein klein wenig beeindruckt von Jacobs tolldreister Kesselflicker-Geschichte. Mit einem Jahr Verspätung ging es also los mit der Goldschmiedelehre. Gleich von Anfang an merkte Wiskemann, dass er mit Jacob einen besonderen Jungen in der Werkstatt hatte.

»Wo steht denn der Amboss?« war Jacobs erste Frage, als er zum ersten Mal in Wiskemanns Werkstatt eintrat.

Wiskemann lachte. »Das kommt noch, du vorwitziges Bürschlein. Jetzt zeige ich dir erst einmal deinen Schlafplatz.«

Jacob durfte im ersten Lehrjahr auf einer Bank in der Küche schlafen. Dadurch wurde er zwar immer als Erster geweckt, war aber in der Nähe des wärmenden Feuers.

»Du bist mein erster Lehrling, deswegen fehlt mir noch die Erfahrung damit. Am besten frag nicht viel rum, sondern mach einfach, was du für richtig hältst. Außer natürlich, es geht um Gold oder Silber. Da fragst du schon.«

Johann Ludwig Wiskemann war eine unauffällige Erscheinung von mittlerer Größe und Statur, mit dunkelbraunen Haaren und einem dünnen Schnauzbart. Er redete gerne und viel, aber nur mit mittlerer Lautstärke, brüllte nie und war warmherzig und humorvoll. Er war in allem gutes, bescheidenes Mittelmaß, außer in seinem Handwerk. Da war er ein Meister, zwar ein junger noch. Aber einer, der von sich reden machen sollte in naher Zukunft.

Später am ersten Arbeitstag kam der Meister lächelnd auf die Eingangsfrage seines Lehrlings zurück.

»Wieso benötigst du einen Amboss?«

»Ihr seid doch ein Schmied, und ich soll auch einer werden. Und Schmiede schmieden mit Hammer, Amboss und Zange.»

Wiskemann amüsierte sich köstlich bei der Vorstellung Jacobs, dass ein Goldschmiedemeister tatsächlich einen riesigen Klumpen Gold auf einem monströsen Amboss bearbeiten würde. Wurde aber gleich wieder ernst.

»Da hast du recht, aber wir sind Schmiede der besonderen Art«, kam die verständnisvolle Antwort. Sie gingen in einen zweiten Raum. Dort nahm Wiskemann ein schwarzes, kantiges Etwas vom Tisch, was die Größe einer Männerfaust hatte und legte es Jacob in die Hand. Schwer, eckig und plump fühlte es sich an.

»Das ist mein Amboss. Wir arbeiten mit weniger Metall und bearbeiten dies viel filigraner als ein Hufschmied. Da dürfen auch unsere Werkzeuge kleiner und filigraner sein.«

Jacob sah die kleinen Werkzeuge auf dem Tisch, von denen einige aussahen wie Hämmer und Zangen, nur eben in Miniaturausgaben, und verstand.

»Dein Vater hat dich mir anvertraut, nicht weil du so viel Kraft besitzt, sondern weil du geschickt und eben nicht grob bist. Dies, und noch ein wenig künstlerische Fähigkeit dazu, das sind die Eigenschaften, die du benötigst, um ein guter Goldschmied zu werden.«

Das sollte jedoch längst nicht alles sein. Auch wenn er von nun an viel am Tisch saß und mit Geduld und gutem Auge seiner Arbeit nachging, so gab es gelegentlich dennoch kör-

31

perliche Herausforderungen wie Walzen oder Ziehen, die ihn an den Rand seiner Kräfte brachten.

Die Werkstatt lag zu einem lichtüberfluteten Platz hinaus. Sie bestand aus einem tonnenartigen Gewölbe mit meterdicken, alten Mauern, jedoch mit einigen überdurchschnittlich großen Fenstern im Erdgeschoß. Wiskemann erklärte Jacob mehr als einmal, wie wichtig Licht für ihre Arbeit war.

»Ich habe lange gesucht, bis ich genau dieses Haus gefunden habe. Du benötigst viel Licht, gutes Licht und oft auch ein starkes Brennglas, um die feinen Details deiner Arbeit richtig hinzubekommen. Jedoch selbst das beste Brennglas funktioniert nicht ohne Licht. Deswegen arbeiten wir im Sommer länger, und im Winter kürzer an den feinen Arbeiten.«

Jacob lernte schnell, vor allem und von Anfang an lernte er, dass man in einer Goldschmiedewerkstatt kein Material vergeuden, verschwenden oder wegwerfen durfte.

»Einem Hufschmied oder Waffenschmied ist es gleich, wenn ein wenig flüssiges Metall danebentröpfelt. Solange er sich nicht verbrennt. Bei uns kostet das gleich Unsummen, die uns unsere Kunden dazu noch oft in Rechnung stellen, wenn sie nicht genau so viel Gold zurück bekommen, wie sie uns überlassen haben für die Arbeit.«

Im Laufe der Monate zeigte Wiskemann seinem Lehrling alle Tätigkeiten, leitete ihn an, korrigierte ihn, tadelte ihn und lobte ihn. Überwog anfangs der Tadel, war Jacob zum Ende des ersten Jahres, das wie im Fluge verging, mehr und mehr das Lob gewohnt. Einiges hatte er beim Kesselflicker Balthasar Apitzsch gelernt. Aber, wie sein Meister ihm oft bekräftigte, der Unterschied lag stets im Detail. Den kleinen, filigranen Details ihres Kunsthandwerks. Das zweite Lehrjahr begann, und er konnte löten, nieten, feilen, sägen, ziselieren,

Metall treiben, biegen, hämmern, ziehen, schleifen, tauschieren, gravieren, polieren und mattieren.

Außerdem bekam er eine eigene kleine Kammer unter dem Dach und musste nicht mehr in der Küche schlafen. Es war zwar nicht mehr so warm, aber er fühlte sich wie ein König in seinem Reich.

Das zweite Jahr verrann nicht ganz so schnell wie das erste. Denn er lernte weniger dazu, so glaubte er zumindest. Immer noch lötete er, nietete, feilte, sägte, ziselierte, trieb Metall, bog es, hämmerte, zog es lang, schliff, tauschierte, gravierte, polierte und mattierte. Nur noch besser, noch feiner, noch gediegener.

Nach zwei Jahren durfte Jacob zum ersten Mal nach Witzenhausen gehen, um seine Eltern zu besuchen.

Im dritten Lehrjahr begann Wiskemann, seinem Lehrling von den Wundern der Alchemie zu erzählen.

Während der Arbeit fragte er ihn einfach zwischendurch: »Was ist denn das Besondere an Gold?«

Jacob überlegte kurz. »Dass es so selten und wertvoll ist.«

Wiskemann lachte. »Da verwechselst du Ursache und Wirkung. Gold ist wertvoll, weil es Eigenschaften hat, die es über die anderen Metalle erheben. Und so selten ist es gar nicht. Es wird nur gerne versteckt. Eben darum, weil es so wertvoll ist.«

Jacob kratzte sich am Kopf und schüttelte ihn.

»Ich weiß es nicht.«

»Hast du schon mal ein Schwert aus Gold gesehen? Oder goldene Hufeisen?«, fragte der Meister.

Jetzt lachte Jacob. »Natürlich nicht. Wäre ja viel zu wertvoll. Man müsste ständig Angst haben, dass es gestohlen würde.« Dann fiel ihm noch ein Argument ein. »Und Gold ist viel zu weich, um eine harte, scharfe Klinge zu schmieden.«

33

Jetzt nickte Wiskemann. »Wir kommen der Sache näher. Die Weichheit ist schon einmal eine besondere Eigenschaft des Goldes. Sie erlaubt es auch, Gold immer wieder einzuschmelzen und neu zu formen, ohne dass man Verluste erleidet. Das geht ansonsten mit keinem Metall. Gibt es denn noch eine weitere hervorstechende Eigenschaft des Goldes?«

Jacob überlegte. Ein Mal. Ein zweites Mal. Ohne Erfolg. Wiskemann half ihm auf die Sprünge.

»Was macht ein Schwert oder ein Hufeisen, wenn es nass wird?«

»Es rostet.«

»Und Gold?«

»Rostet es etwa nicht?«

Es war ihm tatsächlich noch nie aufgefallen. Wohl auch, weil die goldenen Preziosen, die sie herstellten, nicht im Freien auf- und ausgestellt wurden.

»Genau das ist es, warum die Alchemisten seit Jahrhunderten dem Gold nachjagen. Alle anderen Metalle sind anfällig für den Kontakt mit Phlogiston. Phlogiston, das ist ein Naturstoff, der alles umgibt und besonders bei Feuer entsteht. Und dafür sorgt, das alle anderen Metalle rosten. Warum genau, konnte bislang allerdings niemand hinreichend erklären.«

So lernte er alles über die Phlogistontheorie, aber auch, was es über andere seltsame Gase, wie die neu entdeckte Vitriolluft, zu lernen gab.

Außerdem wurde er in die Mysterien der Buchhaltung eingeweiht. Wiskemann hatte eine große, in Leder eingebundene Kladde, in die er alle Aufträge eintrug. Ebenso die Materialeinkäufe, seine Verkäufe sowie alle Geldeingänge und -ausgänge. Und zwar nicht nur einmal, sondern zweimal. Conrad merkte, dass er im Lesen, Schreiben und Rechnen noch erheblichen Nachholbedarf hatte. Sein Meister lächelte nur und verbrachte eine Zeit lang jeden Abend eine Stunde mit seinem Lehrling, bis dieser die doppelte Buchführung verstand. »Solltest du einmal dein eigener Herr sein, ist dieses Wissen unumgänglich.«

Mitten im dritten Lehrjahr, zu Beginn des Frühjahrs, erhielt er einen der seltenen Briefe aus Witzenhausen. Seine Mutter Eléonore schrieb: »Mein geliebter Sohn, ich muss dir leider mitteilen, dass dein Großvater, mein Vater Antoine, vergangene Woche verstorben ist. Wie du sicher gehört hast, war im Winter die Pest durch unser Fürstentum gezogen, und hatte unser Witzenhausen mit Gottes Beistand verschont. Aber Antoine, der alte Dummkopf, hat es geschafft, als Einziger im ganzen Ort an der Pest zu erkranken und zu sterben. Alle Ansteckungsarten, die wir uns vorstellen könnten, ganz besonders das Wasser, hat er gemieden bis zum Ende. Aber stur wie er war, musste er immer diese furchtbaren Perücken tragen. Und, wie unser Doktor nun behauptet, war die letzte mit Haaren von Pestopfern bestückt gewesen. Den Perückenmacher aus Göttingen konnten wir nicht mehr befragen, der ist ebenfalls schon an der Pest gestorben. Wenn du eine Lehre ziehen magst aus dem Leben deines dummen und sturen Großvaters: Wasche dich öfter und meide Perücken! In deine Gebete darfst du ihn dennoch einschließen. Ansonsten hoffe ich, dass du fleißig bist und strebsam und unserem Namen keine Schande machst. Auf ein baldiges Wiedersehen, Deine Mutter.«

Überrascht stellte er zum Ende des dritten Lehrjahrs fest, dass er nun zeichnen lernen sollte.

»Wozu das denn? Ich bin doch kein Kunstmaler«, spiegelte seine empörte Reaktion sein gestiegenes Selbstbewusstsein wider.

»Das gehört alles zum Plan unseres Fürsten«, erläuterte sein Meister. »Der schaut sich an, wie sie es in Augsburg und

35

anderen Zentren der Goldschmiedekunst machen. Und dort gibt es mittlerweile überall Zeichenschulen, um die Goldschmiedelehrlinge, aber auch die Meister, zu unterrichten. Anhand von Gipsabdrücken klassischer Plastiken sollt ihr zeichnen lernen, um dadurch am Ende noch besser gravieren zu können.«

»Wo sind denn diese Plastiken? Und was ist das?« Jacob hatte keine Vorstellung, was eine Plastik sein sollte, also zeigte Wiskemann ihm einige Zeichnungen berühmter Plastiken.

»Dies ist die Venus von Milo, hier die Artemis, dort der Germanicus und das ist die berühmte Vase ›Krater Borghese‹, außerdem hier noch einige Pferdeköpfe vom Parthenongiebel.«

Jacob verstand nichts, aber das sollte sich schnell ändern.

»In Kassel wird jetzt eine Zeichenschule eröffnet. Für all diese Gipsabdrücke, und viele mehr, die teils aus Privatsammlungen, aber auch direkt aus Griechenland oder Italien importiert wurden, hat unser Fürst tief in die Tasche gegriffen.«

Jacob wunderte sich nur noch.

»Aber warum macht er das? Nur um uns zu tüchtigen Goldschmieden auszubilden?«

»Natürlich macht der Fürst das nicht ohne Hintergedanken. Denn ihr so gut ausgebildeten Goldschmiede werdet später helfen, als ausgelernte Meister, den Ruhm des Fürsten zu mehren. Und auch für ihn arbeiten.«

Ein Jahr lang besuchte Jacob immer wieder für einige Wochen die Zeichenschule. Dort zeigte er ebenfalls besonderes Talent. Nicht so sehr für die künstlerische Seite, sondern seine Lehrer waren äußerst angetan von der Präzision, mit der er eine Vorlage kopieren konnte. Auch das direkte Abzeichnen komplexer Bilder, auf denen Tiere, Gebäude oder Maschinen dargestellt waren, fiel ihm leicht.

Wiskemann beauftragte ihn in der Folge immer mehr mit

der Anfertigung von Zeichnungen für die teureren, schwierigeren Aufträge von reichen Herren oder vom Fürstenhof.

Die Mode änderte sich auch bei den Preziosen alle paar Jahre. Derzeit waren Uhren und Käfer am beliebtesten.

»Mit ihnen wird die Vergänglichkeit des Irdischen dargestellt«, erklärte Wiskemann.

Jacob merkte gar nicht, wie er immer selbstständiger arbeitete. Bis er eines Tages feststellte, dass er, obwohl erst im vierten Lehrjahr, seit Wochen eigenständig gearbeitet hatte, genau so wie der Meister.

Er fragte nach einer vorzeitigen Beendigung der Lehre.

»Wenn ich doch alles weiß und alles kann, genau so wie Ihr, dann könnt Ihr mich eigentlich lossprechen und als Geselle einstellen.«

Wiskemann schüttelte den Kopf.

»Das geht leider nicht so einfach. Zum einen ist es vorgeschrieben, dass die Lehrzeit immer fünf Jahre dauert. Auch wenn du, was ich gerne zugebe, schon sehr weit bist. Aber eines fehlt dir dann doch noch: Dein selbstständiger künstlerischer Ausdruck.«

»Was versteht Ihr darunter?«

»Du hast bislang nur Kunstwerke nach meiner Vorgabe angefertigt. Nun, im fünften Jahr, darfst du endlich Arbeiten anfertigen, die deine eigene Handschrift tragen. Wenn dir das gelingt, werde ich dich mit Freuden lossprechen und als Geselle einstellen.«

Das fünfte Lehrjahr begann mit einigen Aufträgen über Bierhumpen. Hier schien Jacob zum allerersten Mal seine Berufung gefunden zu haben, und seine Kunst und seine Technik, aber auch sein leicht skurriler Sinn für Humor sprachen sich schnell herum, auch über Kassel hinaus.

Die Werkstatt wuchs und ein neuer, jüngerer Lehrling namens Jonas wurde Jacob zur Seite gestellt. So fertigte er über das letzte Jahr seiner Lehre mehrere Hundert silber verzierte Bierhumpen mit aufwendigen, teils satirischen, teils spöttisch-ordinären Gravuren und Ornamenten an Krug und Deckel. Bisweilen saß ihm jedoch so richtig der Schalk im Nacken, dann schuf er einige absurd komische Trinkgefäße, die dennoch dankbare Kundschaft fanden. So wie Jacobs Gesellenstück, an dem er die letzten Wochen seiner Lehre arbeitete: Es war die perfekte Nachbildung eines ausgehöhlten, stehenden Ochsen aus Silber, die etwa einen halben Liter fasste und die man, um sie komplett zu leeren, vollständig auf den Kopf stellen musste, wobei der Deckel aus Kopf und Hörnern nicht ungefährlich seitlich wegklappten. Was dem Trinker ebenso einiges an Akrobatik abverlangte wie auch Humor und Fantasie. Hier, gegen Ende der fünfjährigen Ausbildung, kam Jacobs Erbe aus der Schrulligkeit seines Großvaters erstmals zu voller Blüte.

Der Ochsenkrug erregte so viel Aufsehen, dass die Werkstatt Wiskemann zwei Dutzend Aufträge für die gleiche Arbeit bekam.

Nach fünf Jahren war er dann endlich Goldschmied mit Brief und Siegel.

Er war achtzehn Jahre alt.

Jetzt wollte er mehr.

Mindestens ein berühmter Meister werden.

7. Kapitel: Johanna Isabella Eleonore

Bislang hatte der König mit gespannter Miene zugehört, ab und zu gegrinst und gelegentlich nach seinem Brandy gegriffen. Nun jedoch unterbrach er die Erzählerin recht brüsk.

»Sehr nett, verehrte Gräfin, aber was hat das Ganze mit Euch zu tun?« »Wartet nur ab, Majestät, bald kommt meine Mutter mit ins Spiel.«

Nach wenigen Monaten war Jacob mit seinem Ehrgeiz und seinem Können in Wiskemanns Werkstatt bereits unterfordert. Er grummelte täglich vor sich hin, wenn er Schmuckstücke ziselierte und Humpen gravierte, als sei das die allerdümmste Arbeit und eine enorme Verschwendung von so einem ungeheuren Talent wie dem seinigen.

Auch das Wetter spielte verrückt, zu Sommeranfang war es so trist, neblig und verhangen, dass sie zusätzliche Kerzen aufstellen mussten, um anständig arbeiten zu können und der klammen Atmosphäre Paroli zu bieten.

Da öffnete sich die Türe zur Werkstatt, die gleichzeitig als Geschäft diente, und Jacob hatte das Gefühl, als würde alles urplötzlich von Sonnenstrahlen hell erleuchtet. Eine junge Frau stand in der Türe, Jacob schätzte sie auf etwa gleich alt wie er selbst. Das war es aber auch schon mit den Gemeinsamkeiten. Dieses Geschöpf war einfach wunderschön, hell und strahlend, und sie schenkte ihm mit ihren hellroten Lippen und zwei perfekten, weißen Zahnreihen ein Lächeln, dass er dahinschmolz. Mit offenem Mund stand er da. Noch niemals hatte er ein derart schönes Wesen gesehen. Sie trug einen weißen Rock und ein offenes Mäntelchen aus dunkelblauem, besticktem Seidendamast. Die eng geschnürte Taille betonte ihre Brüste, die zur Hälfte fahlweiß und frech aus dem Dekolletee lugten. Das Gesicht mit zwei roten Bäckchen, veilchenblauen Augen und einer schmalen, perfekt geraden Nase saß auf einem schlanken, weißen Hals. Ein bunt mit Wiesenblumen besteckter großer Strohhut, der ihr dunkelbraunes Haar bändigte, komplettierte ihre traumhafte Erscheinung.

»Könnt Ihr auch reden, oder wollt Ihr mich nur anstarren?«

Jacob wurde rot und senkte den Kopf.

»Entschuldigt bitte, ich wollte nicht …«

Sie unterbrach ihn mit einem lauten Lachen. »Das macht doch nichts«, und fügte kokett hinzu: »Das bin ich doch gewohnt.«

Dann fragte sie ernst: »Seid Ihr Meister Wiskemann?« Schüttelte aber sogleich, wie sich selbst zur Anwort, den Kopf. »Wo ist denn der Meister? Ich habe einen Auftrag für ihn.«

»Meister Wiskemann ist unterwegs, um beim Fürsten eine Arbeit abzuliefern. Ihr könnt auch mit mir reden«, entgegnete Jacob, der sein Selbstbewusstsein wiedererlangt hatte. »Ich bin auch Goldschmied, wenngleich noch kein Meister.« Wie zum Beweis, nahm er die Buchführungskladde und klemmte sie sich unter den rechten Arm.

Wieder ein Lachen.

»Ihr scheint mir ausgesprochen jung und unerfahren zu sein für einen Goldschmied.«

»Ich bin bereits achtzehn Jahre alt!«

»Oh, genau so wie ich.«

Stolz nahm Jacob eine seiner letzten Arbeiten aus dem Regal, in dem sie einen Teil ihrer Arbeiten präsentierten, und reichte der jungen Frau einen Bierkrug mit einem kunstvoll gearbeiteten Silberdeckel.

»Schaut her, dies habe ich zuletzt angefertigt. Alleine. Glaubt Ihr mir nun, dass Ihr mit mir über Euren Auftrag reden könnt?«

Sie nickte zustimmend. »Ja wirklich, eine ausgesprochen schöne Arbeit.« Dann fuhr sie fort. »Ich möchte bei Euch eine Brosche in Auftrag geben. Ein ganz besonderes Schmuckstück.«

Erst jetzt bemerkte Jacob dass die junge Frau eine Papierrolle in der Hand trug. Sie löste das rote Seidenband, das die Rolle zusammenhielt und rollte sie aus.

»Hier ist eine Zeichnung, wie ich sie mir vorstelle.«

Das Papier zeigte eine unterarmlange Brosche in allen erdenklichen, verspielten Einzelheiten.

»Natürlich soll die Brosche nicht so derart groß werden. Aber nur in diesem Maßstab kann man die Details anständig zeichnen.«

Jacob war begeistert.

»Wer hat diese Zeichnung angefertigt?«

»Ich selbst.«

»Seit wann können Mädchen zeichnen?« Im selben Moment ärgerte er sich über seine Überheblichkeit. Seine Kundin ließ sich nichts anmerken. Dennoch fiel ihr Kommentar eine Spur schnippischer aus als alles, was sie vorher gesagt hatte.

»Mädchen können alles, wenn man sie nur lässt. Nicht nur sticken, kochen und beten. Und die Kinder erziehen.«

Jacob musste unbedingt das Thema wechseln, er befand sich auf sehr dünnem Eis. Also nahm er die Zeichnung, ließ seine Augen bewundernd darüber streichen und zeigte auf einige rote und blaue Punkte.

»Wunderbar. Aber was ist das?«

»Da und dort sollen Rubine und Smaragde eingearbeitet werden.«

In diesem Moment fühlte er sich überfordert. Mit Edelsteinen hatte er noch nie gearbeitet. Das konnte und wollte er aber dieser unglaublich schönen, jungen Frau nicht eingestehen.

Also studierte er weiter die Zeichnung. Wenn man genau hinschaute, sah das Ganze aus wie ein eigenartiger, riesiger Käfer.

»Was ist das eigentlich?«, fragte er, während er ihr direkt in die Augen sah, und seinen Blick gar nicht von ihr lassen konnte. Sie merkte das, wurde verlegen und flüsterte:

»Das ist ein Skarabäus, ein altägyptisches Symbol.«

»Das ist wunderschön.« Er war beeindruckt, von der simplen Schönheit genau so wie von den zeichnerischen Details.

»Für Ihren Herrn Vater wahrscheinlich«, mutmaßte Jacob.

»Nein, für mich.« Das war das erste Mal, dass Jacob oder Wiskemann Schmuck für eine Frau anfertigen sollten.

Jetzt erkannte Jacob auch, dass die Edelsteine Augen und Fühler des Käfers sein sollten. Sowie die Enden der Beine.

Er war sich auch nicht sicher, ob Wiskemann das konnte.

Dennoch wollte er das Mädchen wiedersehen. Und das ging nur mit einem Auftrag. Stolz öffnete er die Kladde, blätterte zur Seite mit den Aufträgen und fragte nach dem Namen.

»Ich bin Johanna Isabella Eleonore, Freiin von Poppy. Wie lange werdet Ihr brauchen für dieses Kunstwerk?«

Jacob versank fast im Boden vor Scham. Eine adelige Frau! Und er hatte sie behandelt wie eine Bürgerstochter, wenngleich eine gut gestellte. Wieder liefen seine Wangen rot an. Die Freiin von Poppy lachte.

»Nun habt Euch nicht so. Nennt mich Isabella. Oder nur Bella. Ihr findet mich am Hofe des Fürsten. Auch falls Ihr Fragen zu diesem Auftrag habt. Auf Wiedersehen.«

Sie knickste, drehte sich um und verließ die Werkstatt.

Kurz nachdem das Mädchen gegangen war, kam Meister Wiskemann zurück von seiner Besorgung. Jacob erzählte von dem Auftrag, unterließ aber eine Beschreibung des Mädchens. Der merkte dennoch, dass Jacob irgendetwas verbarg, sagte aber nichts.

Dafür teilte Jacob Wiskemann seine Befürchtungen zu den Edelsteinen mit.

»Das würde ich sehr gerne ausführen, indes, ich kann es nicht. Ihr etwa?«

Wiskemann nickte.

»Selbstverständlich. Obwohl ich mich leider zu selten daran versuche. Wir haben so viele Aufträge mit reinen Goldschmiedearbeiten, dass ich das wirklich vernachlässigt habe zuletzt.«

Jacob zeigte ihm die Zeichnung, und sprach seinen Meister darauf an, dass die Brosche für das Mädchen selbst sein sollte.

»Tempora mutantur«, murmelte Wiskemann. »Jetzt wollen die Weiber auch Broschen. Womöglich irgendwann sogar Ringe und Armreife. Oder eines fernen Tages selber arbeiten und Schmuck herstellen. Gott behüte uns davor.« Dann wurde er ernst. »Ich befürchte, du möchtest die Kunst dazu erlernen, mit Edelsteinen zu arbeiten. Juweliere gibt es nicht so viele wie Goldschmiede. Da musst du dich gedulden. Du weißt ja hoffentlich: Jeder Juwelier ist auch Goldschmied, aber längst nicht jeder Goldschmied kann auch als Juwelier arbeiten. Außerdem kostet die weitere Juwelierausbildung viel Geld. Kein Meister lässt sich dabei von einem daher gelaufenen Goldschmied einfach so auf die Finger schauen.«

Wiskemann schaute todernst drein.

»Ich habe in Augsburg ein ganzes Jahr lang das Einlegen von Edelsteinen gelernt. Obwohl ich schon Meister der Goldschmiedekunst war. Verstehst du, was ich meine?«

»Dann gehe ich auch nach Augsburg?«

Der Tonfall ließ offen, ob das eine Frage oder eine Feststellung Jacobs war.

»Das wäre mir sehr unrecht, ich brauche dich hier in der Werkstatt. Außerdem bist du noch kein Meister, sondern nur Geselle. Wenngleich ein sehr guter.«

Damit war das Thema einstweilen abgeschlossen.

8. Kapitel: Benjamin

VOM TAGE DIESER BEGEGNUNG mit der jungen Frau an, ging ihm Isabella nicht mehr aus dem Kopf. Obwohl er genau wusste, dass alle Sehnsucht nach ihr vergeblich war; sie gehörten immerhin völlig unterschiedlichen Ständen an. Ohne Aussicht, dass sich dies jemals ändern könnte.

Um die Gedanken an sie zu vertreiben, vergrub er sich in seiner Arbeit. Davon gab es reichlich, und Wiskemann teilte ihm immer schwierigere Aufgaben zu. Den Von-Poppy-Auftrag, die Skarabäus-Brosche, bearbeiteten sie allerdings gemeinsam.

Der Sommer war dann doch noch, wenngleich etwas verspätet, mit aller Macht eingetroffen. Es war brütend heiß in Kassel, in der Goldschmiedewerkstatt schwitzten Meister wie Geselle und Lehrling vor sich hin. Auch die weit geöffneten Fenster vermochten nur wenig Linderung zu verschaffen. Dafür wurden sie im Gegenzug von Unmengen von Fliegen heimgesucht, die wie schwarze Wolken durch die Gassen schwebten. An einem dieser heißen Tage erteilte Wiskemann seinem Gesellen einen speziellen Auftrag:

»Ich muss dich nach Hannover schicken, dort ist wertvolles Material abzuholen. Zu wertvoll, um es einem dieser Kutschdienste anzuvertrauen.«

»Um was handelt es sich?«, fragte Jacob nach.

»Einige dünne Platten Gold und die Edelsteine für den Skarabäus unseres edlen Fräuleins.«

Jacob fühlte sich geschmeichelt, dass Wiskemann ihm so weit vertraute und zutraute, die Kostbarkeiten wohlbehalten nach Kassel zu bringen.

»Muss ich dann nicht viel Geld mitnehmen auf dem Hin-weg?«, sorgte sich Schweppeus. »Dann müsste ich Angst haben, überfallen und ausgeraubt zu werden.«

»Ich habe alles bereits vorab mit Wechseln geklärt. Du musst dich nur vor Ort erklären, mit deinem Namen dafür zeichnen, dann darfst du alles in Empfang nehmen.« Wiske-mann ergänzte noch: »Du darfst außerdem auf dem Hinweg noch einen kurzen Abstecher in Witzenhausen machen und nachschauen, wie es deinen Eltern geht.«

Das war Anreiz genug, sich alsbald auf den Weg zu machen.

Der Vierspänner schien nagelneu zu sein. Dunkelrot und schwarz lackiert, glänzte die Kutsche in der Sonne. Sie bot Platz für sechs Personen und war voll gebucht, was die Hitze drinnen nicht angenehmer machte. Dennoch hielten sie die Fenster geschlossen, um die Fliegen, welche die Pferde quäl-ten, nicht noch auf weitere dumme Gedanken zu bringen. Bereits nach wenigen Stunden stieg Jacob am Marktplatz in Witzenhausen aus, verabschiedete sich von seinen Mit- und nun schnell Weiterreisenden und hielt sich erst einmal die Nase zu. Zu gewaltig war der Unterschied zum bereits mist-haufenfreien Kassel.

Herzlich wurde Jacob von seinen Eltern begrüßt, die seit ihrem letzten Treffen merklich gealtert waren. Er erzählte aus seinem Leben, von seinen Goldschmiedearbeiten, wobei er die junge Freiin von Poppy geflissentlich unterschlug. Er versuchte auch, allerdings ohne großen Erfolg, sich mit den, ihm immer fremd gebliebenen Geschwistern zu unterhalten. Sein Gefühl der Überlegenheit war ihm die ganze Zeit eigen-artig unangenehm.

Der warme, hochsommerliche Dauerregen überschwemmte die matschigen Straßen und verstärkte sowohl den Gestank als auch sein Unbehagen für Witzenhausen, so dass er ohne großes Heimweh nach zwei Tagen weiter nach Hannover reiste, das vom fernen London aus regiert wurde.

Ein bleiches, sonnenloses Licht lag über dem Witzenhäuser Marktplatz, als er früh am Morgen erneut eine Kutsche bestieg, einen Zweispänner diesmal, ein älteres Modell, braun und abgewetzt aussehend. Als wenn es bereits einiges erlebt hätte. Aber ebenfalls für sechs Personen ausgelegt. Auf diesem Abschnitt der Reise waren sie nur zu dritt. Ein lediglich Englisch sprechendes Ehepaar mittleren Alters, offensichtlich auf dem Heimweg nach England. Jacob sprach nur Deutsch und Französisch, was die Konversation auf wenige Worte und Gesten sowie einige Handzeichen beschränkte.

Bei dem Wort ›England‹ horchte der König auf. Schien die Handlung der Geschichte nun doch irgendwie auf sein Königreich hinzusteuern? Aufmerksam verfolgte er, trotz seiner andauernden Müdigkeit, den weiteren Fortgang der Erzählung.

Mittlerweile war Krieg ausgebrochen. Der, den man später den »Siebenjährigen Krieg« nennen sollte. Jacob hatte nur entfernt davon gehört. »Irgendwas mit Amerika«, ging als Tratsch auf den Straßen rund. Und später hörte man dann, dass in Sachsen und Böhmen gekämpft wurde. Alles zum Glück noch einigermaßen weit weg. Doch auch wenn das Fürstentum Hessen-Kassel an der Seite Preußens und Großbritanniens stand, auch wenn die Kampfhandlungen bislang noch nicht bis nach Hessen-Kassel und Hannover vorgedrungen waren und die Zivilbevölkerung in Mitleidenschaft gezogen hatten, war das Reisen an sich schon erheblich schwieriger geworden seit Kriegsbeginn. Jede Grenze wurde noch schärfer bewacht, jeder Reisende noch genauer kontrolliert, ob Freund oder Feind.

Die größte Gefahr für junge Männer wie Jacob ging davon aus, von Soldatenhändlern gefangen genommen und zum Militärdienst gepresst zu werden. Die Unglücklichsten unter ihnen fanden sich sogar in Amerika wieder, um dort für ein Land zu kämpfen, mit dem sie gar nichts zu tun hatten, von dem sie gar nichts wussten. Nur, um ihrem Fürsten den Säckel zu füllen. Deswegen hatte Wiskemann seinen Gesellen auch ausdrücklich ermahnt, niemals alleine zu reisen. In Gesellschaft des englischen Paars fühlte er sich daher sicher. So weit, Ausländer anzugreifen, reichte die Chuzpe der räuberischen Gauner sicher nicht.

Der Kutscher stellte sich seinen Passagieren knapp mit »Benjamin, zu Diensten« vor. Der kleine, dünne Mann roch nach Wein, schwankte leicht und Jacob konnte sich nicht vorstellen, wie ein derart schwächlich aussehender Kerl zwei Pferde und eine Kutsche bändigen wollte.

Er sollte Recht behalten, konnte es jedoch nicht ändern. Bereits kurz hinter Witzenhausen geschah das Unglück. Der Regen hatte alle Straßen aufgeweicht, schlüpfrig gemacht und die Werra anschwellen lassen. Links und rechts des Flußes gab es nur sumpfiges, matschiges Grasland, auf dem feucht und schwül-warm ein letzter Rest morgendlichen Nebels lag. Die bucklige Brücke über die Werra schaffte Benjamin gerade noch, aber dann verbiss sich eine Bremse schmerzhaft in eines der beiden Pferde, und es ging durch, wobei es seinen Nachbarn mitriss. Zuerst fiel Benjamin fluchend vom Bock, dann raste das Pferdepaar unkontrolliert in den Sumpf hinein, bevor die rechten Reifen zuerst blockten, steckenblieben, und die Kutsche krachend auf die Seite fiel. Erst dann, als die Pferde merkten, dass sie nicht mehr von der Stelle kamen, hörten sie auf zu toben.

Jacob war, inmitten des lauten Schreckgeschreis aller drei Passagiere, beim Sturz auf die beiden Engländer gepurzelt und lag schließlich obenauf, während der andere Mann mit blutendem Gesicht nach unten in der zerbrochenen Fensterscheibe der Türe lag, durch die der Morast seinen Weg in die Kabine gefunden hatte. Die Frau in der Mitte schien, ebenso wie Jacob, unverletzt zu sein. Eine Weile lagen sie so, in Schockstarre, bevor sich die oben liegende Türe öffnete und Benjamins Weinfahne hereinwehte. Gefolgt von der sich unschuldig anhörenden Frage:

»Seid Ihr verletzt?«

Nun regten sich die Passagiere. Jacob kletterte unter wüsten Beschimpfungen oben aus der Kutsche, wobei er merkte, dass ihm Blut in die Augen lief. Offensichtlich hatte er sich den Kopf beim Sturz doch ordentlich angeschlagen. Die beiden Männer halfen dann der Frau, deren Mann inzwischen offenbar das Bewusstsein verloren hatte.

Unter großen Mühen kletterten Jacob und Benjamin wieder in die Kutsche und versuchten, den schwer gebauten, großen Engländer herauszuhieven. Sie ächzten und fluchten, während sie gleichzeitig alles gaben, um die schweren Schnittwunden im Gesicht des Verletzten nicht noch weiter aufzureißen. Der war mittlerweile wieder bei Sinnen, doch er jammerte nicht, sondern biss sich tapfer auf die Zähne.

Schließlich standen sie alle vier vor dem umgestürzten Vehikel, bis zu den Knien im Morast. Umschwirrt von Tausenden von Fliegen und Stechmücken, die sich besonders für Jacobs und des Engländers blutende Wunden interessierten. Die Frau versorgte ihren Gatten, so gut sie konnte, mit sauberen Tüchern aus dem unversehrt gebliebenen Gepäck, während Benjamin endlich die Pferde abspannte und an einem Baum festband.

Dann eilte er schuldbewusst nach Witzenhausen und kehrte zwei Stunden später mit einigen kräftigen Männern sowie starken Holzbohlen und Hebeln zurück. In gemeinsamer Anstrengung wuchteten sie die ansonsten unbeschädigte Kutsche hoch und brachten sie wieder auf die Straße. Obwohl Benjamin sämtliches Vertrauen verspielt hatte, gaben die drei ihm eine zweite Chance. Was sonst sollten sie tun?

Der restliche Weg nach Hannover, inklusive einer Übernachtung in einem wenig Vertrauen erweckenden Gasthof, verlief zum Glück ohne weitere unangenehme Überraschungen. Jacob bekam das Gold und die Edelsteine, verpackte es unauffällig und fuhr auf kürzestem Wege in einer Reisegruppe zurück nach Kassel. Dort angekommen, machten Wiskemann und er sich ans Werk, und keine drei Wochen später war die Skarabäus-Brosche fertig.

Stolz begutachteten sie ihr Werk.

»Das ist ohne Zweifel eine der schönsten Arbeiten, die wir jemals ausgeführt haben!« bestätigte Wiskemann Jacobs Einschätzung. »Möchtest du sie morgen bei der jungen Edelfrau abliefern? Oder soll ich es machen?«

Jacob lief rot an, Wiskemann hatte messerscharf seine Schwäche für diese besondere Kundin erkannt.

»Ja, das würde ich sehr gerne.«

In der Nacht vor der geplanten Auslieferung bekam Jacob hohes Fieber. Er lag im Bett und schüttelte sich, fror erbärmlich, trotz großer Hitze in seiner Kammer, und delirierte vor sich hin, so dass Wiskemann besorgt nach einem Arzt rufen ließ. Der fühlte den Patienten überall ab und fragte viel.

»Wo tut es Euch weh? Habt Ihr Leibschmerzen? Ist Euch heiß oder kalt?«

Jacob antwortete mehr röchelnd als verständlich, die Übelkeit und Mattigkeit setzten ihm sehr zu. Alle Stunde lang erbrach er sich, bis nichts mehr in seinem Körper zu sein schien.

»Marschenfieber!« Die Diagnose des Arztes war eindeutig. »Hat sich der junge Mann zuletzt irgendwo im Sumpfland aufgehalten?«

Die Frage war an Wiskemann gerichtet. Der erinnerte sich an den Unfall gut zwei Wochen zuvor. »Aber das war vor fünfzehn Tagen! Da hatte Jacob einen Unfall mit einer Kutsche im Sumpf der Werra bei Witzenhausen.«

Der Arzt nickte. »Das passt zusammen. Am gesamten Verlauf der Werra, von Eschwege bis Münden, werden derzeit verstärkt Anfälle von Marschenfieber gemeldet. Ganz besonders bei Kindern und jungen Menschen. Der heiße Sommer und der viele Regen begünstigen das Miasma, welches für diese Krankheit verantwortlich ist.«

Dann wandte er sich wieder an seinen Patienten:

»Ich kann dich jedoch beruhigen: Das Marschenfieber ist zwar übel und schmerzhaft, aber nur selten tödlich. Morgen sollte das Fieber vorüber sein, übermorgen kommt es noch einmal kurz zurück, dann hast du es überstanden. Deswegen nennt man es auch das ›Drei-Tage-Fieber‹«. Er ergänzte noch: »Sei froh, dass du nicht die tropische Abart dieser Krankheit erwischt hast, die kommt auch gelegentlich vor in unseren Breiten. Die nennt sich Malaria, ist viel schmerzhafter, und führt öfter zum Tode. Also hast du eigentlich Glück gehabt.«

Tatsächlich verlief die Krankheit exakt so, wie vom Arzt prognostiziert. Jacob war jedoch derart geschwächt, dass Wiskemann ihm gestattete, noch zwei weitere Tage das Bett zu hüten.

Als er schließlich wieder halbwegs auf den Füßen stand und an die Schmerzen und die Übelkeit zurückdachte, die ihm dieses Marschenfieber verursacht hatte, murmelte er nur:

»Danke, Benjamin, du Schuft.«

Sollte er ihm jemals wieder begegnen, würde er ein ernstes Wort mit ihm reden.

9. Kapitel: Die Freiin von Poppy

NACH SEINER GENESUNG machte sich Jacob auf den Weg zum Hof, um seiner adeligen Kundin ihre Brosche zu überbringen.

Am Hof des Fürsten fragte er sich durch nach der Freiin von Poppy. Er fühlte sich völlig fehl am Platze, als er all die livrierten und uniformierten Diener sah, all die vornehmen Bewohner des fürstlichen Hofes. Man wies ihm einen Platz auf einer der vielen Bänke in einem einigermaßen schmucklosen Saal zu, in dem ganz offensichtlich sehr viele Menschen auf Audienzen, Beratungen oder Urteile verschiedenster Art warteten. Die, im Gegensatz zu den Bewohnern des Hofes und zu seiner Beruhigung, meist nicht besser gekleidet waren als er. Lange musste er sich nicht gedulden. Anmutig hüpfend kam die Freiin von Poppy ihm entgegen. Der blumenbekränzte Sommerhut schlackerte auf ihrem Kopf. Schüchtern stand er auf. Es war ihm peinlich, sie vor derart vielen Menschen zu treffen. Ihr Lächeln half ihm jedoch schnell aus seiner Beschämung heraus.

»Ich grüße Sie«, rief sie beinahe jubelnd, dann überlegte sie kurz. »Jacob, so heißt Ihr doch, wenn ich mich nicht irre?« Jacob fühlte sich geschmeichelt, dass sie sich an seinen Namen erinnerte. »Und Ihr erinnert Euch hoffentlich an den meinen?«, fragte sie kokett.

»Selbstverständlich, verehrte Dame.«

»Lasst den Unfug, nennt mich Bella. Hatte ich das nicht vorher schon einmal gesagt?«

Ganz ungezwungen hakte sie sich bei ihm unter, fast so, als wären sie standesgleich, und zog ihn mehr, als dass sie

52

gemeinsam gingen, in den großen, parkähnlichen Schloss-
garten hinaus.

»Nun, habt Ihr meinen Auftrag ausführen können?«

Die Neugier stand ihr geradezu ins Gesicht geschrieben.

Jacob nickte schweigend, öffnete die lederne Umhängeta-
sche, die er bei sich hatte, und entnahm ihr ein kleines Päck-
chen. Ein Stoffbündel, zugebunden mit einem blauen Band
aus Seide.

»Ich hoffe, Ihr seid zufrieden. Mein Meister und ich haben
unser Bestes gegeben.«

Sie entknotete das Seidenband, wickelte den Stoff ausei-
nander und hielt erst einmal den Atem an. Betrachtete das
glänzende Kunstwerk, wog es prüfend in der Hand, strich
mit den Fingern über die edelsteinbesetzten Glieder und Fühler des Käfers, bevor sie es an ihre Lippen hob und zärtlich
einen Kuss auf einen der goldenen Flügel schmatzte. Dann
hauchte sie:

»Es ist wunderschön. Ein Meisterwerk. Das ist noch schöner, als ich es erhofft hatte. Ihr und Euer Meister seid wahrhaftig große Künstler.«

Erneut errötete Jacob, dann erinnerte er sich an Wiskemanns Weisung, unbedingt den Lohn einzufordern.

»Wenn es Euch wirklich so gut gefällt, dann ist hoffentlich
unser Lohn gerecht.«

Er nannte die Summe. Als Wiskemann sie ihm vor seiner
Abreise mitgeteilt hatte, war er sprachlos gewesen. Nie hatte
er so viel Geld auf einmal gesehen, geschweige denn, dass er
sich vorstellen konnte, jemand könne derart viel für ein einziges Schmuckstück ausgeben. Davon könnte er einige Jahre
lang gut leben. Aber Bella lachte laut auf und rief:

»Selbstverständlich. Geht zum Kämmerer des Fürsten, der
hier meine Finanzen verwaltet. Und sagt ihm, er soll Euch
noch zehn Heller Botenlohn drauflegen.«

Jacob wollte gehen, aber Bella bat ihn, sich neben sie auf eine Bank zu setzen.

»Erzählt mir von Euch. Dann erzähle ich Euch von mir.«

Jacob sträubte sich.

»Mein Leben ist nicht erzählenswert.«

Aber Bella ließ nicht locker.

»Das entscheide ich selbst, ob es hörenswert ist. Los, erzählt.«

Und so berichtete Jacob von Witzenhausen, seinen Eltern, von Balthasar dem Kesselflicker und seiner Lehre bei Wiskemann. Seine Geschwister wie auch Harald den Dorftrottel unterschlug er geflissentlich. Er erzählte bis zu seinem Unfall mit Benjamin und dem anschließenden Marschenfieber. Wobei er die Krankheit aus dramaturgischen Gründen kräftig ausmalte. Bei der Erwähnung des Fiebers schüttelte sich das Mädchen in leichtem Grusel.

»Da habt Ihr aber Glück gehabt, und seid dem Tod gerade so von der Schippe gesprungen.«

»Ich bin von kräftiger Konstitution. Manch Schwächerer wäre wohl nicht mehr aufgestanden.«

Mit einem Mal merkte er, wie gut es sich anfühlte, etwas zu schwadronieren und mit seiner Männlichkeit anzugeben, obwohl er so kräftig gar nicht war. Er straffte die Schultern. Und mit seinem neu gefundenen Selbstbewusstsein forderte er nun Bella auf:

»Nun erzählt von Euch. Was macht Ihr hier am Hofe unseres Fürsten? Ihr seid doch nicht von hier.«

Bella lachte glockenhell.

»Nein, Gott sei Dank nicht. Hier wäre es mir auf Dauer viel zu langweilig. Meine Mutter hat mich hergeschickt, angeblich für zwei Jahre, um meine, wie sie sagt, Erziehung zur Hofdame und zukünftigen Ehefrau irgendeines langweiligen, alten Grafen zu perfektionieren. Dabei möchte

54

ich das gar nicht. Aber alles ist besser, als in Thüringen bei meiner Mutter zu leben. Wisst Ihr, als mein Vater starb – da war ich noch ein kleines Kind –, hinterließ er uns nichts als Schulden. Meine Mutter ist jedoch sehr tüchtig und konnte unser Gut wieder freikaufen. Aber seit der Krieg im Gange ist, sind ständig irgendwelche Truppen bei uns einquartiert. Und die einfachen Soldaten sind ein ekelhaftes Pack. Alles ist besser, als dort zu leben. Hier in Hessen-Kassel merkt man vom Krieg überhaupt nichts.«

Eine Einschätzung, der Jacob gerne widersprochen hätte, waren auf dem Land doch schon die Auswirkungen merklich zu spüren. Not und Armut wurden größer, auch in Witzenhausen, so hatte er gehört. Bella aber plapperte munter weiter.

»Daher mache ich gute Miene zu diesem dummen Spiel. Ich möchte außerdem gar nicht heiraten. Das Leben ist zu schön ohne Mann, wenn man jung ist. Männer sind fordernd und schwierig.«

Sie holte Luft nach diesem Monolog, grinste schelmisch und fragte im Flüsterton:

»Und, gibt es in Eurem Leben ein Liebchen? Oder lebt Ihr auch lieber das junge Leben alleine?«

Jacob schluckte. Das war ihm doch zu direkt. Seine frisch gewonnene Selbstsicherheit war bereits wieder dahin. Verschämt schüttelte er den Kopf. Bella erkannte seine Verletzlichkeit, und genau so, wie ein Mensch seinen Lieblingshund behandelt, tätschelte sie spielerisch seinen Kopf und murmelte:

»Ich wollte Euch nicht beschämen. Vergebt mir.«

Sie sprang auf und begann, sich mit singender Stimme zu verabschieden.

Plötzlich wackelte der Boden, die Erde bebte.

»Was ist das?«

Angsterfüllt klammerte Bella sich an den ebenfalls aufgesprungenen, und ebenso erschrockenen Jacob, der sie instinktiv in den Arm nahm.

Die Vibrationen des Bodens hielten an, wurden aber zum Glück nicht stärker. Aus dem Schloss ertönten Schreie, Menschen liefen hinaus in den Park.

Genauso schnell, wie es begonnen hatte, war der Spuk schon wieder vorbei. Jacob hatte während des etwa halbminütigen Erdbebens beide Arme schützend um die Freiin von Poppy gelegt; eine Geste, die er nun, ohne Anlass, einigermaßen peinlich fand. Jedoch wiederum auch äußerst angenehm. Er spürte ihre weichen Brüste an seiner Brust, und hätte sie am liebsten noch stundenlang festgehalten. Es war wie ein Traum. Ein helles, mädchenhaftes Räuspern ließ ihn zurück in die Wirklichkeit kommen.

»Das Erdbeben ist vorüber«, flüsterte sie in sein rechtes Ohr. »Ihr dürft mich wieder loslassen.«

Jacob errötete, während die junge Frau leise lachte.

»Ihr seid wirklich ein ganzer Mann«, sie begutachtete ihn von oben bis unten, und ließ sich dabei so viel Zeit, als sähe sie ihn zum ersten Mal. »Danke für Eure Hilfe.«

Jacob wusste nicht, ob sie es ernst meinte oder ob sich Bella über ihn lustig machte. Sein Blick sprach Bände. Sie jedoch lächelte seine Bedenken einfach weg und hauchte einen Kuss auf seine Wange.

»Bitte kommt mich ab und zu besuchen, wenn Ihr Zeit habt. Ich mag Euch gut leiden.«

10. Kapitel: Samuel Kornhammer

MEISTER WISKEMANN WAR HOCHZUFRIEDEN und sehr erleichtert, als Jacob das Geld wohlbehalten bei ihm ablieferte, an dessen Abholung beim Kämmerer des Fürsten er trotz des Erdbebens noch gedacht hatte. Das Beben hatte zudem keine weiteren Schäden angerichtet, alle waren mit dem Schrecken davongekommen. Nur Jacobs Herz hatte endgültig Feuer gefangen, was er tunlichst für sich behielt. Den Bericht über die mehr als zufriedene Kundin schmückte er entsprechend aus, Wiskemann vernahm es mit Wohlgefallen.

»Das dürfte uns für die Zukunft zusätzliche Aufträge bei Hofe einbringen. Auch meine früheren Aufträge waren bereits wohl aufgenommen worden, aber dieser Skarabäus, der wird dort noch für einiges an Aufsehen sorgen, dessen bin ich mir sicher.«

Jacob nickte zustimmend.

»Dieser Auftrag war nicht nur sehr aufwendig und kompliziert, sondern auch ausnehmend einträglich. Er hat mir ein gutes Sümmchen Geld eingebracht. Ganz besonders, dank deiner Mithilfe. Zum Dank von meiner Seite, und weil du dich bei dieser Arbeit so geschickt gezeigt hast, möchte ich dir eine weitere Ausbildung zum Juwelier ermöglichen. Was sagst du dazu?«

Jacob schluckte und wusste zuerst nicht, was er sagen sollte. Juwelier, das war noch eine Stufe höher als Goldschmied. Das war in diesem Berufsfeld die Krönung; ein Juweliermeister gehörte zu den angesehensten Handwerkern schlechthin. Er jubelte innerlich und unterdrückte ein paar Freudentränen.

»Danke, Meister Wiskemann, das wäre ganz wunderbar.«

»Ich möchte dich nicht verlieren als Geselle. Daher werde ich einen Juwelier suchen, bei dem du ausgebildet wirst, während du abwechselnd bei mir arbeitest. Kannst du dir das vorstellen?«

Abschließend und zu Jacobs allergrößter Freude ergänzte er noch:

»Vielleicht schaffen wir es ja, dass du gleichzeitig Meister der Goldschmiede- wie der Juwelierkunst wirst. Das Zeug dazu hättest du.«

Samuel Kornhammer betrieb das älteste Juweliergeschäft Kassels. Er war klein, grau-wuschelköpfig, ging krumm gebeugt, und auf seiner spitzen Nase trug er eine kleine Nickelbrille. Sein exzellenter Ruf als Juwelier stand in exaktem Gegenteil zu seinem persönlichen. Er hatte eine Reputation als grantelndes Schandmaul, obwohl er schon jenseits der siebzig war. Kornhammer hatte keine Nachkommen und sah daher Wiskemann – der ihm bis dahin wohlweislich aus dem Wege gegangen war – nicht als Konkurrenz. Die Aussicht, auf ein Jahr einen tüchtigen Mitarbeiter zu bekommen, wenn auch nur in Teilzeit, und ihm dafür nicht mal Lohn zahlen zu müssen, war für Kornhammer mehr als verlockend.

»Ich zahle Jacobs Lohn, auch wenn er die halbe Zeit bei Euch arbeitet«, hatte Wiskemann dem Juwelier das Geschäft schmackhaft gemacht. »Ich habe es ihm versprochen. Außerdem möchte ich ihn in meiner Werkstatt behalten. Er ist so talentiert, dass er es verdient hat.«

Kornhammers Werkstatt lag nur wenige Straßen entfernt, so dass Jacob sogar seine Kammer in Wiskemanns Dachgeschoß beibehalten konnte. Das Haus war ein stabiler, grausteinerner Kasten, mit verspielten Details an Giebel und Fassade, wie Zinnen und winzigen, völlig unnützen Erkerchen. Alles erbaut und präsentiert als Zeichen gutbürgerlichen Wohlstands.

Zuerst wunderte Jacob sich, dass er bei einem Juden arbeiten sollte.

»Samuel ist doch ein jüdischer Name?«, fragte er Wiskemann.

Der lachte.

»Die Kornhammers sind schon seit über einhundert Jahren keine Juden mehr. Die sind sehr bald nach der Reformation protestantisch geworden. War besser für ihr Geschäft. Als Jude dürfte er hier kein Handwerk betreiben.«

Jacob war Religion nie sonderlich wichtig gewesen, er ging zur Kirche und betete öffentlich, wie jeder andere auch. Aber nicht mehr als nötig. In seiner protestantischen Bibel las er so gut wie nie. Er tat gerade so viel, um nicht negativ aufzufallen. Daher hatte er Verständnis, wenn jemand die Glaubensfronten wechselte, um daraus einen Vorteil zu ziehen. Er wusste ein wenig über die hugenottischen Großeltern seiner Mutter und den Aufwand, den sie betrieben hatten, um ihre Religion frei ausüben zu können. Das wäre nichts für ihn. Niemals! Es würde nicht dazu kommen, dass man ihm seinen Glauben verbot, und erst recht nicht dazu, dass er dafür kämpfte. Das Einzige, was er sich nie verbieten lassen würde, und da war er ganz sicher, das wäre sein Beruf und seine Berufung als Goldschmied, Juwelier und was da sonst noch kommen mochte!

So stellte er sich an seinem ersten Arbeitstag freudestrahlend bei Kornhammer vor. Der grüßte mürrisch zurück, und als Allererstes knallte er seinem neuen Gesellen zwei dicke Bücher auf den Tisch.

»Die lernt er zuerst auswendig, dann reden wir weiter!«

Jacob nahm das erste Druckwerk in die Hand und las: »*U.F.B. Brückmanns, Herzogl. Braunschw. Hofmedicus und*

Professors bey der Anatomie – Abhandlung von Edelsteinen nebst einer Beschreibung des Salzthalischen Steins.« Er verstand kein Wort. Sollte das ein Lehrbuch sein? Er nahm das andere. *»Versuch eines Handbuchs für praktische Juwelier-, Gold- und Silberarbeiter, zur Vervollkommnung ihrer Geschäfte und Arbeiten.«* Ohne Angabe eines Verfassers. Das klang besser. Aber musste er wirklich erst alles lesen, bevor er mit der Arbeit beginnen konnte? Als hätte er diesen Gedanken laut ausgesprochen, kam Samuel Kornhammer zurück, nahm das erste Buch wieder an sich und murmelte: »Das brauchst du nicht. Da steht sowieso nur Blödsinn drin. Von diesem professoralen Großmaul, der keine Ahnung hat vom Juwelierhandwerk. Das andere aber ist nützlich. Lies es und lerne!«

Während der Juwelierausbildung der folgenden Wochen und Monate merkte Jacob, dass er handwerklich nicht mehr viel Neues dazulernen musste. Alle erforderlichen Techniken beherrschte er bereits bestens aus seiner Goldschmiedelehre. Lediglich die Materialien waren anders: Kostbarer, bunter, vielfältiger, und teilweise sehr viel kleiner. Winzige Edelsteinsplitter einzuarbeiten erforderte erheblich mehr Akribie und Exaktheit als eine simple Gold-Ziselierung. Das war der größte Unterschied. Er musste noch akkurater arbeiten, denn Ungenauigkeiten oder Abweichungen im Muster sah man viel eher.

Dafür belohnten die Arbeiten ihren Produzenten aber auch mit einem Wonnegefühl, versetzten Jacob in einen Zustand der Zufriedenheit, wie er es zuletzt als Goldschmied nicht mehr gekannt hatte.

Hier trat auch ein weiterer Wesenszug Jacobs erstmals voll zu Tage: Eine Ungeduld, gepaart mit einem Willen zum Perfektionismus. Jacob wollte alles möglichst schnell erledigen, jedoch auch möglichst perfekt. Wenn es galt, dazu Tag und Nacht weiter zu lernen, zu arbeiten, sich zu schinden, dann musste das so sein.

Kornhammer arbeitete alleine, ohne Lehrlinge oder Gesellen; er fühlte sich zu alt dafür. Lediglich eine junge Magd half ihm im Haushalt. In Jacob sah er eine Ausnahme von der Regel, zumal er nur die halbe Zeit anwesend war, sehr selbstständig arbeitete und ihn, als größten Vorteil, eben nichts kostete. Ganz im Gegenteil sogar. Jedoch auch Jacob profitierte enorm davon, die unglaubliche Erfahrung und das enzyklopädische Wissen des alten Mannes exklusiv zu haben.

Für die Schmuckstücke stellte ihm sein Lehrer viele verschiedenartige Steine zur Verfügung. Er verwendete Topase genauso wie Diamanten, Amethyste, Rubine oder Granate. Er wurde schnell sehr geschickt darin, Chrysolithe ebenso wie Smaragde, Achate und Saphire zu spalten, zu schleifen und einzusetzen. Quasi nebenher lernte er, auch weniger bekannte oder weniger wertvolle Steine, wie Hyazinth, Turmalin, Porphyr, Malachit, Rosenquarz oder Goldberyll zu bearbeiten. Und sogar mit nichtedlen Steinen wie Granit, Bernstein, Korallen oder Feuerstein wusste er schließlich etwas anzufangen. Schließlich, als Krönung des Juwelierhandwerks, durfte er echte orientalische Perlen bearbeiten.

Jacob schuf Schmuckdosen, Knöpfe, Tabaksdosen, Ketten, Broschen, einmal setzte er sogar einen Diamanten auf den Knauf eines Gehstocks.

Sein eigenwilliger Humor, der ihn bei Wiskemann zu einigen originellen Werkstücken verführt hatte, kam bei Kornhammer nicht zur Geltung. Zu teuer wären Pannen oder gar unverkäufliche Stücke geworden. Er wollte seine Zulassung zur Meisterprüfung nicht mit Skurrilitäten riskieren.

An Bella dachte er regelmäßig und mit einem schmerzhaften Ziehen in der Brust; zu einem Besuch konnte er sich jedoch nicht aufraffen. Er traute sich schlichtweg nicht.

Sehr spät erst merkte er, dass ihm Kornhammer den wichtigsten Teil der Juwelierausbildung bis zum Ende vorbehalten hatte. Dazu gab es einen guten Grund, aber dazu musste sein Meister ihn zuerst einmal gründlich reinlegen.

Jacob hatte eine, seiner Meinung nach, sehr feine Kette mit einem durchsichtigen, kleinen Diamanten angefertigt. Das Edelsteinmaterial hatte ihm Kornhammer seit Beginn seiner Juwelierausbildung immer fertig zugeteilt. Nie hatte er es selbst ausgesucht, aber auch niemals hinterfragt, ob es dazu besonderer Kenntnisse bedürfe. Nun nahm Kornhammer die Kette, legte sie auf den Tisch, und schlug zu Jacobs größtem Entsetzen mit dem Hammer drauf. Die Kette splitterte, Steine und Splitter stoben in alle Richtungen davon, Jacob schrie erschrocken auf.

»Was macht Ihr da, Meister?«

»Ich erteile dir nun die allerwichtigste Lehre, die du als Juwelier lernen musst.«

Er hob den Hammer wieder hoch, und darunter lagen viele kleine Splitter des aus der Fassung geratenen Diamanten, den Jacob in stundenlanger Feinarbeit in die Goldumrandung hineingearbeitet hatte. Jacob war ebenso fassungslos wie der Stein.

»Was fällt dir auf?«

»Nun, der Diamant ist zersplittert.«

»Darf er das? Sollte er das?«

»Nein, selbstverständlich nicht. Diamanten sind unzerstörbar.«

So langsam dämmerte es ihm, dass dies ein Test war.

»Was war es dann, wenn kein Diamant?«, fragte er verlegen.

Samuel Kornhammer lachte hämisch.

»Einfaches, billiges Glas. Dennoch eine gute Imitation. Jedoch wenn du mein Diamanten-Einkäufer wärst, würde ich dich nun mit Schimpf und Schande aus der Werkstatt jagen. Und dein schlechter Ruf würde dich dein Leben lang verfolgen.«

Nun setzte er eine friedlichere Miene auf und beruhigte Jacob.

»Ich kaufe immer wieder absichtlich falsche Diamanten, um meinen Kunden, aber auch meinen Lehrlingen zu zeigen, wie leicht man hintergangen werden kann. Wobei der Hammer noch die leichteste Methode ist, eine Fälschung nachzuweisen. Bei vielen Steinen ist das nicht möglich. Und sollte der Stein echt sein, würde der Hammer ihn ja möglicherweise beschädigen. Also muss man sich als Juwelier etwas anderes einfallen lassen. Das zeige ich dir nun.«

In den nächsten Tagen lernte Jacob alles, was es über Gewichte, Messungen, Speziallupen und allerfeinste, nuancierte Farbabstufungen zu lernen gab. Er besaß ein sehr gutes Auge, dazu kam sein anscheinend angeborener Sinn für Technik, so dass er rasend schnell lernte, Fälschungen zu entlarven und alle echten Steine korrekt zu bewerten.

Selbst Kornhammer war beeindruckt.

»Noch nie habe ich gesehen, wie jemand diese komplizierte Materie so schnell erfasst hat.«

Das Jahr ging schneller dem Ende zu als erwartet. Noch immer ohne ein Wiedersehen mit Bella. Vergeblich hatte Jacob dazu auf einen neuen Auftrag der fröhlichen adeligen Schönheit gehofft.

Kornhammer und Wiskemann war es inzwischen sogar gelungen, für Jacob eine Meisterprüfung als Goldschmied *und* Juwelier zu arrangieren.

»Mach dir jedoch nicht allzu viele Hoffnungen«, wiegelte Wiskemann gleich ab. »Du darfst noch nicht selbstständig als Meister arbeiten. Dazu musst du noch ein paar Jahre bei mir verbringen, bevor ich dich in die Welt des Meisterhandwerks entlasse.«

Dennoch war Jacob selig. Er wäre der jüngste Meister der Goldschmiedekunst in Kassel seit Menschengedenken.

Am Vorabend von Jacobs letztem Arbeitstag bei Kornhammer ging dieser in seinen Keller, um – ungewöhnlich genug für einen Menschenfeind wie ihn – ein Geschenk zu holen, das er Jacob als Dank für dessen gute Arbeit überreichen wollte. Gleichzeitig wollte er einen neu erworbenen Stein hinunterbringen. Dorthin, wo er seine wertvollen Preziosen, unerreichbar für Diebe, sicher wegschloss. Auf dem Weg in den Keller stolperte er und fiel die letzten drei Stufen hinunter. Unglücklicherweise nahm der Stein aus seiner Hand einen Weg, der für den alten Juwelier zum Tode führte.

Kornhammers Magd, ein junges, unscheinbares Ding namens Maria, und Jacob standen am nächsten Morgen vor verschlossenen Türen. Schließlich riefen sie Wiskemann herbei, um ihn um Rat zu fragen. Der meinte nur lakonisch:

»Wir werden die Türe aufbrechen, vielleicht ist der Alte krank oder ihm ist sonst was geschehen. Man weiß ja nie bei solch alten Knackern.«

Sie fanden Kornhammer bäuchlings auf dem Kellerboden, die verdrehten Beine noch auf den unteren beiden Stufen liegend. Vorsichtig drehten sie ihn um. Maria schrie erschrocken auf und klammerte sich an Jacobs Arm, was dieser als gar nicht so unangenehm empfand.

In Kornhammers Stirn steckte ein riesiger, glänzender Diamant. Durch das zerschmetterte Stirnbein war viel Blut und auch ein wenig Gehirnmasse ausgetreten. Kornhammer musste sofort tot gewesen sein. Das Blut aber, so fand Jacob nach einem Moment des Schreckens, sorgte für einen Kontrast zum blitzblanken Stein, der sich in einem Schmuckstück wunderbar machen würde.

Während sie auf den Arzt warteten, der den Tod bestätigen sollte, untersuchte Jacob den Stein genauer. Er spielte den Experten etwas lautstärker, als wenn Maria nicht anwesend wäre. Obwohl er immerzu an Bella dachte, war diese doch unerreichbar. Aber er verspürte Gelüste, die er sich irgendwann einmal erfüllen wollte.

»Einfaches, billiges Glas«, war seine Diagnose. »Wen wollte er damit wohl an der Nase herumführen?«

Wiskemann ging zurück zu seiner Werkstatt und bat Jacob, alsbald nachzukommen.

»Wir müssen klären, wie wir nach diesem Unglück mit deiner Meisterprüfung weiter verfahren.«

Die schüchterne Maria indes war sichtlich beeindruckt und hing gebannt an Jacobs Lippen. Der nahm sie, sobald Wiskemann gegangen war, in den Arm und verdrängte alle Gedanken an Bella von Poppy. Stattdessen küsste er Maria zuerst vorsichtig, dann leidenschaftlicher und erschien entsprechend später wieder in Wiskemanns Werkstatt.

Auf Jacobs Vorschlag hin wurde Kornhammer mit dem falschen Diamanten in der Stirn begraben.

»Er ist nicht viel wert, und Samuel Kornhammer wäre es sicher recht«, stimmte auch Wiskemann zu. Der hatte sich schnell entschlossen, Kornhammers Geschäft mangels Erben selber zu erwerben und weiterzuführen. Dadurch war er zuständig für alle offenen Rechnungen des alten Mannes, und musste auch für die Kosten der Beerdigung aufkommen.

»Trotz der tragischen Umstände ist es ein würdiger Tod für einen Juwelier, mit einem Stein in der Stirne unter die Erde

65

gebracht zu werden«, war Jacobs Fazit. »So sieht seine Stirn aus wie eine Diamantbrosche.«

So richtig nachtrauern tat Kornhammer allerdings niemand.

11. Kapitel: Maria Schweppeus

»*DIE GESCHICHTE MIT SEINER FRAU fasse ich kurz.*« *Es schien dem König für einen Moment, als hätte sich ein schnippischer, mit einer Spur Eifersucht gemischter Ton in die Erzählung der Gräfin gemischt.* »*Sie ist nicht weiter erwähnenswert. Ich mache das nur der guten Ordnung und der Vollständigkeit halber.*«

Durch die Weiterführung der Werkstatt bekam Jacob viel mehr Zeit mit Maria, mehr Zeit als Wiskemann lieb war. Sehr schnell hatten beide festgestellt, dass es weit angenehmer zu zweit war als allein. Und auch wenn es zwischen ihnen keine Liebe gab, keine knisternden Funken der Leidenschaft sprühten, so schätzten und respektierten sie sich doch auf eine Art, die besser war als die meisten, von den Eltern arrangierten Ehen der Zeit.

Beide kamen aus einfachem Hause, das Fehlen jeglicher Standesunterschiede, wie auch jedes daraus resultierenden Dünkels, machte es leicht für sie, zuerst aus geschäftlichen Gründen unter einem Dach zu leben, nach einigen Wochen offiziell als Verlobte. Und bereits nach drei Monaten als Ehepaar.

Maria gab Jacob die körperliche Liebe, die er sich von Bella ersehnte – ohne dass er sie jemals Maria gegenüber erwähnte, außer als wohlhabende Kundin.

Er gab ihr, wie in einem Tauschgeschäft, das offiziell nie verhandelt worden war, Schutz, Lohn und Brot sowie die angenehme Tatsache, Ehefrau eines jungen, aufsteigenden

Goldschmieds und baldigen Juweliermeisters zu sein. Zudem behandelte er sie immer höflich und respektvoll, auch im Ehebett, was man von den wenigsten Männern dieser Zeit, die von einem rohen, soldatischen Mannsbild geprägt war, behaupten konnte.

Es konnte nur aufwärts gehen für Maria und Jacob.

Dann kam der Krieg doch nach Kassel. Völlig unerwartet und unangemeldet stand plötzlich ein Regiment sächsischer und französischer Soldaten vor den Toren. Das Gute daran war, dass die Stadt kampflos eingenommen wurde. Es fiel kein Schuss.

Dennoch änderte sich die Stimmung in der Stadt. Die Menschen wurden ruhiger, schweigsamer, furchtsamer. Der Fürst verhandelte mit den Franzosen; der Bevölkerung schien es, als würden die Gespräche mit Absicht in die Länge gezogen, um den brüchigen Frieden zu wahren, der für diese Zeit vereinbart wurde. Ein Frieden, dem die Kasseler mehr als misstrauten. Die Taktik des Fürsten ging jedoch auf, es blieb weitgehend friedlich, so dass die Stadt kapitulieren konnte, ohne geplündert zu werden. Nach einigen Monaten zogen die Franzosen plötzlich und ohne Ankündigung ab, zwei Tage später die Sachsen. Es gab wichtigere Schauplätze, wo die Soldaten dringender benötigt wurden.

Im sechsten Jahr des Krieges erteilten sowohl der Hof als auch die Gilde Johann Ludwig Wiskemann die Erlaubnis, seinen besten Gesellen nun, nach Kornhammers tragischem Unglück, alleine der Meisterprüfung als Goldschmied und Juwelier zu unterziehen. In der Begründung stand unter anderem: »Dieser unselige Krieg hat hinreichend junge Männerleben gefordert, daher sollten wir die Tüchtigsten der Überlebenden nach Kräften fördern.«

Jacob war so euphorisch nach dieser Mitteilung, dass er Maria eine kleine Brosche schenkte und in der folgenden Nacht gleich dreimal mit ihr schlief.

12. Kapitel: Ahasuerus Blindganger

MIT DEM MEISTERBRIEF in der Hand übernahm Jacob die ehemalige Werkstatt von Samuel Kornhammer als Besitzer, mit allem Inventar und allen Kunden. Offiziell war er sein eigener Herr, hinter den Kulissen arbeitete er noch für Wiskemann. Drei Jahre hatte er ihm zugesagt, als Ausgleich für die Ausbildung und aus Dankbarkeit für dessen Unterstützung.

Das Ladenschild hatten sie nur insofern geändert, als dass sie hinter Kornhammers Namen ein »Succ.« für »Nachfolger« hingepinselt hatten. Jacob freute sich jeden Morgen am Anblick des großen, grünen Schildes mit der schwarz-goldenen Schrift »S. Kornhammer Succ. Feinste Goldschmiede- & Juwelierarbeiten«. Eines schönen, nicht allzu fernen Tages würde dann sein eigener Name auf dem Schild stehen! Aber auch so lief er nicht schlecht damit. Wiskemann hatte seinen Lohn an den Meisterbrief angepasst, und er konnte sich in seine eigene Werkstatt einarbeiten, ohne das geschäftliche Risiko eines selbstständigen Handwerksmeisters zu tragen. Das lag weiterhin bei Wiskemann. Alles schien perfekt.

Sogar der endlos erscheinende Krieg, die erneute, zweite Besetzung Kassels durch die Franzosen – erneut wenig erfolgreich, weil schon sehr bald die Kapitulation der Besatzer folgte – ließ die Bevölkerung einigermaßen unbeeindruckt. Man hatte schon Schlimmeres erlebt. Dann war der Frieden doch irgendwann da, vereinbart in Paris und Hubertusburg. Offiziell hieß es, der »Status quo ante bellum« werde wiederhergestellt.

»Wie soll das gehen?«, fragten sich die Leute. »Man kann den Krieg doch nicht ungeschehen machen und so tun, als ob es ihn nie gegeben hätte?«

In der Tat, England und Preußen waren stärker geworden, zu Lasten Frankreichs. Aber in Kassel ging das Leben weiter, als wäre nichts gewesen.

Jacobs Ruf ging bald schon über die fürstliche Hauptstadt und das Fürstentum hinaus. Sogar aus dem reichen, fernen Hannover kamen Aufträge. Manche Kunden besuchten ihn persönlich, manche – die eher Hochgestellten – forderten ihn auf, zu ihnen zu kommen und das anzufertigende Kunstwerk zu besprechen. Nützlicher Nebeneffekt dabei war, dass er immer besser Englisch lernte, die zweite Amtssprache Hannovers.

Dann kam der Tag, der sein Leben und seine Bestimmung ändern sollte. Ein bitterkalter Wintertag, an dem ein heftiger Wind den letzten verbliebenen Schnee spielerisch durch die gepflasterten Gassen jagte. Es war so kalt, dass sogar der allgegenwärtige Gestank in den Straßen Kassels wie eingefroren schien. Aus diesem Grund hatte Jacob am Morgen sogar ein Fenster geöffnet, was sonst niemand tat, der nicht das wertvolle Holz zum Fenster hinaus verheizen wollte. Das Kaminfeuer knisterte. Jacob war guter Dinge und pfiff ein Liedchen vor sich hin, während er sich den nächsten Auftrag vornahm: ein Armband, mit siebenundsiebzig Rubinen besetzt. Anspruchsvoll und teuer, und als fertige Arbeit sicher wunderschön anzuschauen.

Da schlug die Türe auf, ein Windstoß fegte herein, bevor der Besucher die Türe mit gleichem Schwung lautstark wieder zuknallte. Der groß gewachsene, schlanke Mann – derjenige, welcher Jacobs Leben neuen Schwung und frische Ideen geben sollte – hatte fast den Kopf im Türrahmen einziehen müssen, obwohl er seinen schwarzen Hut bereits in der Hand hatte. Er rief Jacob einen höflichen Morgengruß zu, der aus deutsch-englischem Kauderwelsch bestand. Dann fuhr er auf Englisch fort.

»Seid Ihr der Juwelier Jacob Schweppeus?«

Jacob nickte. Der Gast trat näher und entledigte sich seines warmen, großkarierten Mantels. Ein grauer Backenbart umrahmte ein kantiges Gesicht mit einer markanten Hakennase und einem ebenfalls grauen, tonsurartigen Haarkranz. Trotz je zwei fehlender Zähne oben und unten brachte der Mann ein freundliches Lächeln zustande.

»Was kann ich für Euch tun? Möchtet Ihr ein Schmuckstück beauftragen?«

»In der Tat, das möchte ich«, kam die erwartete Antwort. »Doch zeigt Ihr mir vorher einige Beispiele Eurer Kunst?«

Jacob fürchtete sich vor Dieben ebenso, wie Kornhammer es getan hatte, und auch Wiskemann hatte ihn während der Ausbildung ständig zur Vorsicht ermahnt. Daher war er erst einmal skeptisch und flüchtete sich in Ausreden.

»Aus Angst vor Dieben habe ich kaum etwas hier. Ich arbeite selten an mehreren Stücken gleichzeitig und habe immer nur das hier, woran ich gerade arbeite.«

Der Besucher winkte unwirsch ab, anerkannte aber Jacobs Beweggründe und streckte die rechte Hand aus.

»Ich bitte um Verzeihung, ich hätte mich zuerst vorstellen sollen, bevor ich mit einem derartigen Ansuchen an Euch herantrete. Vielleicht hätte ich meinen Besuch vorher ankündigen sollen, das war mir jedoch leider nicht möglich. Mein Name ist Ahasuerus Blindganger und ich bin Uhrmacher aus der britischen Hauptstadt London. Derzeit halte ich mich in Hannover auf und bin von dort auf eine Reise aufgebrochen, die mich auch nach Kassel führt, wie Ihr seht. Hier habe ich mich umgehört, Ihr wurdet mir empfohlen, und nun möchte ich Euch kennenlernen. So einfach ist das.«

Ein Uhrmacher? Einen Mann mit diesem Beruf hatte Jacob noch nie kennengelernt.

»Was für Uhren macht Ihr denn?«, fragte er denn auch keck zurück.

»Ich baue Uhren aller Art, aller Größen und für alle Anwendungen.«

Blindganger redete laut und selbstbewusst, so als wolle er Jacob eine Uhr verkaufen.

»Planetenuhren und astronomische Uhrwerke für die Wissenschaft, große Schlaguhren für Kirchtürme, die bei uns ›Clock‹ heißen, oder kleine, handliche Uhren für die Westentasche, die jeden von uns die Zeit beobachten lassen, und die man bei uns deswegen ›Watch‹ nennt.«

Er nahm eine kleine Uhr aus seiner Tasche und zeigte sie Jacob.

»Ihr nennt doch hoffentlich auch eine Uhr Euer Eigen?«

Jacob schüttelte den Kopf und deutete nach draußen, unbestimmt in Richtung des Kirchturms.

»Meine Zeit schlägt dort«, ergänzte er bescheiden. Und klopfte im Rhythmus der Kirchenglocke fünf Mal auf den Tisch. Blindganger lachte.

»Ja, London ist nicht nur die wichtigste Stadt der Welt« – eine Einschätzung, die Jacob nicht teilen konnte –, »sondern auch die schnellste. Ohne Uhr seid Ihr in London hoffnungslos verloren.«

Jacobs Interesse war geweckt. Mit Uhren hatte er sich noch nie beschäftigt, trotz seiner technischen Begabung und seines Interesses für Mechanik. Richtig präzise Uhren gab es in Kassels Öffentlichkeit noch nicht, aber auch hier schien der Fortschritt unaufhaltsam. Anstatt seinen neuen Kunden behutsam in Richtung des geplanten Auftrags zu dirigieren, stellte er daher Fragen zur Funktionsweise der Taschenuhr des Londoners.

»Wie passt ein derart komplexes Ding wie ein Uhrwerk in eine so kleine, eiförmige Dose?«

»Fortschritt, Technik, Akribie, Präzision, mein Lieber«, schleuderte ihm Ahasuerus Blindganger die Schlagworte nur so um die Ohren, dass ihm Hören und Sehen verging.

»Und Erfahrung sowie Wissen um die Naturgesetze, die unser brillantester Kopf, Isaac Newton, endlich, endgültig und allgemeingültig formuliert hat. Nur mit Wissen dieser Naturgesetze lassen sich wirklich präzise Uhren bauen. Wir stehen sogar kurz vor der Lösung des größten Uhrenproblems, der Längengradbestimmung, da normale Uhren auf See nicht funktionieren.«

Der Engländer steckte seine Taschenuhr zurück. Jacob verstand bestenfalls die Hälfte des Gesagten.

»Auch ich habe mich einige Zeit mit der Problematik der Längengradmessung befasst. Habe allerdings abgebrochen, da ich sonst mein normales Tagewerk nicht hätte weiterführen können. Ihre Lösung ist jedoch nur noch eine Frage der Zeit. Die Belohnung dafür ist sehr, sehr hoch.«

»Wer zahlt denn eine Belohnung für die Lösung technischer Probleme?«

»Unser Parlament hat zwanzigtausend Pfund ausgesetzt.«

Jacob war fasziniert. England schien wirklich ein sehr fortschrittliches Land zu sein. Und zwanzigtausend Pfund, das hörte sich nach einer gewaltigen Menge Geld an.

»Aber was hat das Parlament davon?«

Blindganger lächelte über die naive Frage hinweg. Jetzt ging vollends der Patriot mit ihm durch.

»Wir sind die größte Seemacht der Welt. Korrekte Navigation wird immer wichtiger. Jede Lösung, die dazu beiträgt, Großbritanniens Rolle auf den Weltmeeren zu verbessern, *muss* belohnt werden.«

Der Londoner stand jetzt regelrecht stramm vor Eifer.

Jacob grinste verhalten und fühlte sich doch etwas armselig. Was hatte Hessen-Kassel zu bieten? Keine Flotte, kein Schiff, nicht einmal Zugang zum Meer. Und er saß hier, schmiedete Schmuck, den er plötzlich sogar als armselig empfand, während draußen in der Welt technische und ungeheuer wichtige Probleme der Menschheit darauf warteten, gelöst zu werden.

Nun war er sich sicher: *Das* war seine Berufung!

Der Auftrag, der eigentliche Grund für Blindgangers Besuch in Kassel, geriet zur Nebensache. Eine schöne, aber nicht sonderlich komplizierte goldene Türe mit ein paar Einlegesteinen für einen kleinen Uhrkasten sollte Jacob Schweppeus bauen. Und nach Hannover senden.

Nachdem Ahasuerus Blindganger sich verabschiedet hatte – er wollte noch zur Sternwarte – »Welche Sternwarte?« hatte Jacob zum Amüsement des Londoners gefragt –, dankte er, ausnahmsweise einmal, seinem Gott für diesen Wink des Schicksals, seinem beruflichen Weg eine weitere Gabelung hinzufügen zu können.

Nun war es an König Wilhelm IV., wie ein Honigkuchenpferd zu grinsen. Er nickte bedächtig, denn er teilte die Meinung des Londoner Uhrmachers, dass London die wichtigste Stadt und England die größte Seemacht auf der Welt seien, natürlich uneingeschränkt. Dennoch, er war müde.

»Danke für die interessante Geschichte.« Er gähnte. »Wie Ihr wisst, liebe Gräfin, ist mein Wohlbefinden nicht das Allerbeste derzeit. Darf ich den heutigen Abend daher beenden und Euch bitten, morgen um die gleiche Zeit wieder zu kommen und die Erzählung fortzuführen?«

Die Gräfin nickte.

»Eine exakte Uhr habt Ihr ja hoffentlich?«

Der König schlug sich bei seinem eigenen Scherz vor Lachen auf die Schenkel.

13. Kapitel: Bella

AM NÄCHSTEN UND ÜBERNÄCHSTEN ABEND war der König verhindert, so dauerte es drei Tage, bis sich das Trio wieder im Kaminzimmer des Palastes traf und die Gräfin weitererzählen konnte.

Mit bemerkenswerter Konsequenz nahm Jacob sein neues berufliches Interesse in Angriff. Er besorgte sich Bücher aller Art, über Mechanik, Uhren und Uhrwerke, aber auch über Physik, Astronomie und die Naturgesetze der Welt. Dabei lernte er einigermaßen fassungslos, wie wenig er wusste von der Welt, und wie unzureichend seine Schulbildung gewesen war. Zum ersten Mal hörte er den Namen Leonardo da Vinci, erfuhr von dem berühmten Kasseler Uhrmacher Eberhard Baldewein, der als Hofuhrmacher des Fürsten bedeutende Kunst- und Planetenuhren gebaut hatte, und das schon vor fast zweihundert Jahren! Wiskemann machte ihn mit der ihm, bis zum Besuch des Engländers völlig unbekannten, Kasseler Sternwarte vertraut, sowie dem legendären Schweizer Mechaniker Jost Bürgi, der dort ein Vierteljahrhundert lang als Hofastronom und Uhrmacher gewirkt hatte. Alles schon vor langer, langer Zeit. Wie ein verflossenes Zeitalter, das vor ihm in den Nebel der Geschichte entwichen war, so nahm er diese Erzählungen wahr. Er fühlte sich zeitweise wie ein kleines Kind, das zum ersten Mal die Schulbank drücken musste. Nichts wusste er, rein gar nichts!

Viele der neuen Bücher waren nur in englischer Sprache veröffentlicht worden, ein Grund mehr für ihn, seine Kenntnis dieser Sprache zu verbessern, von der er bisher, und dies auch nur der Nähe der vielen englisch-sprechenden Hannoveraner geschuldet, einige Alltagsbrocken mitbekommen hatte.

Jacob begann, Uhren aller Art zu kaufen, von klein bis mittelgroß, am liebsten defekte Stücke, die er dann mit großem Genuss in ihre Einzelteile zerlegte, die defekten Teile nachbaute, um das Ganze wieder neu zusammenzusetzen.

Eine kleine, besonders hübsche Uhr in Form eines Käfers kaufte er schwer beschädigt, dafür aber sehr günstig, restaurierte das ramponierte Äußere, reparierte das Uhrwerk und schickte es zu Bella von Poppy an den Fürstenhof. Die reagierte wie erwartet: enthusiastisch, mit einer in feiner Handschrift geschriebenen Einladung auf einem dicken, parfumgetränkten, mit Herzen übersäten Briefbogen. Den musste er unbedingt vor Maria geheimhalten. Obwohl Maria bislang keinerlei Anzeichen von Eifersucht gezeigt hatte, dies wäre doch sicher des Guten ein wenig zu viel. Die Einladung zu einem nachmittäglichen Spaziergang im Schlosspark – nur dort konnten sie sich ungestraft zusammen zeigen – nahm er selbstverständlich an. Ein schlechtes Gewissen hatte er schon, weil er sich mit einer Notlüge davonmachte, aber für seine Angebetete war er bereit, über seinen moralischen Schatten zu springen.

Das Wetter war mittelprächtig, er fror ein wenig und war froh, dass Bella ihn nach einer stürmischen Begrüßung, bei der sie ihm mehrere schmatzende Küsse auf beide Backen gedrückt hatte, unter ihren Schirm nahm, um dem leichten Nieselregen zu entgehen.

»Jacob, Ihr seid auf dem besten Weg, ein echter Gentleman zu werden«, hatte sie seine letzte Entwicklung bewundernd kommentiert. Neckisch drückte sie seinen Oberarm. »Ein starker Mann, der versteht, was er macht. Und nun« – mit

Anspielung auf das Uhrengeschenk – »habt Ihr auch schon gelernt, wie man sich auf die Frauen versteht. Das sehe ich mit großer Freude.«

Sie flanierten durch den Park, unterhielten sich über belanglose Dinge und genossen einander. Die Dämmerung brach herein, und Jacob spürte, dass dieser Besuch leider bald zu Ende gehen würde. Ohne dass sie sich wirklich private Dinge berichtet, beziehungsweise gebeichtet hätten. Was er sehr bedauerte, hätte er doch gerne mehr von Bellas Leben und Gedanken erfahren. Sollte er beginnen? Jacob war sich nicht sicher, ob er Bella von Maria erzählen sollte. Wusste sie es bereits? Der Fürstenhof war die beste Stelle für Klatsch und Tratsch; die Frage war nur, ob er interessant genug war, um dabei als Klatschobjekt zu dienen. Er hoffte, nicht. Bella enthob ihn sehr bald allen weiteren Überlegungen.

»Und ein Weibchen habt Ihr auch inzwischen, ist mir zu Ohren gekommen.«

Mit mildem, höflichem Spott in der Stimme fuhr sie fort.

»Nun sind meine Hoffnungen komplett dahingeschmolzen, mit Euch doch ein Techtelmechtel aus Leidenschaft zu beginnen.«

Jacob errötete. »Sagt so etwas bitte nicht. Ihr wisst, dass ich Euch verehre. Ob ich verheiratet bin oder nicht.«

Bella lachte. »Das weiß ich doch, mein lieber Jacob. Und ich weiß es auch zu schätzen. Ihr seid ein ehrlicher Kerl, viel zu selten heutzutage. Nehmt mir meinen Spott bitte nicht übel. So bin ich halt. Und ein wenig Neid ist mittlerweile auch dabei. Ihr habt bereits ein Weibchen, und hier am Hof finden sich nichts als Paradeure und Angeber. Wenn das so weitergeht, werde ich Euch entführen müssen eines Tages. Und Euch auf einer einsamen Insel verführen.«

Jetzt war es an Jacob, laut loszulachen, so dass die letzten noch verbliebenen Flaneure im Park entrüstet zu ihnen hinüberschauten. Bella hielt ihm mit gespielter Empörung den Zeigefinger auf den Mund.

»Psst, seid doch nicht so laut. Wir erregen Aufsehen.«

Ehe sie sich versah, und ohne dass Jacob genau wusste, was er tat, küsste er den in Seide behandschuhten Finger. Bella schaute auf und sah, dass Jacob verwirrt und erregt zugleich war. Sie nahm den Finger weg und drückte statt dessen ihre Lippen feucht und fest auf seine. Ihre weiche Zunge stahl sich zwischen seine Zähne und berührte seine Zungenspitze, fühlte ihre angenehme Rauheit. Jacob durchfuhr ein lustvoller Schauer der Erregung. Er war wie Wachs in ihren Händen. Bella sagte nichts mehr, legte vorsichtig seine rechte Hand auf ihre linke Brust und genoß seine Liebkosungen. Auch sie schien die Kontrolle über ihre Gefühle zu verlieren.

»Kommt mit mir«, flüsterte sie nach einer Weile. »Ich denke, Ihr sollt doch noch eine Belohnung erhalten für die schöne Uhr.« Mittlerweile waren sie alleine im Park, der Regen hatte aufgehört, ein paar letzte Regenwolken verdeckten noch einen Teil des halbdunklen Abendhimmels. Sie nahm ihn bei der Hand und ging vorsichtig, sich andauernd umsehend, mit Jacob zu einem Hintereingang des Schlosses. Unbemerkt schlichen sie über mehrere Treppen und Flure, die dicken Teppiche verschluckten jeden Laut, bis sie vor Bellas Kammer stehen blieben. Die Freiin von Poppy öffnete die Türe und schob ihren Galan hinein.

In den nächsten Stunden führte sie ihn in amouröse Techniken voller pikanter Details ein. Techniken und Details, die er trotz der leicht frivolen Art, die Bella wie eine Standarte immer vor sich her trug, von ihr nie erwartet hätte. Er ließ Dinge geschehen, die er sich niemals zu träumen erhofft hatte. Weder bei Maria noch bei sonst jemandem. Unfähig, sich irgendwelche Konsequenzen auszumalen, war er ein willenloses Spielzeug für Bellas Finger und Zunge. Er war schlichtweg wehrlos. Zumindest anfangs. Dann begann er, Bella mit dem Wenigen, was er bislang in der Liebeskunst wusste, ebenfalls Freude zu bereiten. Mit großem Erfolg. Alle Zurückhaltung, alle Heimlichtuerei und Diskretion waren verschwunden, als beide schließlich ihre Lust durch das offene Fenster hinaus in den nachtschwarzen Schlosspark schrien.

Mitten in der Nacht schickte sie ihn nach Hause, drückte zum Abschied noch einmal ihre Lippen auf seine und ihre Zungen berührten sich ein letztes Mal. »Gute Nacht, mein männlicher Freund.« Sie lächelte schelmisch. »Du lernst schnell.«

Jacob wankte mehr aus dem Schloss als dass er ging, er glaubte immer noch zu träumen. Er ritt zu seiner Werkstatt und legte sich dort am Kamin auf eine Bank zum Schlafen. Am Morgen vollendete er seine Notlüge Maria gegenüber, indem er nächtliche Arbeit für einen wichtigen Kunden vorgab.

Diese Nacht vergaß er nie.

»Es sollte für lange, lange Zeit, für viele Jahre das letzte Mal sein, dass die beiden sich sahen«, beendete die Fürstin diesen Abschnitt der Geschichte. »Meine Mutter heiratete bald darauf einen Gesandten aus Hannover, gegen den ausdrücklichen Willen ihrer Mutter, mit dem sie nach Breslau zog. Jacob war untröstlich, nachdem er es erfahren hatte, vergrub aber seinen Schmerz und seine Erinnerungen tief in seinem Herzen.«

14. Kapitel: Johann Martin Lüdicke

»ZUM HERBST DES JAHRES 1766 kam eine völlige Änderung in Jacobs Leben«, fuhr die Gräfin nach einer kleinen Pause fort. »Er verließ sein heimatliches Fürstentum. Jedoch auch dazu muss ich etwas weiter ausholen.«

Das Jahr davor wurde Jacobs wahrhaftiges Schreckensjahr. Zum Ende des Winters starben seine Eltern. Was der Krieg nicht vermocht hatte, das erledigten die Choleraepidemien im Lande. Ganz besonders in der nördlichen Hälfte Deutschlands. Im Frühsommer dann, als Maria zum dritten Mal niederkommen sollte – wie hatten sie beide auf ein erstes, überlebendes Kind gehofft! –, blieb nicht nur das Kind, sondern auch Maria tot im Kindbett. Hatte er sich in der Zeit nach dem geheimen amourösen Abenteuer nur hin und wieder mit Schuldgefühlen geplagt, ohne seiner Frau jedoch irgendetwas zu beichten, so brachen sie mit dem Tod Marias vollends und mit Wucht über ihn hinein. Es gab keine Möglichkeit mehr zur Vergebung oder Sühne, im moralischen Sinne nicht, und erst recht nicht im religiösen Sinne. Um nicht am schlechten Gewissen, seiner Trauer und seiner Verzweiflung zu ersticken, vergrub er sich zuerst tief in sein Geschäft, dann in seine mechanischen Basteleien und schließlich rieb er sich in einem politischen Zwist auf, dem er letzten Endes zum Opfer fiel.

Es dauerte Monate, bis er wieder lachen konnte. Seine wissenschaftlichen Leidenschaften halfen ihm dabei am meisten,

81

seine Tatkraft und seinen Optimismus wiederzuerlangen. Er sah sich immer weniger als reiner Meister eines Handwerks, sondern als forschender Geist, als Mann der Wissenschaft und des Fortschritts.

Eher zufällig hatte er in den vergangenen Monaten den Drucker und Zeitungsherausgeber Johann Martin Lüdicke kennengelernt. Aus dem Kennenlernen war eine eigenartige Freundschaft völlig gegensätzlicher Männer geworden. Lüdicke war ein kleiner, mausartiger, knopfäugiger Mann von verhutzeltem Äußeren, mit ständig schwarzen Fingern und wachem Verstand, ein Mann ganz nach seinem Geschmack. Mit großem Wissen, gewaltiger Allgemeinbildung und einem kritischen Geist. Freilich nur so kritisch, dass der Fürst nicht aufmerksam wurde auf ihn. Er betrieb die erste Leihbücherei Kassels, in der Jacob nach Herzenslust Druckwerke aus ganz Europa lesen konnte. Darüber hinaus, und was Lüdicke nicht hatte, abonnierte er zusätzlich: Zeitungen aus aller Welt, aus London, Amerika, der Schweiz und Paris.

Sein Wissenshunger nahm in gleichem Maße zu, wie seine Geschäftstätigkeit als Goldschmied und Juwelier abnahm. Damit eckte er immer wieder, teils gewollt, teils zufällig, bei der Obrigkeit und bei den Behörden an. Im hessisch-kasselischen Geschäftsleben hatte jeder – nach protestantischer Arbeitsethik – seine ihm gestellte Aufgabe zu erfüllen. Nicht nur, weil dem Fürsten ansonsten Steuereinnahmen im Säckel fehlten. Sondern, weil alles Andere als Faulheit, als lasterhafter Müßiggang angesehen wurde. Doch genau das machte Jacob Schweppeus, verstärkt und intensiver. Er experimentierte – ohne geschäftliche Gewinnabsicht – mit selbsterdachten mechanischen Gewerken, führte physikalische Versuche nach dem Vorbild Otto von Guerickes vor Publikum aus und diskutierte diese sogar noch öffentlich. Jedoch, wann immer er eine Genehmigung beantragt hatte, war sie ihm verweigert worden. Irgendwann begann er, die Verbote zu ignorieren. Wütender, stürmischer und unbedachter waren gleichzeitig seine Briefe geworden, in denen er schimpfte, dass sich seit den Zeiten von Guericke nichts, aber auch gar nichts geändert habe.

Dass die deutschen Lande sich vom internationalen Handel, und somit auch vom internationalen Wissensaustausch, fernhalte, so schrieb er. Dass schon Leibnitz sich mehr in Paris, London und Wien aufgehalten habe als in der angestammten Heimat; aus gutem Grund. Diese Äußerungen machten nach einer Weile auch ihren Weg zum Hof des Fürsten. Nicht, dass Jacob Schweppeus dadurch gebändigt wurde. Dass dieses Land schwerfällig und fortschrittsfeindlich sei, sowohl die Engländer als auch Franzosen und Schweizer – eigentlich alle Europäer! – und von den Amerikanern erst gar nicht zu sprechen, in den Naturwissenschaften weiter voran seien, und dass es keine Freude mehr sei, als denkender und forschender Mensch hier zu leben.

In nächtelangen Diskussionen mit Lüdicke, manchmal stieß der eher konservativ denkende Wiskemann dazu, wurde Jacobs Sprachtalent geformt und seine rhetorische Kunst scharf geschliffen.

»Späthumanistische Gelehrsamkeit, das ist das Einzige, was hier in Hessens Provinz zählt. Neue Ideen und Fortschrittsglaube will niemand sehen in deutschen Landen, was zu einem Gutteil auch der Bequemlichkeit der Herrscher zuzuschreiben ist«, schrieb er in einem seiner vielen Leserbriefe an Lüdickes »Casselische Polizey- und Commerzien-Zeitung«. »Denn auch unser Fürst möchte lieber seine Ruhe haben, als dass er Neues fördert. Wahre Großzügigkeit jedoch lässt sich auch am Geiste bemessen, nicht nur am Geldsack.«

Mehr als einmal klopfte die fürstliche Polizei bei ihm an, um ihn ultimativ aufzufordern, die öffentlichen Äußerungen zu unterlassen. Jacob Schweppeus verlegte sich dann bisweilen vom Schriftlichen aufs Mündliche, aber ebenso ungeniert.

»In deutschen Landen darf man nur bei den drei großen Ks das Maul aufreißen: Auf der Kanzel, am Katheder und in der Kaserne.«

Lüdicke war überaus erfreut, mit den Provokationen dieses streitbaren Mannes ohne großes eigenes Risiko seine Auflage vergrößern zu können. So stichelte er unter vier oder sechs Augen immer wieder gegen Fürst und Bürokratie, in der Hoffnung, Jacob Schweppeus zu weiteren schriftlichen Schimpfkanonaden zu veranlassen. Seine wenigen Freunde, allen voran Wiskemann, der dies als direkter Beteiligter erlebte, ermahnten ihn immer wieder, sich zu beherrschen, da er andernfalls harte Strafen riskieren würde. Besonders Wiskemann hatte in Lüdicke schnell und früh einen falschen Freund für Jacob erkannt.

»Der wird dir schaden, damit du ihm nützt«, hatte er immer wieder, von Beginn dieser Freundschaft an, eindringlich ermahnt.

»Wir stehen auf derselben Seite: der des Fortschritts und der Vernunft. Was soll er mir da schaden?«, war dagegen Jacobs stereotype Antwort.

Schließlich reagierte der Fürst auf die zahlreichen Vorwürfe und unterschwelligen Beleidigungen in den Leserbriefen. Er musste reagieren, um einen weiteren, schleichenden Autoritätsverlust durch öffentliche Beleidigungen zu verhindern. So ordnete er für Jacob Schweppeus zwei Wochen verschärften Hausarrest an. Eine dritte Woche wurde hinzugefügt, nachdem der Polizist bei der Überbringung des Hausarrestmandats in Jacobs Wohnung Kaffee gerochen und eine Kanne sowie alle weiteren erforderlichen Utensilien zum Kaffeekochen gefunden hatte.

»Hat er etwa noch nicht unseres Fürsten neue ›Verordnung gegen das allzu stark eingerissene Caffé-Trinken‹ vernommen?«

Jacob schüttelte den Kopf. Er hatte selbstverständlich davon gehört, aber nicht geglaubt, dass diese alberne Verordnung tatsächlich exekutiert wurde. Fürst Friedrich II., der sechs Jahre zuvor seinem verstorbenen Vater Wilhem VIII. auf den Thron gefolgt war, wurde von ziemlich vielen Bürgern seines Fürstentums nicht mehr so recht ernst genommen. Nur traute sich kaum jemand, es auszusprechen.

»Ihr könnt von Glück reden, dass ich kein offizieller Kaffee-Riecher des Fürsten bin«, hatte der Polizist einen halbherzigen Beschwichtigungsversuch unternommen. Jacob glaubte zu spüren, dass er ihn milde behandeln wollte, aus welchen Gründen auch immer.

»Aber unser Fürst ist wild entschlossen, dem Kaffee-Unwesen ein Ende zu bereiten. Es nimmt beim einfachen Volk, bei den Tagelöhnern und Handwerksgesellen einfach überhand. Sie vertrödeln und vertändeln ihre Zeit mit dem schwarzen Gebräu, womit sie dem Fürsten wie uns allen Schaden zufügen. Deshalb mussten alle Kaffeehändler und Kaffeeausschenker ihre Arbeit einstellen. Euer Kaffeegeschirr müsst Ihr, wie alle Bürger Hessen-Kassels, innerhalb von sechs Wochen verkaufen oder wegwerfen. Die normale Strafe für das, weswegen ich Euch jetzt hier erwischt habe, ist eine Geldstrafe von zehn Reichstalern oder eine zweiwöchige Gefängnisstrafe. Da seid Ihr mit einer zusätzlichen Woche Hausarrest gut bedient. Sofern Ihr keinen Widerspruch dagegen einlegt.«

Jacob nahm es äußerlich gelassen, schäumte aber innerlich vor Wut. In dieser Situation zeigte sich, wie zerbrechlich diese seltsame Männerfreundschaft war, auf welch sandiges Fundament Schweppeus und Lüdicke gebaut hatten.

Jacob machte dem Drucker heftige Vorwürfe, ihn in diese unmögliche Situation mit hineingeritten zu haben und gab ihm eine nicht geringe Mitschuld an der Bestrafung, zumindest an dem Teil ohne Kaffee. Lüdicke lachte dem Goldschmied nur frech ins Gesicht und bezichtigte ihn der Dummheit, Ahnungslosigkeit und Weltfremdheit.

»Du weißt überhaupt nichts vom Leben. Nur von deinen Steinen, Metallen und seltsamen Gewerken. Von Fürsten und ihrem Dünkel weißt du nichts, und von Macht und Gesetzen noch weniger.«

Dann, nachdem er ihn derart gedemütigt hatte, holte er zum letzten, entscheidenden Schlag aus. Einem Schlag, den er nur ausführen konnte, weil Jacob in einer der vielen Nächte sein Inneres, sein Seelenleben offenbart hatte. Zu einer Zeit, als er Lüdicke noch fast rückhaltlos vertraut hatte. Nur diese eine Nacht mit Bella, die hatte er in seinem Herzen verschlossen.

»Und deine Verehrung für dieses adlige Frauchen – Wie heißt sie noch? Poppy? – ist an Lächerlichkeit nicht zu überbieten. Such dir ein neues Weib deines eigenen Standes, mach dein Handwerk anständig und lass mich zukünftig in Frieden!«

Jacob sprang auf und war kurz davor, zum ersten Mal in seinem Leben eine Prügelei zu beginnen. Selbst über den Kutscher Benjamin, dem er indirekt seinen Malaria-Anfall zu verdanken hatte, war er nicht so derart wütend gewesen. Die Hände schon erhoben, um auf Lüdicke loszuspringen, sah er plötzlich, wie dieser ein Messer in der Hand hielt und auf Jacob zeigte.

»Mach keine Dummheiten, Blödmann. Du verlässt jetzt meine Druckerei auf der Stelle. Und wenn ich dich noch einmal sehe, dann werde ich in meiner Zeitung ein Spottgedicht auf dich und dein Fräulein Poppy veröffentlichen.«

Jacob Schweppeus drehte sich um und ging.

Nach diesem Zwischenfall fühlte er, dass für ihn das Kapitel Kassel beendet war. Dass er hier nichts mehr verloren hatte und nichts mehr gewinnen konnte. Denn auch wenn nichts gedruckt wurde, so lästerte Lüdicke doch ungehemmt in der Öffentlichkeit über den wehrlosen, in seiner Integrität schwer getroffenen und im Umgang mit hinterlistigen Feinden unerfahrenen Goldschmied. Die Bestrafung fürs Kaffeetrinken hatte dem ganzen Zwist mit dem Fürsten und seiner Politik am Ende nur noch die Krone aufgesetzt.

Einzig Wiskemann stand ihm bei und versuchte, seinen einstigen Musterschüler bei Laune zu halten.

»Jacob, du bist so ein guter Goldschmied, ein begnadeter Tüftler und Handwerker, aber auch ein Träumer. Jedoch, die Welt ist nicht gut zu Träumern.«

»Ist es wirklich verwerflich, wenn man versucht, die Welt ein wenig zu verbessern?«

»Freilich nicht. Aber wenn schon, dann solltest du das Träumen mit etwas mehr Menschenkenntnis verbinden. Und mehr darauf achten, zu wem du was sagst. Sogar ich habe den Klatsch über die Freiin von Poppy erfahren, dabei schere ich mich nie um so etwas.«

Jacob wirkte sichtlich geknickt.

»Wenn ich dir einen Rat geben darf: Vergiss die Freiin, überwinde deine Trauer und such dir eine neue Frau. Eine, die dir im Alltag wirklich zur Seite steht. Hör am besten gänzlich auf mit deiner Träumerei und verdiene gutes Geld. Du kannst es.«

Überzeugen konnte er ihn aber letztendlich nicht. Jacob plante seinen Abschied aus Kassel. Und wo er schon dabei war, konnte es auch gleich ein wenig weiter weg sein. Er erwog verschiedene Möglichkeiten, informierte sich nach allen Seiten, las noch mehr Gazetten und Journale, bis er sich schließlich mit Wiskemann zusammensetzte und von seinem Plan berichtete.

»Was willst du in Genf?«

»Genf ist die Hauptstadt der Uhrmacher und Mechaniker. Ein Ort, an dem Wissen und Können geschätzt und gefördert werden. Und seit Langem eine Zufluchtsstätte für Hugenotten.«

»Hugenotten?«

»Vergiss nicht, dass ich zur Hälfte Hugenotte bin. Auch wenn ich meinen Glauben nicht vor mir hertrage wie eine Monstranz. Und nachdem unser Fürst nun auch noch Katholik geworden ist, befürchte ich das Schlimmste hier.«

»Aber die Stadt Calvins kann doch für einen Mann, der die freie Rede so schätzt wie du, kaum der richtige Ort sein.«

»Du bist schlecht informiert, mein lieber Wiskemann«, beschwichtigte Jacob seinen ehemaligen Lehrer. »Nicht nur Calvin ist lange schon tot, auch seine Geister sind verjagt. Selbst wenn es immer wieder mal brodelt dort unten, Genf ist eine Republik. Mit freien Bürgern. Und viel weniger als Kassel ein Platz, an dem die freie Rede bestraft wird.« Er versuchte ein Lächeln. »Und Kaffee genießen darf ich dort auch ungestört.«

Wiskemann schüttelte den Kopf.

»Wie willst du dort alleine, ohne Freunde und Familie, in der Fremde bestehen?«

»Ich habe mein Wissen, meine Persönlichkeit und etwas Geld. Wenn du mir wie bisher beistehst, kann es auch mehr Geld werden. Das sollte reichen. Und vergiss meine Träume nicht, die du und alle anderen mir hier in Kassel ausreden wollt. Die nehme ich mit nach Genf. Es sagt niemand, dass unsere Freundschaft hier zu Ende sein muss. Du bist immer willkommen.«

Wiskemann gab auf.

Über Mittelsmänner konnte Jacob eine gerade vakant gewordene Juwelierwerkstatt in Genf erwerben, sein Geschäft in

Kassel mit Wiskemanns Hilfe lukrativ verkaufen, und so trat er im Sommer des Jahres 1766 mit Sack und Pack den Weg nach Genf an.

In der Schweiz wollte er ein neues Leben beginnen.

Und es war Schluss mit »-us«.

Nicht mehr als Jacob Schweppeus betrat er Schweizer Boden, sondern als Jacob Schweppe.

Das »-us« hinterließ er seiner alten Heimat.

15. Kapitel: Jacob Schweppe

AUF DEM LANGEN, MÜHSELIGEN WEG von der hessischen Kapitale zur Stadt an der Rhone trat eine erstaunliche Transformation ein. Eine Verwandlung Jacobs, die sich schon in den letzten Monaten im hessischen Fürstentum angedeutet hatte.

In Kassel bestieg ein noch adoleszenter, bisweilen noch unsicher wirkender junger Bauernjunge aus Witzenhausen namens Jacob Schweppeus als Raupe die Kutsche. Während der Reise verpuppte sich der junge Mann, im übertragenen Sinne. Drei Wochen später entstieg ihr als ausgewachsener Schmetterling der große, schlanke, gut gekleidete Gentleman Jacob Schweppe, ein vor Selbstbewusstsein und Energie strotzender, angehender Bijoutiermeister zu Genf.

Leider gab es außer ihm selbst niemanden, der diese Metamorphose hätte bemerken oder kommentieren können. So musste es ausreichen, dass er es alleine feststellte. Er hatte sich die Zeit in der Kutsche vertrieben, indem er ein Buch nach dem anderen verschlungen hatte. Diese Weiterbildung war seine geistig-ideelle Verpuppung gewesen. Die Geschichte Genfs kannte er am Ziel fast auswendig, genauso wie die Reiseberichte diverser prominenter europäischer Adliger, die er eingepackt hatte. Besondere Aufmerksamkeit jedoch hatte er der Literatur gewidmet, die seine Weiterentwicklung zum Gentleman zu vervollkommnen helfen sollte. Er hatte »De civilitate« von Erasmus von Rotterdam sowie »Der Curieuse Affecten-Spiegel« von Johann Gottfried Gregorii im Gepäck gehabt, die beiden wichtigsten Benimmbücher der Zeit. In ihnen hatte er alles gefunden, was ihm noch zu fehlen schien an Geist und Esprit, Benimm und Schliff. Alle seine Mitreisenden hatten schnell jeden Versuch aufgegeben, mit dem seltsam stillen, vornehm wirkenden Mann ins Gespräch zu kommen und danach eher amüsiert betrachtet, wie er still, mit bebenden Lippen, mitgelesen hatte. Die meisten Passagiere hatten eher kurze Strecken gebucht, spätestens nach drei Tagen waren immer alle Mitreisenden ausgewechselt gewesen, und so hatte niemand Notiz davon genommen, dass sich Jacob Tag für Tag besser gekleidet, mehr Wert auf sein Äußeres gelegt und bei längeren Stationsaufenthalten neue Garderobe erworben und alte weggelegt oder verschenkt hatte.

Die Landschaft, die immer schroffer und markanter, aber auch schöner und dramatischer geworden war, je weiter sie nach Süden gekommen waren, hatte er ignoriert. Enge, düstere Alpentäler hatte er nur in dem Sinne zur Kenntnis genommen, als dass es bisweilen zu schattig-dämmrig zum Lesen war. Wenn er nicht gelesen hatte, hatte er nachgedacht. Über das, was auf ihn zukam; über das, was bereits hinter ihm lag. Maria war ihm dabei seltener durch den Kopf gegangen als Bella. Kassel lag bereits weit zurück, nur Witzenhausen lag noch ferner.

Er wusste, was er wollte: Freiheit, Unabhängigkeit – und Erfolg mit dem, worin er gut war.

Genf lockte. Die Zukunft.

Denn er war trotz allem erst sechsundzwanzig Jahre alt.

16. Kapitel: Jean-Louis Dunant

»*ÜBER DIE ERSTEN JAHRE Jacobs in Genf liegt in vielen Dingen ein Schleier der Unkenntnis.*« Die Gräfin schüttelte wie zur Entschuldigung leicht den Kopf. »*Er war noch nicht bedeutend genug, dass man Aufhebens um ihn machte. Und auch er selbst ließ diese Jahre weitgehend im Dunkeln.*« Ein aufmunterndes Nicken sowohl des Königs als auch Prinzessin Victorias ließ sie weiterreden. »*Ich fasse nur das Wenige zusammen, das ich weiß aus dieser Zeit.*«

Das neue Geschäft war ein Erfolg. Jacobs Werkstatt lag gleich neben dem verkehrsreichen Cornavin-Tor, und nur gelegentlich dachte er daran, dass knapp zweihundert Jahre vor ihm der spätere Genfer Diktator Calvin durch dieses Tor in die Stadt eingeschritten war. Mit so gänzlich anderen Zielen als er selbst.

Jacob begann sein neues Leben in einer Stadt im Aufruhr. Jahrzehntelang war Genf ein Hort relativen Friedens gewesen, während in den angrenzenden Ländern Unruhe herrschte und Revolutionen an der Tagesordnung waren. Erst die Schriften von Rousseau über Erziehung und Demokratie hatten das Feuer auch in Genf geschürt. Rousseaus »*Émile oder Über die Erziehung*« wie auch seine Schrift zum Gesellschaftsvertrag, dem »*Contract Social*« waren hier, wie auch in Frankreich, den Niederlanden und Bern, sofort verboten worden. Sehr zum Unmut der sich frei fühlenden Genfer Bürger. Vier Jahre lang ging der Streit schon, der bisweilen mit Gewalt auf den Straßen eskalierte.

Jacob ließ diese Debatte unberührt. Einstweilen zumindest. Er kannte noch niemanden und musste sich zuerst einen Namen verschaffen, bevor er – wenn überhaupt – in öffentliche Debatten eingreifen wollte.

In Genf stank es viel weniger als in Kassel, und erst recht als in Witzenhausen. »Das muss am vielen Wasser liegen, das einen hier durch Fluss und See umgibt.« Die Stadt gefiel ihm nicht nur deswegen von Anfang an äußerst gut. Und er war froh, dass seine Großeltern darauf bestanden hatten, dass er bereits als Kind Französisch lernte. Auch was in der alltäglichen Umgangssprache noch fehlte, kam dem sprachbegabten jungen Mann sehr bald geläufig von der Zunge.

Seine Kenntnisse als Goldschmied und Juwelier – in Genf nannte man Juweliere »Bijoutiermeister« – konnten von Anfang an weitgehend mit denen der Einheimischen mithalten. Er fand unter den zahlreichen Hugenotten Genfs sogar einige weiter entfernte Verwandte seiner Mutter aus dem Roget-Clan, bei denen er die erste Zeit wohnen konnte. Sie halfen ihm nicht nur, seinen Ruf sehr schnell zu verbreiten und ermöglichten es ihm, seine Werkstatt Stück für Stück, Jahr für Jahr, zu vergrößern, sondern versuchten auch so schnell wie möglich, den gut aussehenden, klugen Mann an eine Frau aus dem Hugenotten-Milieu zu verkuppeln. Jacob hatte keinerlei Interesse, sich wieder zu verheiraten. Er wollte es sich mit seinen entfernten Verwandten jedoch nicht verderben, also machte er gute Miene zum bösen Spiel. Erst als ihm eine Frau »angeboten« wurde, die genau wie seine Mutter hieß, Eléonore Roget, war seine Geduld am Ende. Diskret und unauffällig zog er sich aus den verwandtschaftlichen Hugenottenkreisen zurück, und schützte dabei andauernden übermäßigen Arbeitsanfall vor.

Viel Arbeit gab es in der Tat, dennoch konnte Jacob sich, als zahlreiche Lehrlinge und Gesellen dann das Tagewerk erledigten, ein wenig zurücknehmen und sich wieder seiner wahren Liebhaberei, der mechanischen Bastelei, widmen.

Dafür war Genf ein ungemein fruchtbarer Boden. Es gab zahlreiche Uhrmacher und Mechaniker, die allerlei Apparate konstruierten, bauten, verkauften und reparierten. Auch unter ihnen fanden sich viele aus Frankreich geflüchtete Hugenotten, die im Laufe von über einhundert Jahren, ebenso wie in Hessen und Preussen, ein ungeheures Fachwissen mitgebracht hatten. Der Markt war so riesengroß, dass sich die Handwerker im Uhrenbereich inzwischen in zwei »Meisterschaften«, wie die gildeartigen Zusammenschlüsse hier genannt wurden, geteilt hatten: Graveure waren eine eigenständige Gruppe, ebenso wie die Gehäusebauer. Die eigentlichen Uhrmacher kümmerten sich nur noch um die Endbearbeitung der Uhren. Eine derartige Arbeitsteilung war so ungewöhnlich, aber erfolgreich, dass Genf mittlerweile als europäisches Uhrmacherzentrum galt.

Mit einigen der Uhrmacher und Mechaniker freundete er sich lose an, weil er ihnen deutlich machen konnte, keine Konkurrenz zu sein, sondern lediglich ein Anhänger dieser neuen Wissenschaft. Die Graveure sahen ihn eher als potentiellen Konkurrenten und ließen ihn nicht in ihre Karten schauen.

Daneben las er wieder viel, er hatte auch seine alte Angewohnheit, zahlreiche Magazine und Zeitungen zu abonnieren, rasch wieder aufgenommen und war somit exakt am Puls der Zeit. Was immer weltweit geschah, spätestens sechs bis sieben Wochen später wusste Jacob Schweppe davon. In Genf war es einfacher, wissenschaftliche Bücher über neue Erfindungen und technische Verfahren zu finden. Nach zwei Jahren kannte er alle Buchhändler der Stadt, und jeder von ihnen kannte Jacobs bibliophile Vorlieben. Alle paar Tage tauchten Botenjungen in Jacobs Werkstatt auf, die ihm entweder Nachrichten brachten über neu verfügbare, interessante Bücher, oder sie ihm gleich persönlich überreichten.

Nachdem er glaubte, alles, was jemals zum Thema Mechanik geschrieben worden war, gelesen zu haben, wandte er sich alsbald neuen Feldern der Wissenschaft zu. Besonderes Interesse erweckte dabei die Chemie. Ein Zweig, der gerade dabei war, sich von der mittelalterlichen Alchemie zu einem seriösen Forschungszweig zu verwandeln. Die über einhundert Jahre alten Abhandlungen John Mayows machten dabei den Anfang. Dann sprang er in seine Zeit und verschlang buchstäblich alles, was er von dem viel bewunderten Antoine Lavoisier zu lesen fand. Dessen Erkenntnisse über Gase und Flüssigkeiten fand er sehr erstaunlich. Und Lavoisier war Franzose, für Jacob mit seinen hugenottischen Wurzeln hatte das etwas Verbindendes, während doch ansonsten die meisten Fortschritte der Wissenschaft aus England vermeldet wurden.

Weil ihn zu der Zeit bereits ein leichtes Magenleiden plagte, verband er sein Interesse diffus mit dem Bedürfnis nach Zweckmäßigkeit, auf dass diese neu gewonnenen Erkenntnisse eines Tages in irgendeiner Form von medizinischem Nutzen sein könnten. Für ihn und den Rest der Menschheit. Das Tagesgeschäft und seine anderen Liebhabereien ließen diesen Wunsch jedoch einstweilen unerfüllt. Die Zeit der fruchtbaren Erkenntnisse sollte erst noch kommen.

Die internationalen Magazine berichteten auch aus der feinen Gesellschaft, und so erfuhr er auf diesem Wege, dass Bella sich nach wenigen Jahren bereits von ihrem Mann, dem hannoverschen Gesandten, getrennt hatte – ganz die unabhängige Frau, die er in Erinnerung hatte –, mittlerweile in London lebte und eine erfolgreiche Schriftstellerin war, deren Liebesromane in großen Auflagen von allen gesellschaftlichen Schichten in Deutschland wie in England konsumiert wurden. Er lächelte bei der Vorstellung, dass Bella beim Schreiben einer ihrer kitschigen Liebesgeschichten vielleicht an ihn dachte. Dabei stieg eine verträumte Erregung in ihm auf, die er sonst niemals empfand. Er musste sie wiedersehen. Unbedingt, eines Tages. Und wenn er dazu vorher alle heiratswilligen, hugenottischen Jungfrauen zum Teufel jagen musste!

Einige Jahre lang lebte und arbeitete Jacob so einigermaßen unauffällig und durchschnittlich erfolgreich in Genf. Sein bester und einziger wirklicher Freund in dieser Zeit war, als Nachfolger Wiskemanns gewissermaßen, genau wie dieser ein Bijoutiermeister. Jean-Louis Dunant war einige Jahre älter als Jacob und ebenfalls ein Hugenottenspross. Einen Kopf kleiner als Jacob, mit vollem schwarzen Haupthaar und einem ebenso schwarzen Vollbart war er eine markante Erscheinung. Bei einem der ersten formlosen Treffen der Juweliermeisterschaft, bei denen Jacob anwesend war, hatten beide sich in ein Gespräch vertieft, Gemeinsamkeiten und Sympathie festgestellt und sich seither regelmäßig besucht.

Beide waren Abstinenzler, und sie einte eine, bei Jacob fast schon süchtige, Liebe nach Kaffee. Den sie am Abend tranken, bevor sie sich ins Gespräch vertieften.

»Der einzige Nutzen, den die Türken uns bislang gebracht haben«, war die Phrase, mit der Dunant dabei jede abendliche Tasse begrüßte.

»Das rechte Getränk für klare Köpfe wie die unsrigen«, war die ebenso regelmäßige Replik Jacobs, der den Kaffee trotz seines empfindlichen Magens nicht lassen konnte. Er toastete dabei immer ironisch auf den Hessenfürsten Friedrich II. und nannte ihn »den kaffeeriechenden alten Holzkopf.«

Bei diesen abendlichen Treffen diskutierten sie auch eifrig über die Politik. Jedoch, ohne diese ihre Meinungen öffentlich zu machen. Jacob hatte gelernt aus seinen naiven Fehlern in Kassel. Auch wenn Genf in vielerlei Hinsicht liberaler war, man konnte ja nie wissen, wo überall die Denunzianten steckten.

»Als Habitant bin ich besonders angreifbar«, war sich Jacob seiner Zugehörigkeit zur Gruppe der Zuwanderer – die »Habitanten« genannt wurden – sehr wohl bewußt. »Auch wenn in Genf vieles besser ist als in Kassel, vom Olfaktorischen her«, wobei er verschmitzt grinste, »bis zu der Tatsache, dass hier die Folter schon lange abgeschafft ist, man soll den Tag nicht vor dem Abend loben.«

Mit der Zeit erstreckte sich ihre Freundschaft nicht nur aufs Private, sondern sie arbeiteten auch mehr und mehr zusammen. Kauften gemeinsam bei den gleichen Händlern ihre Steine und andere Werkmaterialien ein; schanzten sich gegenseitig Aufträge zu, wenn der andere gut ausgelastet war; oder halfen sich mit Gesellen und Lehrlingen aus, wenn es beim anderen wegen Krankheit oder Ähnlichem Ausfälle gab.

Lediglich Jacobs Interesse für mechanische Apparate und die Naturwissenschaften im Allgemeinen teilte Dunant nicht. Er tolerierte sie jedoch, weil er sich wiederum an der kindlichen Euphorie erfreute, mit der Jacob ihn immer wieder, und stets erfolglos, dafür zu begeistern versuchte.

Glücklicherweise fanden sie genügend andere Gesprächsthemen, die sie beide gleichermaßen interessierten.

17. Kapitel: (Posthum:) Der Freiherr von Chaos

UNANGEMELDET UND UNERWARTET stand eines Tages Dunant vor Jacobs Türe, läutete an und grinste schelmisch, als Jacob öffnete. Er trug seine normale Alltagskleidung: Eine bereits leicht abgeschabte Kniehose, einen dunkelgrauen Gehrock mit gleichfarbiger Weste darunter sowie ein blaues Seidentuch im Westenausschnitt. Dazu eine kurze, hellgraue Alltagsperücke. Nichts ließ einen besonderen Anlaß vermuten. Dunant trat ein, deutete eine Umarmung seines Kompagnons und Freundes an, bevor er der Ledertasche, die er immer mit sich trug, ein kleines Paket entnahm.

»Wenn ich richtig informiert bin, wirst du heute dreißig Jahre alt, mein Freund.«

Jacob errötete. Er hatte noch niemals Aufhebens um seinen Geburtstag gemacht. Wenn überhaupt, dann erwähnte er den Namenstag.

»Geburtstag hat ein jeder, Namenstag nur die, die nach wichtigen Heiligen benannt sind«, zitierte er dazu gerne seinen alten Lehrer aus Witzenhausen.

»Woher weißt du das?«

»Ich bin des Lesens kundig«, lachte Dunant und wedelte mit einigen notariell beglaubigten Geschäftspapieren, die sie bei Gelegenheit eines Geschäfts einmal beide unterschrieben hatten. »Sofern du dich nicht mit Absicht älter oder jünger gemacht hast, wozu ich keinen Anlass sehe, steht es hier geschrieben.«

Er gab Jacob das Paket. Der löste das Band und wickelte neugierig das Packpapier ab.

»Ich habe es bei einem Händler erstanden, der Nachlässe sowie antiquarische und autographische Bücher verkauft«, erklärte Dunant. »Es schien mir ein passendes Geschenk für dich zu sein. Als Ergänzung für deinen schon recht prall gefüllten Bücherschrank.«

Jacob schaute auf das alt aussehende Buch in seinen Händen und las: »*Allgemeine Prinzipien der Alchemie*«. Ein Name des Autors war nicht zu erkennen. Er lachte.

»Alchemie? Das ist doch altbackener Unfug. Die moderne Wissenschaft ist viel weiter.«

Er merkte am Ausdruck seines Gegenübers, dass er diesen gekränkt hatte. Deswegen lächelte er und strich zärtlich über den dicken, dunkelgrünen Einband.

»Da hat der Buchbinder prächtige Arbeit geleistet.«

Er erinnerte sich an das Wort »Nachlass«.

»Weißt du auch, aus wessen Nachlass das Buch stammt?«

Die Schmollmiene Dunants verschwand augenblicklich, als er das echte, ungespielte Interesse Jacobs spürte.

»Das war der Hauptgrund für mich, dieses Buch zu erwerben. Schlag es auf.«

Jacob öffnete das Buch und las die verschnörkelte Handschrift:

»Ex Libris, Johann Conrad Richthausen, Freiherr von Chaos«.

Er lachte laut, was sonst so gar nicht seine Art war.

»Was ist das für ein Name? Gibt es wirklich jemanden, der so heißt?«

Dunant stimmte in sein Lachen ein.

»Ich habe ein wenig nachgeforscht. Der Freiherr von Chaos war vor gut einhundert Jahren Obermünzmeister in Wien und ein bekannter Alchemist. Nach seinem Tod wurde auf seinen

Wunsch mit seinem vielen Geld eine Stiftung gegründet, seine Bibliothek indes wurde in alle Winde verstreut und verkauft. Es sind heute begehrte Sammlerstücke.«

Jacob schämte sich für die anfängliche Geringschätzung des Buches und bedankte sich nun umso überschwänglicher.

Er las das Buch mit großem Interesse. Besonders, weil zahlreiche Passagen markiert oder unterstrichen waren. Auch zierten Randbemerkungen das Werk an den verschiedensten Stellen. Alle offensichtlich von dem Wiener Münzmeister höchstselbst hineingeschrieben.

In dem Buch, auf dessen Autorenschaft sich auch im Inneren des Buches kein Hinweis fand – Jacob vermutete, dass es zu einer Zeit entstanden war, als man als Alchemist und somit potentieller Hexer noch um Leib und Leben fürchten musste – fanden sich weniger Rezepte und hanebüchene Hinweise, wie man aus Blei Gold herstellen könne, was Jacob am Ehesten erwartet hatte, sondern grundsätzliche Informationen über das Wesen der Alchemie, wie es vor zweihundert Jahren oder mehr offenbar gelehrt wurde.

An einer Stelle hielt er inne. Hier hatte der Freiherr von Chaos einen Satz mehrfach unterstrichen und als Randbemerkung zwei Mal wiederholt:

»Solve et coagula!«

»Solve et coagula!«

»Solve et coagula!«

»Löse und verbinde!«, so weit reichten seine Lateinkenntnisse aus.

Darunter hatte der Vorbesitzer des Buches geheimnisvoll geschrieben:

»Das ist der Schlüssel zu allem!«

Jacob dachte nach. Der Schlüssel zu was? Er las den weiteren Text, der schwierig zu verstehen war, der von Geist in der Substanz handelte, die es von seinem Träger, der Materie, zu lösen gelte, und die bei einer erneuten Zusammenführung auf einer höheren Daseinsstufe göttlich würde.

»So ein Unfug«, dachte er. »Abergläubischer Blödsinn.« Er wollte das Buch schon beiseitelegen.

Plötzlich jedoch durchzuckte ihn der Blitz der Erkenntnis. Auch wenn es nichts Göttliches an sich hatte, war der Spruch »Solve et coagula!« doch eigentlich genau das, was ihn ausmachte und was er wollte.

Nur bezog es sich für ihn nicht auf irgendeinen flatterhaften Geist oder eine namenlose Substanz, sondern konkret auf seine mechanischen Experimente. Und darüber hinaus auch auf die Felder der neuen Chemie und anderer Naturwissenschaften, für die er sich begeisterte.

»Ich zerlege meine Uhrwerke, repariere sie und baue sie wieder zusammen. Was ist das anderes als ›Solve et coagula!‹?«

Glücklich über diese Erkenntnis, tatsächlich die Formel seines eigenen Lebens gefunden zu haben, trank er sechs Tassen Kaffee mehr als sonst, die zu einer schlaflosen Nacht führten.

»Zu diesem Zeitpunkt konnte er noch nicht wissen, wie oft ihn dieser Spruch in seinem späteren Leben noch einholen sollte.« Die Gräfin hatte die Tonlage geändert und wirkte ein wenig erschöpft. Sie griff nach ihrer Tasse, um festzustellen, dass kein Tee mehr da war.

»Gesichert ist auf jeden Fall, dass Jacob Schweppe von diesem Tage an mehr und mehr Zeit und Geld in die Uhrmacherei investierte, bis er schließlich in die Meisterschaft der Uhrmacher aufgenommen wurde. Er war damit einer der ersten Habitanten überhaupt, der gleichzeitig in zwei Meisterschaften Mitglied war.«

18. Kapitel: Dunant &
Schweppe Cie

NACH EINER PAUSE, *in der frischer Tee aufgebrüht wurde, fuhr die Gräfin mit frischer Energie fort.*

»Um diese Zeit herum heiratete meine Mutter ein zweites Mal, in London diesmal. Und kurz darauf erblickte ich das Licht der Welt. Was Jacob aber weder wusste noch ahnte.«

Die Zusammenarbeit mit Dunant blieb weiterhin fruchtbar, auch wenn der Ältere gesundheitlich nachließ. Jean-Louis Dunant war zwar wie Jacob Schweppe Abstinenzler, aber ansonsten alles andere als ein Asket. Mit den Jahren musste er der guten, reichlichen und fetten Genfer Küche in Form von äußerst schmerzhaften Gichtanfällen Tribut zollen.

»Ihr glaubt es nicht, wie das schmerzt, wenn man es nicht selbst erlebt hat«, schimpfte er vor seinen Mitarbeitern mit gequältem Gesichtsausdruck, wenn er humpelnd die letzten Stufen auf dem Weg zur Werkstatt hinaufgegangen war.

Die nun regelmäßig wiederkehrende Gicht war auch der wichtigste Grund, Jacob eines Tages zu einer Besprechung zu bitten.

»Mein lieber Jacob, ich bin nun bald sechzig Jahre alt, die Gicht plagt mich und ich weiß nicht, wie lange ich noch mein Handwerk zuverlässig erledigen kann. Wir kennen und schätzen uns schon einige Jahre. Ich wüsste niemanden, dem ich lieber eine Zusammenarbeit anbieten würde.«

Jacob schluckte. Verstand er das richtig?

»Du willst unsere Werkstätten zusammenlegen?«

»Mehr als das. Ich biete dir eine gleichberechtigte Teilhaberschaft an.«

Das war mehr, als Jacob jemals erhofft hatte. Die meisten Habitanten wurden, gleich wie erfolgreich sie geschäftlich waren, den Nimbus des Einwanderers Zeit ihres Lebens nicht los. Sie hatten weniger Rechte und durften nicht wählen.

Die Kinder der Habitanten, »Natifs« genannt, machten mittlerweile fast die Hälfte der Genfer Bevölkerung aus. Da auch sie mit weniger Rechten ausgestattet waren als die alteingesessene Bürgerschaft, lag bei diesem Thema seit Monaten Unruhe in der Luft. Wie auf einem Kessel, dessen Druck ständig zunahm und der bald zu platzen drohte.

In jedem Fall würde Jacob vom Angebot Dunants profitieren. Teilhaber eines alteingesessenen Bijoutiermeisters zu sein, würde seinen Status ohne Frage erhöhen, irgendwo mehr als ein Habitant – wenngleich immer noch mit weniger Rechten ausgestattet als ein Vollbürger –, aber doch schon näher an diesem dran.

Jacob errötete vor Freude und Stolz.

»Du machst mich ganz verlegen. Das ist ein wunderbarer Vorschlag, über den ich nicht lange nachdenken muss.«

Auch Dunant lächelte strahlend.

Finanziell waren sie sich schnell einig, und auch die Zusammenlegung der Werkstätten ging einigermaßen rasch. Jacob kümmerte sich um das meiste, da Dunant nicht mehr sehr beweglich war. Das neue Unternehmen firmierte unter dem Namen »Dunant & Schweppe Cie« und baute bald, auf Jacobs Initiative hin, auch Uhren aller Art. Reparaturen und Restaurierungen dieser »Uhren aller Art« wurden sehr bald Jacobs ureigenste Domäne, da niemand mit so viel Sachkenntnis,

Akribie und Liebe zum Sujet die filigranen Uhrwerke zerlegen, reinigen und zusammensetzen konnte.

»Dunant & Schweppe« wurde in der immer bedeutender werdenden Wirtschaftsmetropole Genf sehr bald ein Ernst zu nehmender Mitspieler. Die Mitarbeiterzahl wuchs in erstaunlichem Maße.

Leider litt unter dem Erfolg auch Jacobs Gesundheit. Sein empfindlicher Magen hatte ihn zu keiner Zeit davon abgehalten, weniger Kaffee zu trinken. So rächte sich nun auch bei ihm sein Körper für die Zumutungen der letzten Jahre.

Morgendliche Übelkeit, gepaart mit Magenkrämpfen, ließen ihn manchmal erst spät am Vormittag aus dem Haus gehen. Einer nicht zu großen Villa in erstklassigem Zustand und in hervorragender Lage nah am Südufer, die ihm Dunant vermittelt hatte, als standesgemäßes Domizil für einen Unternehmer in Genf. Einige Jahre hatte er in einer Wohnung am Bourg-de-Four gewohnt. In einem der hohen, schmalen Häuser mit gotischen Spitzbogenfenstern, die sich in der Altstadt so zahlreich fanden. Die fast alle im Laufe der letzten einhundertundfünfzig Jahre um ein bis zwei Etagen aufgestockt worden waren, um den zahlreichen Flüchtlingen und anderen Zugereisten, mehrheitlich aus Frankreich und Italien, Obdach zu bieten. Mittlerweile vollgestopft mit hugenottischen Familien, war es Jacob zu unruhig und zu laut geworden. Er konnte sich inzwischen etwas Besseres leisten. Die kleine, schmucke Villa war perfekt. Und nicht weit entfernt von seiner alten Wohnung, in deren Nähe sich Werkstatt und Laden befanden.

»Solltest du eines Tages doch eine Familie gründen, kannst du für dein Weibchen und deine Kinderschar immer noch ein größeres Haus kaufen«, hatte Dunant süffisant angemerkt.

Bescheiden wie er war, kam Jacob mit wenig Personal aus. Er beschäftigte lediglich eine Waschfrau, die sich um seine Garderobe kümmerte, sowie eine Zugehfrau, die die nötigste

Ordnung im Haus aufrechterhielt. Einen Koch oder gar Diener hielt er für überflüssig. Man konnte so gut außer Haus speisen in Genf. Und jemand, der ihm seine Sachen nachtrug, oder gar katzbuckelte vor ihm? Undenkbar!

Ganz gezielt vermied Jacob Schweppe die Fehler, die er in Kassel gemacht hatte. Wenngleich er immer weniger selbst in der Werkstatt an den Juwelierstücken arbeitete, so kümmerte er sich doch akribisch um den Geschäftsgang. Kein Einkauf oder Verkauf geschah ohne seine Zustimmung. Dennoch hatte er genug Zeit, um sich seinen diversen Studien zu widmen. Und weiterhin viel zu lesen, was in der Welt geschah.

Ein wissenschaftliches Magazin aus England berichtete von Versuchen eines Engländers namens Joseph Priestley, der schon seit Längerem mit Flüssigkeiten und Gasen experimentiert hatte. Es war ihm als Erstem gelungen, ein reines Gas herzustellen, dass er »Oxygenium« oder »Sauerstoff« nannte. Für andere Gase, die er entdeckt oder als Erster dargestellt hatte, gab es noch gar keine Namen. Priestley schrieb aber davon, dass er bei seinen nächsten Versuchen diverse Gase in Wasser oder anderen Flüssigkeiten lösen wollte. Das klang auf den ersten Blick verrückt, aber Priestley argumentierte, er sei sicher, dass man dabei medizinisch wertvolle Substanzen gewinnen könne. Genau wie es die Natur in den berühmten Heilwässern der Welt bereits vormachte, deren Heilkraft letzten Endes nur an dem lag, was an Gasen und anderen, noch unbekannten Substanzen im jeweiligen Wasser gelöst war. Wenngleich Priestley die Antwort einstweilen schuldig blieb, welche Gase und Substanzen das sein sollten und wie das funktionieren sollte.

Schweppe verfolgte Priestleys Fortschritte durch die Publikationen, die ihm monatlich zugesandt wurden. Mittlerweile war auch das alchemische Motto »Solve et coagula« wieder

105

in seinen Überlegungen aufgetaucht. War das, was Priestley machte, nicht genau das? Moderne Alchemie? Chemische Substanzen nach wissenschaftlichen Methoden in ihre Einzelteile zerlegen und wieder neu zusammensetzen? Er bekam den Gedanken nicht mehr aus dem Kopf.

Als er dann las, dass Priestley bei einem neuen Versuch Schwefelsäure in eine kalkhaltige Lösung geleitet und dadurch ein neues Gas gewonnen hatte, das der Engländer »Carbon Dioxide« genannt hatte, stand sein Entschluss fest. Er würde sich auch derartige Apparaturen bauen und Mitbegründer einer neuen, modernen Chemie werden. Denn Priestley hatte dieses Karbon-Dioxid, wie Schweppe es sich übersetzt hatte, doch glatt in einen Becher Wasser geleitet und das Wasser auch noch leichtsinnigerweise getrunken. Jedoch ohne Folgen; ganz im Gegenteil. Priestley hatte es als erfrischend und belebend beschrieben. Nur extrem flüchtig sei es, und sehr, sehr teuer in der Herstellung. Das gedachte Jacob Schweppe zu ändern.

Zuerst besorgte er sich zu Testzwecken die bekannten und weithin gerühmten, natürlichen Mineralwässer. Was nicht so einfach war, wie es sich vielleicht anhörte. Die Mineralbrunnen verkauften ihr Wasser normalerweise nicht nach außen. Und in größeren Mengen schon gar nicht. Die Kranken und Leidenden sollten gefälligst zu ihnen pilgern und mehr dort lassen als nur ihr Taschengeld für Wasserkuren. Es kostete Schweppe einige lange und intensive Depeschen, in denen nicht alles so ganz der Wahrheit entsprach, bis er Fortschritte erzielen konnte. Denn es war offensichtlich, dass niemand einem potentiellen Konkurrenten weiterhelfen würde. Die eine oder andere Münze wechselte ebenfalls ihren Besitzer. Für teures Geld konnte er schließlich einige Fässer nach Genf einführen. Wasser aus Spa, Pyrmont und anderen Orten. Als besonders zäh erwiesen sich die Verhandlungen um sogar bereits in Flaschen abgefülltes Selterswasser, dessen Quelle einerseits vom Kurfürstentum Trier streng bewacht wurde, das aber andererseits mit Exporten nach Russland, Amerika, Afrika, Skandinavien und sogar bis nach Batavia die kurtrierische Kasse kräftig klingeln ließ. Nur nach Genf wollten die Trierer kein Wasser schicken. Ob ihnen jemand gesteckt hatte, dass es nicht den reinen Heilzwecken dienen sollte? Sie waren misstrauisch, und es kostete einige Zeit und Anstrengung, bis sie überzeugt waren.

Wobei die Genfer Bürger, die all dies mitbekamen, Jacob lediglich einen fröhlichen Hang zur Exzentrik unterstellten. Wer kaufte schon fass- oder fuderweise Wasser im Ausland? War das Genfer Wasser dem Herrn nicht gut genug?

Es sollte in Zukunft mehr als gut genug sein, aber Jacob brauchte die ausländischen Wässer für einen ersten Vergleich.

Er fand einen Apotheker, der ihm bei der Analyse half. Er zerlegte sie soweit es ging, in ihre Einzelteile, untersuchte sie, trank sie und las, was es über sie zu lesen gab. Besonders die Vorteile für das allgemeine Wohlbefinden und im Einsatz bei Kuren faszinierten ihn. Sprachen die lobenden Ärzte doch genau die Krankheiten an, die ihn auch belasteten. Nervosität, Magensäuerung, und seine mittlerweile fast panische Angst vor Steinen in Niere und Galle; für all dies versprach der reichliche Genuss von gutem, heilendem Wasser Abhilfe, oder zumindest Linderung. Sogar die Gicht seines väterlichen Freundes und Partners Jean Louis Dunant schien heilbar. Sein Antrieb war jedoch nicht nur Eigennutz, wie er im Gespräch mit Dunant immer wieder bekräftigte.

»Bislang müssen Menschen zur Kur in die jeweiligen Städte reisen, um Heilung zu erlangen. Das ist teuer und aufwendig. Mein Traum dagegen wird immer konkreter: Ich möchte allen Menschen, ob arm oder reich, diese Kuren ermöglichen. Daheim, in der eigenen Stube, und für wenig Geld.«

Dunant war wenig überzeugt.

»Tu, was du tun musst. Aber tu es mit deinem Geld, nicht mit unserem gemeinsamen.«

»Auch du wirst mir eines Tages danken. Wenn deine Gicht besiegt ist.«

Dunant lächelte gequält.

»Wenn …«

19. Kapitel: Max Alfred von Bartenstein

JEDE FREIE MINUTE verbrachte Jacob ab nun in dem Raum, den er sich im hinteren linken Winkel seines für ihn als alleinstehenden Mann viel zu großen Hauses als Labor einrichten ließ. Er hatte mit derartigen Apparaturen wenig Erfahrung, also fing er erst einmal ganz klein an. Er kaufte alle Arten von Geräten, die üblicherweise bei Apothekern und Destillateuren verwendet wurden.

»Ich hoffe, dass die Qualität der Geräte so gut ist, dass ich mit Säuren und Natron arbeiten kann, ohne dass es mir die Kleidung, die Haut oder die Tischplatte zerfrisst«, beruhigte er Dunant, der trotz seines geringen Interesses immer noch der erste Ansprechpartner für alle Themen blieb.

Jacob baute seine Versuchsreihen so auf, wie er sie in den Schriften über Priestley verstanden zu haben glaubte. Ließ Schwefelsäure in Kalkwasser laufen, dann wieder umgekehrt. Immer zischte und brodelte es, es roch eigenartig, ohne Zweifel entstanden dabei Gase. Höchstwahrscheinlich Karbon-Dioxid. Aber war es wirklich ein nützliches Gas? Wie konnte man es sammeln und verwenden? Oder, noch besser: In Wasser lösen?

Über mehrere Wochen lernte Jacob die scheinbar unlösbaren Probleme Priestleys von der praktischen Seite kennen. Stillschweigend leistete er ihm Abbitte, weil er ihm in seinen Gedanken die Fähigkeit zu praktischen Erfolgen abgesprochen hatte. Er wollte, er musste unbedingt eine Möglichkeit finden, das reine Gas zu sammeln. Dazu beriet er sich mit Dunant.

»Das Problem ist Folgendes: Wenn ich ein normales Gefäß zum Sammeln des Gases über meinen Säuretank stelle, ist es mit Luft gefüllt. Das von unten hereinströmende Gas würde sich mit der Luft vermischen und wäre nicht mehr rein, und somit nutzlos. Wenn ich es umgekehrt schaffte, vorher ein Vakuum zu ziehen, nach Art der Kugeln von Guericke, dann würde in dem Moment, wo ich das untere Ventil öffne, sofort alles aus dem drunter liegenden Tank angesaugt werden.« Er schüttelte den Kopf vor Besorgnis.

Dunant dachte nach.

»Hast du schon einmal an ein bewegliches Ventil gedacht? Eines, das nicht nur auf und zu geht, sondern das man beliebig drosseln kann?«

Jacob strahlte.

»Darauf bin ich noch nicht gekommen. Das ist zumindest einen Versuch wert.«

Mit einigem Aufwand entwarf er ein solches Ventil, das mit einem Hahn versehen war, so dass man in jeder beliebigen Position den Durchfluss einstellen konnte, und ließ es in Messing von einem Schlosser ausführen. Doch auch diese neue Drosselklappe erwies sich als wirkungslos. Das Gasgefäß zerbarst trotzdem. Immer und immer wieder.

Nach einer weiteren erfolglosen Nacht träumte er, nach langer Zeit wieder einmal, von Witzenhausen. Von Harald, dem Tropfenzählen und dem Bottichbootfahren auf dem Witzenhäuser Teich. Wie sie kenterten, lachten, prusteten und sich des Lebens freuten. Am nächsten Morgen, gleich beim Aufwachen, wusste er, wie er sein Problem lösen würde.

Er beauftragte einen Zimmermann mit der Herstellung von zwei stabilen, runden, luftdichten Bottichen aus Eichenholz.

»Beide müssen unterschiedlich groß sein. Der Größere soll einen Durchmesser von zehn Ellen haben und sechs Ellen hoch sein. Und der Kleinere muss ganz genau in den Größeren hineinpassen.«

Stolz führte er einige Wochen später seinem Partner Dunant sein fertiges Modell vor. Der schaute fragend.

»Was ist das? Ein Holzbottich mit einem Deckel? Da willst du dein Gas sammeln?«

Jacob lachte und zog an einem Strick, der über mehrere Rollen, an Seilen hängenden Gewichten sowie Flaschenzügen mit verschiedenen Teilen des Holzbottichs verbunden war, den Dunant »Deckel« genannt hatte. Der »Deckel« hob sich, wie von Geisterhand gezogen, in die Luft, und zum Vorschein kam ein auf dem Kopf stehender, zweiter Bottich. Der präzise in den anderen, nach oben offenen, hineinpasste.

Dunant staunte.

»Was ist nun das Geheimnis dieser Konstruktion?«

»Ich habe mich daran erinnert, neulich im Traum, wie wir als Kinder mit dem Bottich meiner Mutter im Teich Boot gefahren sind. Wenn wir kenterten und uns in dem kopfüber stehenden Bottich versteckten. Der Bottich war immer voller Luft, so dass niemand ertrinken konnte.«

Dunant glaubte zu verstehen.

»Ich werde den größeren Bottich bis zum Rand mit Kalkwasser füllen. Dann lasse ich den anderen vollständig hinein, während ich hier«, er zeigte auf einen Ablauf im Boden des umgedrehten Bottichs, an dem eine der neuen Drosselklappen aus Messing angebracht war, »die Luft entweichen lasse. Sobald der kleine Bottich ganz drin liegt im größeren, weiß ich, dass keine Luft mehr drin ist.«

Er deutete an, die Drosselklappe wieder zu schließen.

»Wenn ich jetzt die Säure einlasse, bildet sich das Gas an der Oberfläche, also im Boden des umgedrehten, kleinen Bottichs. Den ziehe ich nun langsam, Stück für Stück, nach oben. Aber so, dass er immer noch ein Stückchen weit im

Kalkwasser steckt. Am Ende habe ich reines Gas im oberen Bottich.«

Dunant nickte anerkennend. Und klatschte vergnügt in die Hände.

»Wenn das funktioniert, bist du ein Genie. Damit solltest du dann zu Recht reich werden.«

Er grinste verschmitzt.

»Noch reicher, als du so schon bist.«

Jacob strahlte vor Freude.

»Wie ich dann mit dem Karbon-Dioxid weiterverfahre, weiß ich noch nicht. Aber das wird ein geringeres Problem sein als dieses. Irgendwie werde ich das im Wasser lösen und dieses in Flaschen abfüllen. Ich brauche nur noch etwas Zeit.«

Er schaute Dunant voller Ernst in die Augen.

»›Solve et coagula!‹ Wie es in dem Buch steht, das du mir geschenkt hast.«

Dunant drehte sich um und machte Anstalten zu gehen. Jacob hielt ihn an der Schulter fest.

»Bitte, bleib noch einen Moment. Ich brauche einen Zeugen. Auch wenn noch nicht alles fertig ist, möchte ich mir dieses Verfahren als ›Geneva-System‹ patentieren lassen. Sonst kann ich niemandem trauen. Wärst du bereit, mir dabei als Zeuge zu assistieren?«

Dunant nickte.

»Selbstverständlich.«

In diesem Moment wusste Jacob, dass das endgültige »Solve et coagula« nur noch eine Frage der Zeit war.

In den kommenden Wochen und Monaten gab Jacob seiner Erfindung den letzten Schliff. Das »Geneva-System« funktionierte besser und besser, Tag für Tag. So dass Jacob sicher war, das Patent würde schnell und unbürokratisch erteilt werden. Denn er war sich voll und ganz bewusst, dass er etwas wirklich Neues erfunden hatte. So neu, dass es weder Erfahrungswerte noch Konkurrenz gab, was bei Patenterteilungen stets eine Rolle spielte. Je mehr Konkurrenz, desto schwerer war der bürokratische Prozess, ließ er sich von erfahreneren Kollegen seiner Meisterschaft berichten.

In den letzten Tagen vor Erteilung des Patents feilte Jacob noch intensiver an technischen Verbesserungen. Durch die Vorbereitungen auf den Gang zum Patentamt hatte er die Notwendigkeit erkannt, seine Apparaturen zu benennen. Was ihm, solange er alleine getüftelt hatte, einigermaßen gleichgültig gewesen war. Den Handwerkern und Mechanikern, die ihm seine Anlagen gebaut hatten, waren Zeichnungen wichtiger gewesen als Worte oder Namen.

Er hatte in der Zwischenzeit eine Möglichkeit gefunden, das Gas aus dem oberen Bottich, den er mittlerweile »Gasometer« nannte, ohne größere Verluste durch ein zylindrisches, mit Wasser gefülltes Metallgefäß zu pumpen – ein Vorgang, den er »waschen« nannte, das Gefäß entsprechend als »Laveur« (»Wascher«) betitelte und als allerletzte Komponente zu seiner Patentschrift hinzugefügt hatte.

»Das Karbon-Dioxid sprudelt durch dieses Wasser, wobei dort die meisten Gerüche vom Schwefel oder Kalk hängenbleiben«, erklärte er nicht nur Dunant, sondern auch dem einen oder anderen Besucher, da sich das »Geneva-System« mittlerweile in der Stadt herumgesprochen hatte.

»Danach steht mir sauberes Gas mit leichtem Überdruck zur Verfügung. Das gereinigte Gas wird dann mit einer Pumpe in einen stabilen, gasdichten Holztank gepresst, den Karbonisiertank. Dort wird das Karbon-Dioxid mit frischem, kalten Wasser und einem Rührwerk solange vermischt, bis das Wasser prickelt. Je länger gemischt wird, desto mehr Gas bindet sich im Wasser.«

113

Vor der Erteilung eines jeden Patentes hatte jedoch auch die Genfer Bürokratie bereits die Hürde eines Mandarins gesetzt, eines amtlichen Torwächters. Der zwar nach chinesischem Vorbild benannt, aber nach österreichischem Muster ausgebildet worden war. Der Mandarin, dem Jacob zugeteilt wurde, war dann auch tatsächlich ein Österreicher namens Max Alfred von Bartenstein. Ein Abkömmling alten österreichischen Militäradels, der seine Berufung darin sah, den – wie er dachte – »denkfaulen Genfern« die hohe Schule anständiger, effizienter Bürokratie beizubringen. Von Bartenstein wartete nach Erhalt der Anmeldung erst einmal sechs Wochen ab, bevor er Jacob in sein Kontor zitierte. Jacob nahm die Vorladung sehr ernst, zog seinen allerbesten Rock an, klemmte sich alle seine Unterlagen wohl sortiert unter den Arm und fuhr in der besten Kutsche vor, die er anmieten konnte. Er traf auf einen über sechzig Jahre alten, grummeligen Mann mit einem eisgrauen, gezwirbelten Oberlippenbart, schmalen Lippen und gelangweiltem Blick aus grünen Augen. Aus den blütenweißen Ärmelschonern ragten zwei zierliche Hände heraus, von denen je die drei mittleren Finger mit schweren Ringen bestückt waren, die beiden Zeigefinger sogar mit goldenen Siegelringen. Von Bartenstein brummte ein unverständliches Wort, das man eventuell als Gruß deuten könnte, erhob sich dabei jedoch nicht zur Begrüßung und wirkte auf Jacob überhaupt so, als habe er am heutigen Tag, zusätzlich zu seinem grundsätzlich grimmigen Gemüt, besonders schlechte Laune. Er nahm seine Mappe, studierte sie flüchtig und machte dabei keinerlei Hehl aus seinem Desinteresse für Jacobs Erfindung. Von nun an war er lediglich interessiert daran, möglichst viele Papiere zu erstellen, Unterschriften zu erhalten und selber Papiere abzustempeln. Sieben Stunden dauerte das persönliche Verhör, in dem Jacob seine Erfindung bis in kleinste Detail erklärte, obwohl er sicher war, dass von Bartenstein nichts, aber auch rein gar nichts von seinem Vortrag verstand.

Er erläuterte den gesamten Vorgang in aller gebotenen Ausführlichkeit, den Sinn aller Gefäße, von Sodabehälter, Gasometer, Wassertank und Mischtank, erklärte die Funktionsweise der Wascher, des Generators, und des Flaschenfüllers, der mit einem großen Schwungrad betrieben wurde, das wie ein Steuerrad eines Schiffes aussah. Es dauerte eine Weile, bis Jacob begriffen hatte, dass weder die Exklusivität seiner Erfindung noch die rhetorische Brillanz seiner Erläuterungen die Erteilung des Patentes fördern würden. Sondern lediglich ein fein angepasstes, serviles Verhalten und reichlich »Bitteschön« und »Dankeschön«, an den Mandarin gerichtet. In dem Moment, als Jacob das erkannte, spielte er – innerlich lachend und sich ärgernd zugleich – seine Rolle als unterwürfiger Bittsteller perfekt. Leider war kein Publikum anwesend, um dies zu bestätigen. Dunant wartete draußen im Gang und durfte sich dann, nach einigen Stunden Wartezeit, hinzugesellen, um als Zeuge zu protokollieren.

Es dämmerte bereits, als die beiden, erschöpft, aber fröhlich aufgelegt, das Genfer Amt wieder verließen. Jacob trug das begehrte Dokument zusammengerollt unter dem linken Arm, während er den rechten um Dunants Schulter legte und diesem ins Gesicht lachte: »Wenn das nicht nach einigen Tassen allerbesten Kaffees verlangt?«

Nachdem er einen einfachen, praktikablen Weg gefunden hatte, das Wasser abzufüllen, wurde es Zeit, mit der Anlage in eine richtige Produktionshalle umzuziehen.

»Mein Haus ist einerseits zu klein, und außerdem möchte ich hier nicht so viel Rummel um mich haben«, erklärte er unmissverständlich.

Etwas entfernt vom Zentrum Genfs fand er ein Gebäude, das vor Jahrzehnten im palladianischen Stil, aber sehr dilettantisch, für einen – erfolglosen – Musikverein erbaut worden war. Den Verein gab es schon lange nicht mehr. Das einstöckige Haus, bestehend aus einem Saal für Proben und Aufführungen sowie vier kleineren Räumen, die als Büros und Garderobe gedient hatten, stand seit Jahren leer und schien für Jacobs Zwecke perfekt geeignet.

»Hier stellen wir den Wasserbehälter mit dem Gasometer hin«, murmelte er, während er mit Dunant die Räume inspizierte. »Hier den Laveur, und da hinten die Füllapparatur. Da ist dann auch ausreichend Platz für die Flaschen, die wir zum Abfüllen benötigen. Und für unsere vollen Flaschen.« Er lachte. »Obwohl ich davon nie zu viele herumstehen sehen möchte.«

Der geforderte Preis war anständig und, wie sich im Nachhinein herausstellte, eigentlich zu niedrig. Denn die Renovierungskosten beliefen sich bestenfalls auf die Hälfte dessen, was Jacob veranschlagt hatte. Zwar hatte der Architekt den Palladianismus-Stil nicht wirklich getroffen, aber die ausgeführte Arbeit war solide und dauerhaft.

Während das Gebäude instandgesetzt wurde, arbeiteten Jacobs Handwerker mit Fleiß und Hochdruck an einem neuen, erneut verbesserten und enorm vergrößerten »Geneva-System«.

»Mein System und die Produktion haben nun eine Größe erreicht«, informierte Jacob Dunant, »dass ich das nicht mehr alleine bewältigen kann. Das Patent ist erteilt, also kann ich auch Fremde in mein System einweihen.«

Eine Einschätzung, die sich als Fehler herausstellen, und die er bitter bereuen sollte.

Zum Abfüllen beschäftigte er zuerst einmal drei Frauen, die sich dabei abwechselten, den Schlauch in die Tonflaschen zu stecken, diese volllaufen zu lassen und schnell zu verschließen, während zwei junge Burschen namens Jacques und Claude dafür sorgten, dass das Material, wie Kalkwasser, Flaschen und Flaschenkörbe, nicht ausging. Nachdem die Produktion soweit abgesichert war, kümmerte Jacob sich um den Absatz des Wassers. Allen bekannten Ärzten Genfs ließ er Muster zukommen, beschrieb in den leuchtendsten Farben die ungeheuer gesundheitsfördernde Wirkung seines »Neuen Genfer Sodawassers«, beschwor Ähnlichkeiten zu den berühmten Wässern aus Spa, Pyrmont und Selters auf, »nur auf dass Eure Patienten nicht mehr verreisen müssen, sondern gleich hier vor Ort kuriert werden können«.

Die meisten Ärzte reagierten wie gewünscht, empfahlen das neue Wunderwasser und statteten Jacob Schweppe Besuche ab, um die Anlage zu besichtigen, aber auch, um sich seiner Dankbarkeit für ihre Empfehlungen zu versichern.

20. Kapitel: Colette

DIE SONNE SCHIEN LUSTVOLL von einem wolkenlosen Himmel, ein leichter, erfrischender Wind strich angenehm vom Fluss her. Jacob Schweppe spazierte durch die Stadt, zurück nach Hause. Sein Gehstock schwang übermütig auf und ab. Er fühlte sich prächtig. Nach dem Gottesdienst waren er und Dunant noch drei Tassen Kaffee trinken gegangen. Kaffee, den er mittlerweile wieder besser vertrug, was man der heilenden Wirkung seines Wassers zuschreiben konnte. Musste! Keine Frage. Selbst Dunant schien besser beisammen zu sein in den letzten Wochen. Obwohl er immer noch meist mit der Kutsche fuhr, auch kürzere Wege, während Jacob, soweit das Wetter es zuließ, mehr und mehr die Schönheiten Genfs per pedes entdeckte.

Er bog in die lange Straße am Parc des Eaux-Vives ein, in der sein Haus stand. Ein spätbarocker, bürgerlicher Traum mit einem kleinen, aber auffälligen Säulenportikus als Eingang. Er spitzte die Ohren und schaute die Straße entlang. Was ging da denn vor? Gleich zwei Kutschen standen genau vor seinem Haus. Erregte Stimmen, die er noch nicht verstehen konnte. Sobald er etwas näher gekommen war, erkannte er, dass es sich um zwei Männer und eine junge Frau handelte, die da so lautstark debattierten.

»Und ich sage Euch, dass Euer Preis Wucher ist!«, schleuderte die junge Frau wütend in englischer Sprache einem der beiden Männer ins Gesicht. »Eine regelrechte Unverschämtheit. Embarrassing!«

Jacob beschleunigte seine Schritte, um schneller helfend eingreifen zu können. Nach wenigen Augenblicken war er am Ort des Geschehens, wo er sich gleich ein Bild machte. Eine der beiden Kutschen war eine kleine, flinke, gefederte Stadtkutsche mit einem kleinen Kutschbock vor einem tief gesetzten Kasten mit hochgezogenem Spritzbrett aus Leder, gedacht für Personen ohne großes Gepäck. Dieses, besonders bei den Damen der Gesellschaft beliebte Modell, wurde im Volksmund »Duc« genannt. Aufgrund des schönen Wetters war das lederne Verdeck aufgeklappt. Gezogen von nur einem Pferd, aber mit gehobener Equipage, dienten diese Kutschen für Kurzstrecken innerhalb der Stadt, meist für die feinere Gesellschaft.

Die andere war ein grober, ungefederter Bagagewagen, einem Planwagen nicht unähnlich, der viel Gepäck aufnehmen konnte, aber äußerst unbequem für mitreisende Passagiere war.

Die trotz des warmen Wetters aufwendig gekleidete Dame stritt lautstark mit einem livrierten Kutscher, offenbar dem des Ducs, über den Fahrpreis, so viel erkannte Jacob auf den ersten Blick. Mitten im gegenseitigen Geschrei warf sie einen Blick auf den zweiten Kutscher, der einfache Alltagskleidung trug, und sagte barsch: »Ihr dürft abladen, zu Euch komme ich später noch.«

Jacob trat zu den beiden Streitenden und fragte höflich, ebenfalls auf Englisch, ob er schlichten solle.

»Es scheint doch, dass die junge Dame sich übervorteilt fühlt.«

Es schien ihm eine Pflicht als Gentleman zu sein, automatisch für die weibliche Seite Partei zu ergreifen.

Der Kutscher bellte zornig: »Wir haben vorab keinen Preis vereinbart, und es ist mein gutes Recht, einen normal üblichen Tarif zu verlangen. In London« – wobei er die junge Dame böse anblickte – »könnt Ihr vielleicht preiswerter fahren. Aber dies ist Genf, und da haltet Ihr Euch bitte an die

Regeln unserer Stadt. Für so einen kurzen Weg betreibt Ihr
so viel Aufwand.«

Jacob fragte, irritiert aufgrund des Widerspruches zwischen »London« und »kurzer Weg«: »Woher kommt Ihr?«
Er schaute die Dame an, versuchte aufgrund ihrer Kleidung,
die einerseits vornehme Herkunft attestierte, andererseits für
weite Reisen denkbar unpraktisch war, die Antwort selbst zu
ergründen. Der Kutscher jedoch antwortete schneller.

»Ich habe sie vor der Stadt aufgelesen, bei der Postkut-
schenstation. Die vornehme Dame«, seine Stimme troff vor
Ironie, »hat derart viel Gepäck, dass sie nicht anders weiter-
kam, als gleich zwei Kutschen zu ordern.« Er winkte mit der
rechten Hand lässig von seinem Duc hinüber zum Bagagewagen, den der andere Kutscher gerade eifrig ablud. »Aber
nun, da wir ihre großartigen Ansprüche korrekt erfüllt haben,
weigert sie sich, uns unseren zustehenden Lohn zu zahlen.«

Mittlerweile war das Gesicht der Dame aus London hoch-
rot; eine Mischung aus Zorn und Scham, wie Jacob vermutete. Sie gestikulierte wild mit ihren fein manikürten Händen,
wedelte mit ihren Armen, so dass Jacob für einen Moment
befürchtete, ihr faltenreicher Manteau in verschiedenen Grün-
tönen könne jeden Moment vorne aufplatzen. Oder die hoch
aufgetürmte, bunte Frisur, offensichtlich eine Mischung aus
echten Haaren und vielfach angesetzten Haarteilen in anderen Farben, könnte zur Seite kippen. Was der Situation ohne
Frage eine gewisse Komik gäbe. Er fragte daher ruhig, um
weitere Erregung, und das endgültige Kippen ins Komödian-
tische zu vermeiden.

»Um wie viel Geld geht es denn?«

Die Summe, die ihm der Kutscher nannte, war derart
lächerlich, dass Jacob sich gerade noch ein Lächeln verknei-
fen konnte. Genauso, wie einen Tadel für die ihm unbekannte
Schönheit aus England.

Er gab beiden Kutschern ihren Lohn und entließ sie mit
dem Rat:»Verabredet in Zukunft vorher einen Tarif, dann
erspart Ihr Euch einiges an Ärger.«

Dann, sobald die Kutschen mit wütendem Geprassel
davongeprescht waren, wandte er sich an die von ihm Geret-
tete:»Und nun, da ich Euch aus der Bredouille geholfen habe,
dürfte ich wohl erfahren, wem ich da geholfen habe?«

Die junge Dame schluckte, errötete sogar noch mehr und
sagte kleinlaut:»Entschuldigt bitte, dass ich Euch in diese
peinliche Situation gebracht habe. Mein Name ist Colette von
Bieleburg. Ich komme aus London, wie Ihr sicher schon ver-
merkt haben werdet, und bin zum ersten Mal auf dem Kon-
tinent.« Ein erstes Grinsen schlich sich in ihr Gesicht.»Bei
uns in London ist es üblich, sich mit den Kutschern über
den Tarif zu streiten, weil alle Kutscher Betrüger sind. Hier
in Genf hingegen«, sie schaute Jacob bewundernd an,»schei-
nen die Gentlemen vorzuherrschen.«

»Was bringt Euch in unsere schöne Stadt?«

»Ich bereise Europa, und bei dieser Gelegenheit wollte ich
meinen Vater besuchen, der hier wohnen soll.« Sie zeigte auf
das Haus mit dem Säulenportikus, vor dem der Kutscher sechs
riesige Reisetruhen abgeladen hatte. Jacob lachte.

»Da seid Ihr wohl einem Irrtum aufgesessen. Dort wohnt
mitnichten Euer Vater, sondern es ist mein Haus.«

Die Frau von Bieleburg erblasste.

»Das kann nicht sein. Meine Informationen sind zuverlässig, dass dieses Haus einem Jacob Schweppeus aus Kassel gehören soll.«

Nun war es an Jacob, zu erbleichen.

»Wie sagt Ihr, war Euer Name?«

»Colette von Bieleburg.«

»Ich kenne niemanden dieses Namens.«

»Ich habe noch einige Vornamen mehr, aber die schenken wir uns am besten. Ich mag sie sowieso nicht. Meine Familie neigt traditionell anscheinend zur Namensüberfrachtung. Colette muss ausreichen. Also, noch einmal von vorne: Meine Mutter ist eine geborene Freiin von Poppy und trägt seit ihrer zweiten Ehe mit Hermann Jakob Freiherr von Bieleburg den Namen Freiin von Bieleburg. Den Namen habe ich dann ebenfalls übernommen.«

Jacob glaubte für einen Moment, er würde den Boden unter den Füßen verlieren. Er schwankte leicht.

»Das darf nicht wahr sein«, stammelte er. Und da er das dringende Bedürfnis verspürte, sich schnell hinzusetzen, bat er die Frau, die behauptete, seine Tochter zu sein, erst einmal hinein.

Zwei Stunden und viele Tassen Kaffee später waren aus den Behauptungen Colettes harte Fakten geworden. Die Geschichte, die Colette erzählt hatte, war abenteuerlich, aber nachprüfbar wahr. Sie wusste Details aus dem Leben ihrer Mutter – und auch über Jacob –, die sonst niemand wissen konnte. Und, je länger Jacob Colette betrachtete, desto mehr fiel ihm die Ähnlichkeit auf. Nicht nur im Temperament, das sie bei den Kutschern schon so eindrucksvoll unter Beweis gestellt hatte. Auch die Augen, die Grübchen in den Wangen und das strahlende Lächeln erinnerten ihn an die schönste Frau, die er in seinem Leben getroffen hatte. Von ihm schien sie jedoch nichts geerbt zu haben. Zum Glück, dachte Jacob.

»Seit wann weißt du, dass ich dein Vater bin?«

»Nachdem meine Mutter erneut geheiratet hatte, erzählte sie mir davon. Da gab es keinen Grund mehr, es zu verschweigen. Mein bisheriger Vater, Rittmeister von der Groeben – Gott hab ihn selig! – hatte mich für seine wahre Tochter gehalten, und meine Mutter wollte ihn um des lieben Frie-

dens willen – und auch um mein Erbe nicht zu gefährden –
in diesem Glauben lassen.«

»Du bist also finanziell in guten Verhältnissen?«

»Oh ja«, nickte sie eifrig. »Mein Erbe erlaubt es mir, nun
Europa zu bereisen, ohne dass ich meiner Mutter zur Last
falle.«

»Wie lange möchtest du bleiben?« Jacob freundete sich
überraschend schnell mit dem Gedanken an, ab sofort Vater
einer reizenden, charmanten Tochter zu sein. »Du bist natürlich herzlich willkommen. Bleib, solange du möchtest. Und«,
hier hatte er nun den Schalk im Nacken, »die Entlohnung der
Kutscher war mein Begrüßungsgeschenk an dich.«

Colette lachte schallend, und Jacob bekam eine Gänsehaut
ob der Ähnlichkeit mit Bellas umwerfendem Lachen.

»Das weiß ich noch nicht. Genf ist eine schöne Stadt, da
werde ich es aushalten. Lass uns erst einmal schauen, wie wir
beide miteinander auskommen.«

21. Kapitel: Jacob, der Revoluzzer

DER ALLTAG HOLTE JACOB schneller ein als gedacht. In nur wenigen Tagen hatte er sich an seine neue Rolle als Geschäftsmann *und* Vater gewöhnt.

Das Geschäft wuchs immer noch solide und kräftig. Colette ließ sich die Anlagen der Mineralwasserproduktion in aller Ausführlichkeit von Jacob zeigen, war begeistert, beschloss aber dennoch zuerst einmal, sich den Sehenswürdigkeiten von Genf und Umgebung sowie den Salons zu widmen, zu denen sie eingeladen wurde, nachdem sich ihre Anwesenheit und ihr gesellschaftlicher Status herumgesprochen hatten.

Lediglich bei der Korrespondenz half sie ihm. Nachdem er mit der Einstellung eines Sekretärs geliebäugelt hatte, um den gestiegenen Umfang seiner Geschäftsbeziehungen zu bewältigen, konnte Colette auf diese Weise ihrem Vater ihre Wertschätzung und Dankbarkeit für die gute Aufnahme in Genf zeigen. Das war jedoch nicht der einzige Pluspunkt aus Colettes Anwesenheit. Es dauerte eine Weile, bis der in diesen Dingen völlig uneitle Jacob merkte, wie sich auch sein eigener, bürgerlicher Status quo durch die Existenz einer adligen Tochter verbesserte. Es waren nur Kleinigkeiten, aber in der Summe durchaus feststellbar, und nicht im Geringsten unangenehm.

Es war nur eine Frage der Zeit, bis seine Produktion die Nachfrage überholt hatte. Die Arbeitsabläufe waren immer geschmeidiger geworden, die drei Frauen bei der Abfüllung der Wasserflaschen organisierten sich gut und waren ungemein fleißig, was sicher auch daran lag, dass Jacob seine Mitarbeiter immer, im Gegensatz zu vielen anderen Unternehmern, anständig behandelte und fair entlohnte.

»Faire Arbeit, fairer Lohn«, war seine Devise. Eine Handlungsweise, mit der er sich nicht überall Freunde machte.

»Dein Altruismus ist bisweilen wie aus einer anderen Welt«, spottete Dunant milde. »Du sollst Geld verdienen, damit du ein gutes Leben hast. Und«, hier spielt er ab und zu aufs Religiöse an, insbesondere die protestantisch-hugenottische Arbeitsethik, »du weißt, dass du nur dann vor Gott gefällig bist, wenn du Erfolg hast. Nicht, weil du deine Leute gut behandelst.«

»Was ist mit der Nächstenliebe?«, kam die Gegenfrage des in Glaubensdingen immer noch nicht sonderlich interessierten Jacob. »Ich halte es mit der Nächstenliebe jedoch nicht aufgrund von Geboten der Kirche, sondern der praktischen Vernunft. Behandle ich die Menschen gut, geben sie mir Gutes zurück. Behandelten wir alle unsere Mitmenschen gut, ginge es uns allen besser.«

»Wer setzt dir nur solche Flausen in den Kopf?«, fragte Dunant verwundert.

»Hast du dich schon einmal mit David Hume beschäftigt? Oder dem Earl of Shaftesbury?«

Dunant schüttelte verneinend den Kopf.

»Du weißt, ich lese viel, auch Magazine aus England. Da gibt es eine neue Generation von Philosophen, die, im Gegensatz zu den alten griechischen Theoretikern, die Philosophie mit Moral *und* Geschäftssinn verbinden. Zum allseitigen Vorteil. Und, mein lieber Jean-Louis, ich sage dir: Das ist die Zukunft der Geschäftswelt. Sklaven- und Fronarbeit sind passé. Natürlich wird es immer Herren und Diener geben, Chefs und arbeitendes Volk. Und natürlich bin ich lieber Chef als Untergebener«, brachte Jacob den Gedanken zu Ende. »Aber geht es meinen Untergebenen gut, geht es mir auch gut. Bis zum Beweis des Gegenteils bleibe ich dabei.«

»Du weißt schon, dass solches Gedankengut nicht überall gerne gesehen wird. Denke nur an Rousseau und seine Schriften.«

»Das ist mir gleich«, erwiderte Jacob barscher als beabsichtig. »Der Drang zur Freiheit und Gleichheit ist nicht mehr aufzuhalten. Schau den Kampf der Genfer Natifs an. Wie viele Jahre ging das nun, bis sie endlich gleichberechtigte Genfer Bürger sind? Fünf Jahre? Oder gar sechs?« Er lächelte. »Im Gegensatz zu mir altem Habitanten. Ich kann das verschmerzen. Doch wenn ich hier in der Stadt Kinder gezeugt hätte, wäre ich auch in den Kampf gezogen. Es gibt anscheinend Dinge, die müssen mit Blut erkämpft werden. Sonst ändert sich niemals etwas.«

Dunant ließ es gut sein.

Aufsehen erregte Jacob Schweppe jedoch bald in der ganzen Stadt mit seiner nächsten Aktion, die seiner bereits weithin bekannten Menschenfreundlichkeit die Krone aufsetzte.

»Du willst dein teuer hergestelltes Wasser verschenken?« Dunant konnte es nicht fassen. »Bist du jetzt völlig verrückt geworden?« Er legte seine Hand väterlich auf Jacobs Schulter. »Jacob, es ist deine Firma, ich bin – zum Glück, weder Aktionär noch sonst wie Teilhaber oder Partner. Aber ich sage dir etwas, was du eigentlich selber wissen solltest, weil es eine Frage des einfachen Verstandes ist: Wer sein Produkt verschenkt, wird bald bankrott sein.«

Jacob lächelte überlegen. »Wer erzählt so etwas? Ich möchte mein Wasser doch gar nicht verschenken.«

Dunant atmete erleichtert aus.

»Nur einen Teil davon.«

Dunant holte wieder tief Luft. »Du verwirrst mich. Auf der Straße reden die Leute bereits davon. Bitte erkläre es mir.«

»Das ist doch ganz einfach«, sagte Jacob mit der ruhigsten Stimme, zu der er fähig war. »Wir produzieren mehr Wasser, als unsere zahlenden Kunden für die Heilung ihrer diversen Leiden benötigen. Daher habe ich beschlossen, dass auch die Armen von meinem Wasser Heilung und Linderung erfahren sollen, und habe einige Ärzte gebeten, das Wasser an bedürftige, kranke Menschen gratis auszugeben. Ich möchte lediglich meine Unkosten insgesamt erwirtschaften, und das geschieht mit dem Anteil, der verkauft wird, mehr als reichlich.«

»Das ist trotzdem gegen jedwede wirtschaftliche Vernunft und praktische Erfahrung.« Dunant war nicht überzeugt. »Es ist doch eine Binsenweisheit, dass, wenn man den Armen etwas schenkt, sie immer mehr fordern. Bis zur Unverschämtheit. Gib ihnen den kleinen Finger, und bald wirst du deine ganze Hand los sein.«

Die Ärzteschaft Genfs war geteilter Meinung über Jacob Schweppes uneigennützige Freigiebigkeit. Einige unterstützten ihn aus den gleichen altruistischen Gründen, warum er das Wasser verschenkte, andere fürchteten um ihr Geschäft und argumentierten, das Wasser wäre auch für die zahlende Kundschaft wertlos, wenn man es an die Armen verschenke.

Dummerweise war die zweite Gruppe die lautstärkere, einflussreichere. Das Thema ging durch alle Gazetten, was Jacob sehr verärgerte.

»Man tut so, als ob es eine Staatsaffäre sei. Dabei ist es meine Privatsache, was ich verkaufe und was ich verschenke.«

Sein ständiger Gesprächspartner Dunant hielt dagegen.

»Ich glaube, du unterschätzt einerseits die Bedeutung, die du mittlerweile in der Stadt erreicht hast, sowie auch die Gier nach Profit bei deinen Mitmenschen. Andererseits überschätzt du die Dankbarkeit der Armen.«

Auch Colette mischte sich bisweilen in die Diskussionen ein und schlug sich auf die Seite Dunants.

»In London gibt es ebenfalls vornehme Menschen, die sich ganz dem Wohl der Armen widmen. Dankbarkeit ist jedoch auch dort ein Fremdwort. Stehlen und betrügen, das ist alles, was dieses Pack vermag.«

Jacob ließ sich nicht beirren.

»Das kommt alles von der Ungerechtigkeit, die in der Welt herrscht. Hört ihr nicht das Donnergrollen der Revolutionen allenthalben? Amerika ist frei, und andere Länder werden es ihm bald gleichtun. Einige Lunten brennen bereits an den Pulverfässern, auf denen die Aristokraten derweil so bequem sitzen. Wir werden in unserer Lebenszeit noch so einiges erleben, glaubt mir. Da ich mir aber bereits einmal die Finger mit Kritik am Fürsten verbrannt habe, halte ich mich in der hohen Politik weiterhin zurück und mache dafür im privaten Bereich gut, was mir möglich ist. Denn ich glaube an das Gute im Menschen. Stehlen und betrügen tut nur, wer in einer ausweglosen Situation ist.« Um das zu unterstreichen, beendete er die Diskussion auf Latein: »Accipere quam facere praestat iniuriam! – Unrecht erleiden ist besser als Unrecht tun! Hat schon der alte Cicero gewusst.«

Die nahe Zukunft sollte ihn leider eines Besseren belehren.

Erstaunlicherweise trat zuerst ein Effekt ein, den weder Kritiker noch Befürworter der Gratisabgabe des Mineralwassers vorhergesehen hatten.

Die zahlungskräftige Kundschaft fürchtete, Jacob Schweppe würde sein Wunderwasser mehrheitlich nur noch verschenken und sie würden zu kurz kommen. Daher bedrängten die Patienten ihre Ärzte, die Reichen und Vornehmen sprachen direkt bei Jacob vor, um sich ihr Kontingent an Mineralwasser zu Höchstpreisen zu sichern. Jacob verstand die Welt nicht mehr.

»Da will ich mein Wasser verschenken, weil ich zu viel davon habe, und was geschieht: Man drängt mir das Geld förmlich auf.« Jacob lachte gequält. »Schaut her«, sagte er zu Colette und Dunant und öffnete den Schrank im Büro, in dem er seine Einnahmen aufbewahrte. »Er quillt förmlich über.« Jacob hatte aber schon weitergedacht. »Ich werde das Geld natürlich nehmen, aber ich habe einen Plan. Ich werde die Produktion weiter ausbauen und vergrößern. Die Technik hat noch ihre Macken, die müssen wir weiter verbessern. Und ich brauche Partner. Wenn du, mein lieber Jean-Louis, immer noch nicht mit sein willst von der Partie – was ich verstehen kann –, dann muss ich andere Partner suchen. Alleine schaffe ich das nämlich nicht mehr in Zukunft.«

Wie klug Jacobs Entschluss war, sich aus den politischen Wirren Genfs herauszuhalten und seine revolutionären Ideen anstatt in der Politik nur über sein Geschäft umzusetzen, zeigte sich kurz darauf. Alles, was die Natifs erkämpft hatten, wurde urplötzlich wieder in Frage gestellt. Die Anhänger der Regierung, »Négatifs« genannt, hatten Frankreich sowie die Städte Bern und Zürich um Hilfe gebeten. Diplomatische Hilfe, allerdings mit militärischem Druck dahinter. So wurde der Stadt an der Rhone ein so genanntes »Pazifikationsedikt« aufgezwungen, das weitgehend die alten Zustände, mit Benachteiligung der Natifs und Bevorzugung der Négatifs, wiederherstellte. Einige Anführer der Natifs, die von der anderen Seite als Rädelsführer gesehen wurden, kamen in Haft. Die Hälfte der Bevölkerung, die hierbei verlor, nannte das Edikt das »Schwarze Buch« und schwor, den Kampf nicht aufzugeben. Es sollten noch einige Jahre ins Land gehen.

22. Kapitel: Théodore Tronchin

COLETTE ERWIES SICH, trotz gelegentlicher Meinungsverschiedenheiten, als kluge und angenehme Gesprächspartnerin. Wenn sie hin und wieder über ihre Mutter sprach, spürte Jacob ein Ziehen in der Herzgegend, und er merkte, wie groß seine Sehnsucht nach ihr war. Dann bereute er es nicht, kein zweites Mal geheiratet zu haben.

»Ich habe nicht genug Liebe in mir für zwei Frauen«, bekannte er zu sich selbst. »Für Maria tat mir das schon leid. Wenn ich die Eine nun nicht haben kann, dann lieber keine mehr.«

Jacob merkte, wie er aufblühte bei ihren Gesprächen, war doch lange Zeit sein Freund Dunant einziger Ansprechpartner für persönliche Sorgen, Nöte und Pläne gewesen. Nach einigen Wochen vertraute er seiner Tochter bereits bedingungslos.

Sie redeten beinahe täglich miteinander, bevor sich ihre Wege für den Tag trennten, und nachdem sie zum Abend wieder zusammenfanden.

Sonntags unternahmen sie gemeinsame Ausflüge. Vom Spaziergang über Kutschfahrten bis zur Bootspartie, Jacob ließ nichts aus, um Colette die Schönheiten seiner Wahlheimat näherzubringen. Besonders gerne spazierten sie über die Pont de l'Ile ans andere Rhoneufer. Dies war die einzige Brücke über die Rhone und verband die Festung auf der Insel mit den beiden Ufern. Sie genossen den Blick über die Altstadt Genfs und über den See, besonders zur Abendzeit, während Jacob sein, auf der Reise von Hessen nach Genf angelesenes Wissen rezitierte.

130

»Die Brücke ist im wahrsten Sinne des Wortes steinalt.
Bereits Julius Cäsar hatte sie zerstören lassen, spätere Auf-
bauten geschahen auf gemauerten Pfeilern. Vor Hunderten
von Jahren haben die Genfer Händler dann hölzerne Häuser
und Mühlen auf die Brücke gesetzt. Die sind jedoch mehrmals
abgebrannt, und durften später nicht mehr nachgebaut werden. Deswegen ist die Bücke jetzt so, wie sie ist. Unbebaut.«

Ein Gesprächsthema lag ihm schon seit einigen Monaten auf
dem Herzen, und er nutzte einen hochsommerlichen Sonntag,
um es mit seiner Tochter zu besprechen. Zuerst spazierten
sie durch den Parc des Eaux-Vives zum See hinunter. Jacob
schwang seinen Spazierstock, während Colette, anmutig mit
einem Sonnenschirmchen in der Hand herumwackelnd, neben
ihm herstolzierte.
»Ich habe ein Ruderboot angemietet und ein kleines Pick-
nick vorbereiten lassen.«
Jacobs Laune war prächtig, trotz des Themas, das er mit
Colette besprechen wollte. Colette kicherte.
»Oh, das klingt wunderbar.«
Der Weg war kurz, am Kai wartete alles auf sie wie bestellt.
Sie stiegen ein, wobei Colette stolperte und um ein Haar ins
Wasser gefallen wäre. Sie johlte und quiekte vor Vegnügen.
Vorbei flanierende Passanten schauten entrüstet, während
Jacob amüsiert kommentierte:
»Man merkt dir an, dass du nicht in Genf aufgewachsen
bist. Frohnaturen wie du sind in dieser nüchternen Stadt eher
selten. Aber bitte, lass dir dieses fröhliche Wesen nicht neh-
men. Es ist wunderbar, solch ein Lachen zu hören.«
Jacob ruderte, während Colette interessiert die Stadt vom
See her betrachtete. Dann schien Jacob der richtige Zeitpunkt
gekommen, seine Last loszuwerden. »Meine liebe Tochter, ich
habe noch nicht oft in meinem Leben um Hilfe bei jeman-

dem angesucht. Meist hat sich alles so ergeben, oder der Rat kam ungefragt. Nun bin ich jedoch in einer Situation, die ich nicht mehr alleine entscheiden kann, und daher möchte ich deinen Ratschlag.«

Colette staunte. »Meinen Ratschlag? Was in Gottes Namen kann es geben, wo dir der hilfreich sein kann?«

»Ich habe bereits mit Dunant darüber gesprochen, aber er ist alt, krank und genügsam, und er mag nicht mehr an die Zukunft denken. Und genau darum geht es: Um die Zukunft meines Geschäfts.« Er stockte kurz. »Bevor du dir falsche oder unpassende Hoffnungen machst: Ich erwarte nicht, dass du dich an meinen Unternehmungen beteiligst. Du sollst das aufregende Leben einer jungen lebenslustigen Lady weiterleben. Irgendwann einmal jedoch wirst du alles erben, also solltest du vorher schon mitentscheiden.«

»Dann sag mir frei heraus, was dich bedrückt.«

»Es ist das Dilemma, in dem ich stecke. Einerseits liebe ich meinen Beruf. Sowohl die Goldschmiede- und Bijoutiermeisterei wie auch die Uhrmacherei sind wunderbare Handwerkskünste. Und doch merke ich mehr und mehr, besonders hier in Genf, bei all der harten Konkurrenz, dass ich nicht der Beste bin, nicht sein kann und auch niemals sein werde.«

Colette wollte bereits abwiegeln, aber Jacob schnitt ihr mit einer knappen Geste das Wort ab und fuhr fort.

»Uhrmacher wie Vacheron sind mir um Längen überlegen. Das Einzige, was ich besser kann als alle anderen, das ist die Wasserbegasung.«

Colette nickte eifrig. »Das stimmt allerdings.«

»Da bin ich der Erste, und der Einzige bislang. Daher nun meine Frage: Soll ich mich auf das Mineralwasser konzentrieren, und mir dazu Hilfe suchen? Einen Kompagnon fürs Kaufmännische, einen Techniker zur Verbesserung der Maschinen und des Systems, oder einen guten Verkäufer?

Oder soll ich alles wie bislang in Personalunion weiterbetreiben, auch auf die Gefahr hin, mich zu verzetteln oder zu überarbeiten? Oder soll ich das Wasser vielleicht ganz aufgeben und mein Geld ausschließlich als Bijoutiermeister oder Uhrmacher verdienen; als einer unter vielen?«

Colette stützte ihr Kinn auf ihre rechte Hand und dachte nach.

»Kannst du mit dem Wasser ein gutes Leben führen? Dir Haus und Dienerschaft leisten, die Mitarbeiter deiner kleinen Fabrik bezahlen, und das tun, was du willst, als freier Mann? Auch mit Kompagnon, einem zusätzlichen Techniker oder einem Verkäufer?«

Jacob nickte. »Ich glaube, das werde ich können.«

Colette nickte ebenfalls. »Dann tu, was du am Liebsten tun möchtest.«

Jacob war erleichtert, hatte Colette doch die gleiche aus allen Möglichkeiten favorisiert wie er auch. So genoss er das Picknick doppelt. Zum ersten Mal in seinem Leben trank er Alkohol, Jacob hatte eine Flasche prickelnden Weins von Nicolas Ruinart aus der Champagne gekauft; ein Getränk, dessen Gasgehalt Jacob als leuchtendes Vorbild für sein eigenes Wasser ansah. Leuchtend, obwohl in ihren Gläsern nur eine unansehnlich helltrübe Flüssigkeit schwappte, die jedoch wunderbar schmeckte. Dazu aßen sie frische Erdbeeren. Colette liebte beides, und war beides aus London gewöhnt. Vielleicht war es der Alkohol, der Jacob befeuerte, zu tun, was er dann tat.

Der Nachmittag verging wie im Flug. Auf dem Weg zurück zum Kai passierten sie zwei Felsen, erratische Blöcke, die seit Menschengedenken im südlichen Hafenbecken des Genfer Sees aus dem Wasser hervorragten. Unverrückbar und unerklärbar.

»Das sind die ›Felsen des Niton‹«, erklärte Jacob. »Der Name ›Niton‹ ist vom Meeresgott Neptun abgeleitet, den bereits unsere gallischen Vorfahren verehrt haben. Niemand weiß, wie sie hierhin gekommen sind. Es gibt sogar heute noch abergläubische Leute, die behaupten, dass hier im See ein Wassergeist haust, dem diese Felsblöcke gehören.«

Colette rief aufgeregt und übermütig: »Lass uns auf einen dieser Steine klettern!«

Jacob nickte, in diesem alkohol-befeuerten Moment war auch ihm nach etwas Übermut.

Geschickt steuerte er mit dem kleinen Ruderboot den Größeren der beiden Blöcke an; den, der etwas weiter weg lag vom Ufer. Er schaute sich um, ob jemand ihrem Unfug zusehen könnte, da er nicht wusste, ob es erlaubt war. Es gab in Genf immer wieder Dinge – Verbote und Genehmigungen, Sitten und Bräuche, die er auch nach einigen Jahren hier noch nicht durchschaut hatte. Sie hielten an. Jacob ergriff eine Kante des Felsens und versuchte, das Boot nahe dran zu halten.

»Geh du vor«, schlug Colette vor. »Wenn du siehst, dass es nicht rutschig ist und ich gefahrlos aussteigen kann, komme ich nach.« Sie kicherte erneut. »Ich bin heute schon einmal fast ins Wasser gefallen.«

Während Jacob mit ungelenken Versuchen beschäftigt war, den Felsen zu erklimmen, näherte sich ihnen ein zweites Boot, mit einem kleinen, schlaffen, dreieckigen Segel und einem Paar Ruder. Zwei Männer saßen darin, von denen einer ruderte. Plötzlich erschall ein Ruf aus der Schaluppe:

»Ist das nicht der berühmte Philantrop Jacob Schweppe? Der Mann, der uns Ärzte arbeitslos machen möchte, indem er die Armen und Kranken kostenlos mit seinem Heilwasser bedenkt?« Die Stimme troff nur so vor Spott. »Und der hier seine Kurtisane spazieren führt und dabei renommiert und angibt, als sei er Alexander der Große?«

Jacob hatte die Spitze des kleinen Felsens erreicht und sah sich um. Er erkannte seinen Gegner sofort. Sie hatten sich nur einmal getroffen, bei einem wissenschaftlichen Vortrag, aber der Mann war ihm von Beginn an unsympathisch gewesen. Geldgierig und falsch, so war auch sein Ruf.

»Wer wagt es, mit unflätigen Worten meine Ehre zu besudeln?«, rief er zurück, theatralischer als beabsichtigt. »Wenn das nicht der nicht minder berühmte Quacksalber und Zahnschinder Théodore Tronchin ist? Der Mann, der seinen Patienten schneller das Geld aus der Tasche zieht, als sie gesunden können. Wenn sie überhaupt jemals gesunden, bei seinen zweifelhaften Behandlungsmethoden!«

Hin und her flogen die Beleidigungen, tobte der ehrabschneidende Disput, den Jacob in diesem Moment zu seiner eigenen, großen Überraschung sehr genoss. Sein Übermut von vorhin war noch nicht verflogen, und seine gute Stimmung verleitete ihn dazu, den Kontrahenten mit allen Mitteln gepflegter Rhetorik zu beleidigen, ohne sich zu wiederholen.

Mittlerweile hatten sich am Kai einige Zuschauer versammelt, die dem ungewöhnlichen Duell amüsiert beiwohnten und jeden Zuruf kommentierten, jeder Schmähung begeistert applaudierten.

Théodore Tronchin war ein absolut ebenbürtiger Gegner, und so dauerte es nicht lange, bis sich Jacob von Colette, die eingeschüchtert und hilflos im Boot saß, ein Paddel reichen ließ und begann, Wasser in Richtung der Schaluppe zu spritzen. Tronchin war mittlerweile aufgestanden und konterte ebenfalls mit Wasserspritzern per Paddel. Zwei Männer im besten Sonntagsstaat, die im Genfer See standen und sich gegenseitig mit Wasser bespritzten. Ein derartiges Duell hatte man noch nie gesehen! Die Menge war begeistert und wuchs von Minute zu Minute an.

Die beiden schaukelten sich gegenseitig auf in eine derartige Erregung, dass zuerst Théodore ausrutschte, das Gleichgewicht verlor und in den See fiel, worauf Jacob vor Lachen nicht aufpasste, auf der nassen Steinoberfläche ebenfalls ausglitt und unsanft die flachere Seite des Felsblocks hinab ins Wasser rutschte.

Colette wusste nicht, ob sie sich amüsieren oder fürchten sollte. Jacobs Lachen zeigte ihr jedoch, dass keine Gefahr bestand.

»Ich bin schon als Kind gerne baden gegangen«, hörte sie ihn johlen, auf eine Art, wie sie ihn noch nie erlebt hatte. Er schwamm behende zum Boot und zog sich ins Trockene, während er lachend den hilflosen, zappelnden Versuchen Tronchins zuschaute, in seine Nuckelpinne zurück zu klettern.

»Wenn es noch eines überzeugenden Arguments bedurft hätte, dann dieses jetzt«, keuchte er, nachdem er erschöpft auf der Ruderbank Platz genommen hatte: »Wasser ist *mein* Element.«

Schließlich waren sie daheim und im Trockenen, ohne Tronchin an Land noch einmal begegnet zu sein. Auch Jacobs übermütige Begeisterung über diesen Streich war verflogen.

»Dieser Zwischenfall, so amüsant er im Grunde war«, erklärte er Colette, »zeigt mir doch, dass es gefährlich ist, wenn ich weiterhin nur auf mich alleine angewiesen bin. ›Der Starke ist am mächtigsten allein‹, so sagt man, aber ich muss mir doch endlich Verbündete suchen. Denn meine Gegner sind anscheinend überall.«

Prinzessin Victoria wie auch König Wilhelm IV. hatten bei der anschaulichen Schilderung der Gräfin über dieses seltsame Duell herzhaft gelacht. Nun merkte die junge Prinzessin jedoch an: »Es ist wieder recht spät geworden. Lasst uns morgen fortfahren. Wieviel habt Ihr uns noch zu berichten, meine liebe Gräfin?«

»Das hängt davon ab, wie viel Zeit Ihr mir gebt. Aber im längsten Falle noch zwei Abende.«

Der König und seine Nichte nickten.

»Gut, dann wünsche ich eine angenehme Nachtruhe. Wir sehen uns morgen wieder.«

23. Kapitel: Jacques Alexandre César

ZUR GEWOHNTEN ZEIT fanden sich am nächsten Abend alle wieder ein, um dem Fortgang von Jacobs fesselnder Lebensgeschichte zu lauschen.

Der Fortschritt war zuerst schleichend gekommen, nicht nur in Genf unbemerkbar anfangs für die einfachen, normalen Menschen. Langsam hatte er zuerst die Wissenschaft, dann nach und nach den Alltag erobert. Doch plötzlich war er überall. Zu sehen, zu hören, zu lesen und sogar auf den Straßen förmlich zu spüren. Die Menschen, nicht nur in Genf, merkten, dass etwas in der Luft lag. Eine Zeitenwende, ein neues, goldenes Zeitalter? Die Wissenschaft und die Revolution, neue Entdeckungen und die Demokratie, sie schienen Geschwister zu sein, Zwillingspaare, die im Gleichschritt marschierten. Man glaubte fast, eines gehöre untrennbar zum anderen.

Der Mensch konnte auf einmal fliegen, wenn die Sensationsnachrichten über die Brüder Montgolfier aus Paris die Wahrheit berichteten. Uralte Wunschträume der Menschheit schienen sich zu erfüllen. Nichts schien mehr unmöglich, alles greifbar.

Genf, als Knotenpunkt nicht nur von Verkehr und Handel, da im Grenzbereich verschiedener Länder gelegen, sondern auch kulturell und religiös, wollte da nicht hintenanstehen. Eine Veranstaltung jagte die nächste, das heutige Wunder war schon wieder toller als das gestrige. Welches schon toller gewesen war als das vorgestrige.

Jacob verfolgte dieses sich immer schneller drehende Karussell der Sensationen, das sich da vor seinen Augen und Ohren abspielte, mit einer Mischung aus Verwunderung, Amüsement und Misstrauen. Nach seiner Erfahrung würde es den Autoritäten – der Regierung, dem Rat wie auch den benachbarten Königen und Fürsten – irgendwann zu bunt werden. Dann würde das Rad des Fortschritts mit Sicherheit – und staatlicher Gewalt – wieder zurückgedreht werden, und einige Leute würden ins Gefängnis marschieren. Wenn sie nicht gleich einen Kopf kürzer gemacht wurden.

Sein eigener, privater, wissenschaftlicher Fortschritt fand daher für eine ganze Weile unter Ausschluss der Öffentlichkeit statt. Die nur das Produkt, ein harmloses Wässerchen zur Steigerung des Wohlbefindens und zur Heilung diverser Gebrechen zu Gesicht bekam.

Jacob hatte nach einem Jahr auch die freie Ausgabe von Wasser für die Armen wieder einstellen müssen, weil Colettes Prognose sich leider bewahrheitet hatte.

»Du hattest recht. Undank ist der Welt Lohn«, hatte er ihr seufzend gebeichtet. »Nachdem meine Vorräte knapp wurden, weil unser Gasometer defekt war, kamen doch tatsächlich ein paar unverschämte Lumpen in die Fabrik und forderten kostenloses Wasser.«

»Ich habe sogar vernommen«, ergänzte seine Tochter, »dass das kostenlose Wasser heimlich über Dritte weiter verkauft wurde. Da hast du nun sogar den doppelten Schaden.«

»Sei's drum. Wir errichten jetzt ein solides Gitter um die Fabrik und verkaufen alles Wasser, das wir produzieren.«

Er räusperte sich und fügte an.

»Auch wenn ich nach wie vor an das Gute im Menschen

glaube, ist dieses Bild nun doch etwas beschädigt. Vielleicht ist einfach die Zeit noch nicht reif.«

»Vater, vielleicht bist du nur zu gut für diese Welt?«

Die Plakate, die dann über Nacht überall in Genf hingen, konnte sogar Jacob nicht ignorieren. Größer, bunter und schriller als alles bisherige kündigten sie reißerisch die nächste Zirkusvorstellung an:

DIE GIGANTISCHE, UNGLAUBLICHE
WISSENSCHAFTLICHE WELTSENSATION
NUN AUCH IN GENF:
DER BERÜHMTE PARISER PHYSIKPROFESSOR

JACQUES ALEXANDRE CÉSAR CHARLES

FÜHRT IN NUR FÜNF VORSTELLUNGEN
IN GENF VOR:
DIE GEHEIMNISSE DER ELEKTRIZITÄT.
ER SCHLEUDERT BLITZE UND
ZEIGT DEREN WIRKUNG AUF
MENSCH UND TIER.
EIN FUNKENSPRÜHENDES ERLEBNIS
FÜR DIE GANZE FAMILIE!
DAMEN BITTE VORSICHT:
ES KANN GEFÄHRLICH WERDEN.
OHNMACHTSANFÄLLE NICHT AUSGESCHLOS-
SEN.

»Ach Vater, lass uns dahin gehen«, rief Colette spontan, als sie des ersten Plakats ansichtig wurde. »Der Eintrittspreis ist nicht teuer.«

Jacob schmunzelte, als er den marktschreierischen Text las.

»Klingt eher nach einer Jahrmarktsveranstaltung als nach echter Wissenschaft.« Aber sein Interesse war geweckt. Und so standen Colette und er zwei Wochen später in der langen Schlange neugieriger Genfer Bürger, die sich dieses Schauspiel ebenfalls nicht entgehen lassen wollten. Der Andrang war ungeheuer, es dauerte zwei Stunden, bis sie endlich ihre Plätze eingenommen hatten. Recht weit vorne, das war Jacob seinem Renommee schuldig; aber nicht zu weit vorne, wegen möglicher gefährlicher Blitzeinschläge. Colette plapperte aufgeregt mit allen möglichen Leuten, die Jacob nur flüchtig kannte, die Colette in der kurzen Zeit seit ihrer Ankunft aber offensichtlich alle schon bestens kennengelernt hatte.

Colette war nicht die einzige, die ihrer Nervösität und Gespanntheit mit sinnlosem Geschnatter Luft machen musste. Eine Kakophonie weiblicher Stimmen erfüllte den zum Bersten vollen Saal. Für alle Damen der Gesellschaft war es eine gänzlich ungewohnte Erfahrung, dass sie ihre Männer zu Veranstaltungen dieser Art begleiten durften. Auch das war dem neuen Geist geschuldet, der durch Genf wehte.

»Vielleicht wird es wirklich gefährlich, was meinst du?« Colette genoss den Gedanken sichtlich, dass die Warnungen des Plakates eventuell nicht zu Unrecht erfolgt waren. Jacob war weniger überzeugt.

»Er wird das Gleiche machen, was er schon hundert Mal getan hat, ohne dass jemand zu Schaden gekommen ist«, vermutete er.

Er begutachtete von seinem Platz aus die kompliziert wirkenen Gerätschaften, die auf der Bühne aufgebaut waren, ohne ihre Bedeutung oder Funktion ergründen zu können.

Dann begann die Schau.

Wie ein Zirkusdirektor, mit großem Zylinder und weißen Handschuhen angetan, betrat Professor Charles das Podium.

Er begrüßte sein Publikum und kam schnell zur Sache. In den nächsten drei Stunden staunte Jacob nicht schlecht über die Kunststücke, die sich mit physikalischem Wissen und praktischer Anwendung der Elektrizität anstellen ließen.

Der Professor zog zum größten Entzücken des Publikums Funken aus seinen Konduktoren. Erst kleine, dann immer größere, bis Ungetüme von drei Metern Länge aus den Geräten sprangen, die ihrem Herrn und Meister dennoch wie dressierte Tiere zu folgen schienen.

Tosender Beifall.

Dann schleuderte er Blitze. Zuerst ein kleiner, harmloser, auf seinen Assistenten. Der tat zum Entsetzen der Zuschauer, als strecke ihn der Blitz zu Boden, bevor er sich lachend erhob. Erleichtertes Aufatmen im Publikum.

Dann brachte der Assistent die Tiere auf die Bühne.

Zuerst eine Maus, die Charles mit einem gezielten Blitz verbrutzelte.

»Soll ich ein größeres Tier vorführen?«, rief er fordernd in die Menge. Diese bejahte, und als nächstes Opfer trug der Assistent eine schwarzweiss getigerte, abgemagerte Katze aufs Podium. Stellte ihr einen Teller Milch auf den Boden, verdächtig nah an den Elektrisierapparaturen, und während die Katze gierig schleckte, schlug ein Blitz genau in die Mitte ihres Rückgrats ein. Ein letztes miauendes Aufjaulen, und eine kleine Rauchsäule stieg auf. Applaus.

»Keine Sorge, ich töte nur streunende Katzen! Ich tue also etwas Gutes«, wiegelte der Professor gleich ab.

Höhepunkt der Vorstellung sollte das Einschlagen eines Blitzes in einen Hund sein. Einen Hund, wie ihn weder Jacob noch die meisten Zuschauer in dieser Größe je gesehen hatten. Ein mindestens schafgroßes, schwarzbraunes Tier mit großen Ohren und beeindruckenden Lefzen, an denen der Sabber herabtropfte, wurde an einer starken Leine vorgeführt.

Sein Hinterteil war mit einer ledernen Kappe bedeckt, auf der ein metallener Dorn nach oben ragte. Jacob hatte das Gefühl, dass hier etwas nicht stimmte. Der Hund wirkte irgendwie apathisch, wie sediert. Er schien jedoch mit dieser Einschätzung alleine auf weiter Flur zu stehen.

»Dies ist ein Brabanter Bullenbeißer«, kündigte Charles an. »Der robusteste, stärkste Hund auf unserer Erde. Glauben Sie, er wird meinem Blitz standhalten?«

Das Gebrüll und Geschrei war derart chaotisch, dass niemand auch nur ein Wort verstehen konnte. Schließlich forderte der Professor Ruhe ein, band den Hund fest und startete seine Konduktoren. Er zeigte auf das Hinterteil des Hundes.

»Diese Spitze aus Metall arbeitet nach dem Prinzip des Blitzableiters, wie es der Amerikaner Benjamin Franklin vor erst dreißig Jahren erfunden hat und wie es im Londoner ›Gentleman's Magazine‹ dargestellt wurde. Unser König in Paris hat höchstselbst diese Erfindung bereits goutiert und Monsieur Franklin ausdrücklich dazu beglückwünscht.« Charles lachte hämisch. »Unser Bullenbeißer wird es nicht goutieren, aber freuen wir uns auf ein weiteres spektakuläres Erlebnis.«

Atemlose Spannung. Ein leises Surren, das immer lauter wurde, bis schließlich der bislang größte Blitz herauszuckte. Er traf den Hund am Hinterteil, genau an der Spitze des Dorns zuckte für einen kurzen Moment eine blitzende Flamme, wobei das Tier jaulend zu Boden ging und sich nach kurzem Zucken nicht mehr bewegte.

Nun löste sich die Spannung wieder, die Menschen klatschten begeistert Beifall, johlten auf den hinteren Rängen, während die vorderen Ränge bereits zu den seitlichen Ausgängen drängten. Es roch verbrannt und faul, die Luft flimmerte, so war sie mit Elektrizität geschwängert.

Der letzte, prahlerische Ruf des Professors, dass er mit den Geräten in seinem Pariser Labor sogar ein großes Pferd erschlagen könne, ging in dem Chaos völlig unter. Also verbeugte er sich nur, drehte sich um und blieb bei seinen Gerätschaften, damit niemand aus der aufgewühlten Masse auf dumme Ideen kam.

Nur Jacob und Colette saßen noch auf ihren Plätzen. Jacob fasziniert von der Energie, deren Beherrschung und Freisetzung er so zum ersten Mal erlebt hatte. Und nachdenklich über das letzte Experiment. Colette hatte vom Ende der Vorstellung nicht mehr viel mitbekommen. Sie hatte fasziniert ausschließlich den zweiten Mann auf der Bühne beobachtet.

24. Kapitel: Guillaume Belcombeux

»SCHAU DIR BITTE den Assistenten des Professors an, Vater!«
Colette war komplett hingerissen. »Hast du jemals einen so
schönen Mann gesehen?«
Erst jetzt, nach dem Ende der Vorstellung, schenkte Jacob
dem jungen Mann Beachtung. Groß, breitschultrig, im dunk-
len Anzug mit weißer Hemdbrust ohne Kragen stand er am
Rand des Podiums und verbeugte sich. Die kurzen, schwarzen Haare waren fettig glänzend nach hinten gekämmt. Auf
den zweiten Blick bemerkte Jacob, was ihn irritierte.
»Schön wäre jetzt nicht das Attribut, das ich ihm zumessen
würde.« Er lächelte amüsiert über Colettes Begeisterung. Zum
ersten Mal, seit sie sich kannten, schien sie überhaupt Interesse
für das andere Geschlecht zu zeigen. »Eher ungewöhnlich.«
Jacob fand, dass dieser Mann trotz seines athletischen Kör-
perbaus, mit breiten Schultern und schmalen Hüften, eine
äußerst feminine Ausstrahlung hatte. Sein extrem heller, blasser Teint, seine hohen Wangenknochen und der fehlende
Ansatz von Bartwuchs unterstrichen dies.
Colette zögerte kurz. Sie erhob sich von ihrem Platz und
ergriff ihren Vater an der Schulter.
»Ich möchte ihn kennenlernen.«
Der drehte sich fragend um.
»Wozu?«
»Nun, um festzustellen, ob er so interessant ist wie er aus-
sieht, oder ob er auch nur ein gut verkleideter Langweiler

ist«, entgegnete sie mit einem Lächeln, dem Jacob unmöglich widerstehen konnte. Sie warteten also, bis fast alle Zuschauer den Saal verlassen hatten, dann winkte Colette dem Mann zu und bat ihn zu sich. Sie stellte sich und ihren Vater vor.

»Angenehm, mein Name ist Guillaume Belcombeux. Seit einem Jahr bin ich Assistent des Professors.«

Sie begannen ein belangloses Gespräch, in dem Colette das Wort führte. Bald begann auch Jacob, sich für den Charme und das Wesen Guillaumes zu erwärmen. Ein ungemein faszinierender Mensch trat da zutage, mit einem umfassenden Wissen, einer wissenschaftlichen Ausbildung und einer sanften, leicht melancholischen Stimme, die ungeheuer überzeugend und ehrlich wirkte. Colette schmachtete ihn so unverhohlen an, dass es Jacob peinlich wurde und er zum Aufbruch drängte. Auf dem Nachhauseweg schwärmte sie weiter.

»Ich werde mir noch eine Vorstellung anschauen.«

Es blieb nicht bei einer, bei allen vier noch folgenden Veranstaltungen saß Colette direkt vorne vor dem Podium und himmelte Guillaume an, der Colettes Verehrung mit zahllosen lächelnden Gesten retournierte. Nach der dritten Vorstellung nahm er sie mit hinter die Bühne in den Raum, der zu ihrer Garderobe und Vorbereitung eingerichtet worden war. Ihre Faszination wuchs weiter, als sie sah, wie er seine künstlichen Augenbrauen aus Mäusepelz ablegte, seinen Oberkörper freimachte und sie feststellte, dass er, vom Kopf einmal abgesehen, bis zum Nabel hinab komplett unbehaart war. Und überall ebenso blass war wie im Gesicht.

Ohne abschätzen zu wollen, ob es taktlos war oder nicht, fragte sie ihn:

»Ist Euch das von der Natur so gegeben, diese Haarlosigkeit und diese vornehme Blässe, oder helft Ihr nach?«

Guillaume lächelte.

»Das bleibt aber unter uns. Ist gewissermaßen mein Künstlergeheimnis.« Colette nickte beschwichtigend.

»Schönheit muss leiden«, lachte er und zeigte auf einen Tisch mit diversen Töpfen und Tiegelchen in allen Größen und Farben. »Diese Bleipaste hier, beispielsweise. Sie hilft bei der Blässe nach. Und dies hier ist eine Mischung aus eingedicktem Sirup und Terpentin. Damit verliert man die hässliche Körperbehaarung.«

Ein weiteres Gefäß, größer als alle anderen, verströmte einen angenehmen Duft. Guillaume griff hinein, nahm einen Klumpen der farblosen Paste und hielt ihn Colette vor die Nase.

»Dies ist eine neuartige Essenz aus Äpfeln und Fett, die man Pomade nennt.« Er schmierte sich den Klumpen in die Haare und verstrich alles mit einem großen, hölzernen Kamm, wobei er sich selbstverliebt in dem großen Spiegel betrachtete. Dann nahm er ein Rasiermesser in die Hand und klappte es übermütig mehrmals schnell auf und zu.

»Nur die gründliche Rasur vor der Vorstellung muss leider noch sein. Da hilft kein Wundermittelchen, da gibt es keinen Tiegel.«

Vorsichtig näherte sie sich, strich ihm mit der Hand über Kinn und Wange und murmelte:

»Vielleicht kann ich die Rasur vor der nächsten Vorstellung übernehmen.«

Dann fuhr sie spielerisch mit den Fingern die Konturen seiner Armmuskeln nach und genoss es, die glatte, haarlose, aber doch männliche Haut zu berühren. Ihre Hand legte sich auf seine makellose, muskulöse Brust, während er sprachlos, wie eine Statue, dastand und sich bewundern ließ.

»Vater, wir sollten Guillaume überreden, in Genf zu bleiben.«

Jacob fiel vor Schreck fast die Kaffeetasse aus der Hand.

»Wie kommst du darauf? Wie soll uns das von Nutzen sein?«

»Sagtest du nicht, dass du Hilfe benötigst? Guillaume könnte der perfekte Verkäufer für dich sein. Er spricht und gibt sich elegant, ist charmant und überzeugend, überdies noch wissenschaftlich und technisch versiert. Ich könnte mir keinen besseren Helfer für dich vorstellen.«

Jacob lächelte verständnisvoll.

»Und dein Wunsch hat nichts mit deiner persönlichen Vorliebe für diesen Herrn zu tun?«

Colette errötete.

»Natürlich würde ich mich über seine dauernde Anwesenheit freuen. Aber in erster Linie denke ich an dich.«

»Können wir ihm denn vertrauen? Er ist bislang Assistent eines Marktschreiers, eines Professors, der diesen Titel eigentlich nicht verdient.«

»Ich vertraue ihm, und er mir auch. Er hat mir bereits Geheimnisse gebeichtet, die er sonst niemandem erzählt. Zum Beispiel, dass der Hund nicht getötet wird. Das wäre viel zu teuer auf Dauer. Der Hund wird vorab mit Baldrian ruhiggestellt, und der Professor dosiert den Blitz genau so, dass der Hund nicht verletzt wird, sondern vor Schreck nur umfällt. Die lederne Kappe isoliert so gut, dass der Hund nur die Hitze spürt, nicht aber die Elektrizität. Guillaume sagt, dass der Professor sein Publikum für unglaublich dumm hält, weil niemand die Finte bemerkt. Zudem führen sie einen Zwinger mit fünf Hunden mit sich, damit die Hunde nur einmal drankommen je Reiseziel.«

Jacob ließ sich überzeugen.

»Wenn du meinst, dass er hierbleiben möchte, dann rede bitte mit ihm. Ich werde ihm einen angemessenen Lohn zahlen.«

Man einigte sich schnell, ohne Professor Charles einzubeziehen.

»Ich bin im Grunde froh, von ihm fort zu kommen«, sagte Guillaume. »Immer das gleiche, diese gespielten, nachgemachten Sensationen. Der grölende Pöbel. Und der Lohn ist auch schlecht, für diese schauspielerische Leistung, die er von mir erwartet, Tag für Tag.«

»Bei mir werdet Ihr für gute Arbeit guten Lohn erhalten«, blieb Jacob auch bei seinem neuesten Mitarbeiter seiner Devise treu. »Ich werde mich auf die Produktion und die Geschäftsleitung konzentrieren, und Ihr schaut nach meinen«, er verbesserte sich, »beziehungsweise unseren Kunden. Kümmert Euch um ordentliche Nachfrage, liefert pünktlich und schaut nach, dass die Rechnungen bezahlt werden. Könnt Ihr das zu meiner Zufriedenheit erledigen?«

Guillaume nickte pflichtbewusst.

»Dann steht unserer Zusammenarbeit nichts mehr im Wege.«

Es ließ sich hervorragend an. Guillaume war überzeugend, von Anfang an, hatte ein gutes technisches Verständnis und, vor allem, liebte er das Produkt, das er verkaufen sollte.

»Dieses Wasser ist ein Wunder der Technik!« So oder ähnlich begeisterte er sich nicht nur vor den Kunden, sondern auch, wenn er mit Jacob geschäftlich zusammensaß. »Da können wir alle reich mit werden.«

Nur Colettes Feuer hatte sich sehr bald ein wenig abgekühlt. Sie wusste nicht, wie sie zu ihm stehen sollte. Einerseits war er immer noch der faszinierendste Mann, der ihr je begegnet war. Andererseits hatte sie sich umgehört, in ihren gehobenen Kreisen, bis nach Paris, und wenig Vorteilhaftes über Guillaumes Privatleben erfahren. Er sei ein Schmeichler, der bei reichen Damen gerne den Galan spielte. Und obwohl er anscheinend noch unverheiratet war, wurde ihm versuchte Erbschleicherei nachgesagt. Ein Buch mit sieben Siegeln war er für sie, und sie wusste nicht, ob das Brechen aller Siegel letzten Endes die Mühe wert sein würde.

Diese Gedanken teilte sie jedoch nicht mit ihrem Vater. Sie befürchtete, der könnte es ihr übel nehmen; hatte sie doch Guillaumes Einstellung mit Nachdruck betrieben. Stattdessen vertraute sie alles ihrem Tagebuch an, und diskutierte im Geiste mit ihren Freundinnen aus der Welt der Literatur darüber. Besonders die Frauen in der Welt des Autors Samuel Richardson hatten es ihr angetan. Pamela und Clarissa hatten ähnliche Probleme wie sie, und waren es wert, dass über sie moderne Romane geschrieben wurden! Sie hatte Liebschaften bislang nur aus den Romanen ihrer Mutter gekannt, die sie gleichwohl erst als Erwachsene lesen durfte. *»Pamela oder die belohnte Tugend«* wie auch *»Clarissa – Die Geschichte eines vornehmen Frauenzimmers«* waren anspruchsvoller als die leichte literarische Muse, die ihre Mutter fabrizierte, dies hier waren echte Briefromane, in denen die jungen Frauen all ihre wirklichen Gedanken, Sorgen und Sehnsüchte in Briefe verpackt hatten. So wollte sie das auch halten. Freilich, ohne diese Briefe jemals zu verschicken.

Sie sah Guillaume dann jedoch eher selten. Er war viel unterwegs, um das medizinische Wunderwasser an den Mann, respektive den Doktor zu bringen. Wenn er nicht reiste, dann saß er in der Fabrik, studierte Zeichnungen der Maschinen, oder fertigte selber welche an.

»Man kann immer etwas verbessern, wenn man nur gründlich genug sucht.« Damit lief er bei Jacob offene Türen ein, der ihm diesbezüglich auch alle Freiräume bot, zumal Guillaumes Arbeitsleistung keine Wünsche offen ließ.

In eine prickelnd-erotische Situation wie in der Theatergarderobe, als Colette seinen nackten Oberkörper bewundern und berühren durfte, kamen die beiden nicht wieder. Colette wartete ab, ob Guillaume von sich aus aktiv werden würde. Sollte er versuchen, sie zu verführen, würde sie wie

Pamela reagieren und mit einer Mischung aus Abweisung und Zuneigung das Spiel so lange spielen, bis sie seine ehrlichen Absichten kennen würde.

Das sollte indes nicht allzu lange dauern. Eines Tages, Guillaume arbeitete bereits seit einigen Monaten für Jacob, besuchte Colette die Fabrik. Es war ein Feiertag, alles stand still und das Gebäude stand leer und ruhig da. Sie war auf der Suche nach ihrem Vater, aber dessen Kutsche stand nicht vor dem Haus. Sie beschloss dennoch, in der Fabrik nachzusehen. Irgendwo musste er doch stecken. Sie wollte ihn mitnehmen zu einer Soirée, zu der sie eingeladen war.

»Du musst mehr unter die Menschen kommen«, hatte sie ihn immer wieder zu animieren versucht. »Du vergräbst dich in deiner Arbeit und deiner Tüftelei, dabei wirst du langsam zum Eigenbrötler.«

Der Schlüssel passte, leise öffnete sie die Tür und schlich langsam durch den Flur ins Büro ihres Vaters. Alles dunkel, alles ruhig. Sie ging den kleinen Gang hinunter zur Tür, die die kleinen Räume vom größeren Produktionsraum trennte. Vorsichtig öffnete sie die Tür einen Spalt weit, als sie ein Geräusch hörte. Sie wich instinktiv zurück, doch dann siegte die Neugier, und vielleicht war es ja ihr Vater beim ungezählten Versuch, das »Geneva-System«noch weiter zu verbessern. Was sie jedoch sah, ließ sie erblassen und für einen Moment völlig die Contenance verlieren.

In einer halbdunklen Ecke saß Claude, einer der beiden Helfer Jacobs in der Wasserproduktion, auf einem hölzernen Kalkfass, mit heruntergelassenen Hosen, während vor ihm ein Mensch hockte, Claudes Glied im Mund hatte und mit schmatzenden Lauten und unverkennbar lustvollem Hochgenuss daran lutschte und saugte. Zu dem Schreck, überhaupt in eine solche Situation geraten zu sein, kam plötzlich die

Erkenntnis, wer da hockte und an Claudes Glied saugte: Es war Guillaume!

Prinzessin Victoria schnappte hörbar nach Luft und hielt sich dann erschrocken die Hand vor den Mund, angesichts der ungeheuerlichen, monströsen Frivolitäten, die die Gräfin da von sich gab.

»Liebe Gräfin, mäßigt Euch«, gab der König in mildem Ton zu bedenken, der doch eher amüsiert als schockiert war, »bedenkt das jugendliche Alter unserer Royal Highness Princess of Kent.«

Die Gräfin nickte ergeben und fuhr fort.

Sogleich hin- und hergerissen, was sie tun, wie sie reagieren sollte, entschloss Colette sich zum geräuschlosen Rückzug, der ihr auch gelang.

Aufgewühlt und völlig aufgelöst sagte sie die Soirée ab. Ihrem Vater erzählte sie nur, sie hätte Claude beim Diebstahl erwischt und ließ ihn rauswerfen.

Wie sie mit dem Wissen um Guillaume weiter verfahren sollte, das ließ sie einige Nächte lang schlaflos daliegen.

Sie war verwirrt, ratlos und wütend.

Von nun an misstraute sie ihm und bereute zutiefst, ihrem Vater jemals vorgeschlagen zu haben, Guillaume einzustellen.

»Wenn ein Mensch sich in der Liebe so verstellen kann, dann auch in anderen Dingen«, war ihre Schlussfolgerung, die sich in nicht allzu ferner Zukunft auf das Schlimmste bewahrheiten sollte.

Einige Wochen nach diesem Zwischenfall erkrankte Guillaume. Erschien tagelang nicht zur Arbeit, ohne Jacob Bescheid zu geben. Der, was Guillaumes sexuelle Ausrichtung anging, immer noch Ahnungslose, wurde dann doch ungeduldig und besuchte Guillaume in dessen kleiner Wohnung in der Altstadt. Sein Anblick erschreckte ihn doch einigermaßen. Ein hässlicher Ausschlag im Gesicht, eingefallene Wangen und tief in den Höhlen liegende Augen ließen Guillaume aussehen wie einen lebenden Leichnam.

»Großer Gott, was ist mit Euch geschehen?«

»Mein Arzt sagt, ich habe die Spanische Krankheit.«

Erschrocken wich Jacob zurück.

»Und, ist sie heilbar?«

»Mein Arzt ist zuversichtlich, sie ist noch nicht weit fortgeschritten.«

Jacob fühlte sich unwohl und nahm bald Abschied.

»Lasst es mich wissen, wenn Ihr Hilfe benötigt. Aber auch, wenn es Euch wieder besser geht.«

Die Hand gab er ihm zum Abschied nicht.

Colettes Schadenfreude war unverhohlen, obgleich sie ihrem Vater den Grund immer noch nicht angab. »Gottes Strafe kommt nie von ungefähr. Er wird schon was angestellt haben.«

Eine Woche später besuchte Jacob ihn erneut. Diesmal konnte Guillaume nicht selber aufstehen. Er röchelte nur vom Bett aus: »Die Türe ist offen.«

Er lag im Bett, schweißüberströmt und mit fiebrig rotem Gesicht. Sein fleckiges Hemd war klatschnass, neben dem Bett standen Brot und Wasser, unberührt.

Jacob fragte irritiert: »Ein wenig weiß auch ich über die Spanische Krankheit. Und Fieber und Schweißausbrüche, wenn überhaupt, treten erst nach vielen Wochen auf. Seid Ihr sicher, dass es die Spanische Krankheit ist?«

Guillaume lachte gequält.

»Von mir aus nennt sie auch die neapolitanische, die französische oder die englische Krankheit. Es muss schon etwas Besonderes sein, wenn ein jeder sie nach seinem ärgsten Feind benennt.« Er hustete. »Ja, Ihr habt recht. Es ist nicht nur diese Seuche. Leider. Mein Arzt möchte den Teufel mit dem Beelzebub austreiben. Er hat mich mit voller Absicht noch mit Malaria infiziert, damit diese die Spanische Krankheit abtötet.« Jacob erschrak und schüttelte den Kopf. »Ich bin als junger Mann einmal an Malaria erkrankt.« Er dachte an die Schrecken des hohen Fiebers und an die grauenhaften Gliederschmerzen zuück. »Das tut sich doch niemand freiwillig an.«

Er beschloss aber, den Arzt nicht zu konsultieren und mit ihm zu diskutieren, das würde seinen Ruf als Streithansel weiter untermauern. Stattdessen erinnerte er sich erneut an seine eigene Erkrankung und verließ Guillaume mit den ironischen Worten: »Also seid Ihr in drei Tagen entweder gesund oder tot.«

Tatsächlich stand einige Tage später ein sichtlich geschwächter und blasser, aber einigermaßen genesener Guillaume vor Jacobs Türe. Die Pusteln in seinem Gesicht waren dabei zu vernarben. Nie wieder würde er den schönen, makellosen Mann markieren können, dachte Jacob in einem äußerst seltenen Moment der Schadenfreude, für die er sich gleich selber wieder schalt.

»Habt Ihr tatsächlich zwei scheußliche Krankheiten auf einmal besiegt?«, gratulierte er dann gönnerhaft.

Guillaume erwiderte: »Ich bin mir nicht sicher, was die Spanische Grippe angeht, aber mein Arzt ist zuversichtlich. Die Malaria habe ich überwunden.«

»Nun, in Genf ist einiges geschehen, seit Ihr krank danieder gelegen seid. In Paris ist doch endlich die Revolution ausgebrochen, der König wurde vertrieben, und mittlerweile ist sogar unsere Stadt nicht mehr sicher. Fahrt raus aufs Land und kuriert Euch zur Gänze aus. Auch wenn es etwas dauert. Ich schließe die Firma derweil, bis der Krawall auf den Straßen vorüber ist.« Hinterher murmelte er: »Dabei haben wir überhaupt keinen König in Genf ...«

25. Kapitel: Nicholas & Jacques

BEVOR GUILLAUME ZUR KUR aufs Land fuhr, machte er einen
Abstecher in Jacobs Fabrik und nahm einige der neuesten Pläne
und Zeichnungen mit. Ohne es Jacob zu sagen.
Während seiner monatelangen Genesung bereitete er dann
seine große Intrige vor, die Colettes Misstrauen so eindrucksvoll bestätigen sollte.

Der Mechaniker Nicholas Paul betrieb in Genf, unweit von
Jacobs Wasserfabrik, zusammen mit seinem Vater Jacques eine
kleine, aber gut gehende Werkstatt für Reparaturen aller Art. Er
war Mitte zwanzig, mittelgroß und schlank, wirkte aber trotzdem etwas gedrungen, während sein Vater nicht nur etwa doppelt
so alt war wie er, sondern auch doppelt so breit. Von gesprungenen Kutschenreifen bis zu stehengebliebenen Uhren, von rissigen
Töpfen und Bratpfannen bis zu zerbrochenen Möbeln; es gab
praktisch nichts, was unter den Händen der Pauls nicht wieder
seinem ursprünglichen Zweck zugeführt werden konnte. Wobei
der Rationalist und Atheist Nicholas immer schalkhaft betonte:
»Wunder können wir keine vollbringen. Aber nahe dran sind
wir schon.« Um dann unbestimmt in Richtung der Kirche Not-
re-Dame de Genève zu winken und lachend zu ergänzen: »Da
kann hingehen, wer wundergläubig ist. Denn irgendwann wird
das alles gestürmt, zerstört und niedergebrannt. Ich hingegen
glaube nur an den Verstand. Und meine Hände.«

Wie üblich trug Nicholas Paul an diesem Tag seine speckige
braune Lederschürze über den abgeschabten Arbeitshosen, die

155

in klobigen Lederstiefeln steckten, hatte sich wie ein Künstler ein Béret auf den Kopf gesetzt, damit ihm sein wilder, schwarzer Haarschopf bei der Arbeit nicht im Weg war, und stand vornübergebeugt an seinem Arbeitstisch. Er beschäftigte sich seit Tagen mit einer wunderschönen Spieldose, die ihre Melodien nicht mehr abspielte, und er fand den Grund dafür einfach nicht. Gerade setzte er zu einem leisen Fluch an, als die Türglocke läutete. Der Mann, der nun eintrat, sah eigenartig und ein wenig zum Fürchten aus. Er hatte ein pockennarbiges Gesicht von undefinierbarem Alter – Nicholas schätzte ihn noch recht jung, haarlos und bartlos unter dem dunkelgrauen Zylinderhut, von athletischer Gestalt, aber alles andere als vertrauenerweckend. Nicholas drehte sich vom Tisch weg und seinem Kunden zu.

»Was kann ich für Euch tun?«

Der Fremde schob das auf dem Tisch liegende Werkzeug und die Spieldose mit einer unwirschen Geste weg, zum Unwillen Nicholas', und rollte ein großes Blatt mit einer Zeichnung auf demTisch aus.

»Könnt Ihr mir das bauen?«

Nicholas pfiff seinen Vater heran und beide betrachteten die filigrane technische Zeichnung mit den zahlreichen, geradezu liebevollen Details, die sich ihnen nicht auf Anhieb erschlossen. Nicholas' Unmut verflog, als er die Ästhetik und Schönheit dieser Arbeit wahrnahm. Eine Schönheit, die sich ganz sicher nicht jedem Normalsterblichen erschloss. Mit technischen Spielereien jedoch war er immer und jederzeit zu begeistern.

»Könnt Ihr uns ein wenig erklären, was Ihr damit machen wollt?«

Der Fremde erklärte es, nannte Zahlen und Größen und fügte schließlich an: »Wie viel Geld benötigt Ihr zu Beginn, damit Ihr schnell fertig werdet?«

Die genannte Summe schien kein Problem zu sein. Die Anfertigung auch nicht, nachdem die Pauls verstanden hatten, um was es ging.

Nicholas grinste seinen Vater an. Er wusste genau, woher der Fremde diese Pläne hatte, und was er damit bezweckte.

»Gebt uns drei Monate. In vier Wochen kommt Ihr vorbei mit einer zweiten Anzahlung«, sagte Nicholas, nachdem Guillaume sich namentlich vorgestellt, äußerste Geheimhaltung ausbedungen und zum Abschied einige Münzen klimpernd auf den Tisch geworfen hatte.

Sobald Nicholas mit der Arbeit begonnen hatte, besprach er sich mit seinem Vater.

»Vater, Ihr wisst sicher, dass dies eine Kopie der Manufaktur von diesem Bijoutiermeister Jacob Schweppe darstellt. Der dieses ungeheuer erfolgreiche, medizinische Wasser herstellt. Die Gasproduktion und Wasserbegasungs-Apparatur nennt er das ›Geneva-System‹ und sie ist wirklich einmalig! Ich habe ein schlechtes Gewissen, aber andererseits ist es gutes Geld, das wir damit verdienen können.«

Jacques Paul erwiderte: »Wenn es wirklich so gutes Geld bringt, dann lass es uns doch selber machen! Wir bauen ein einfaches System für diesen Gauner Belcombeux und ein besseres für unsere eigenen Zwecke.«

Nach zwei Monaten war die dritte Anzahlung fällig, und Guillaume nannte ihnen bei dieser Gelegenheit auch eine Adresse, wo sie die Apparaturen anliefern und aufbauen sollten. Am anderen Ufer der Rhone, am äußersten Stadtrand Genfs, schon halb in Frankreich gelegen, offensichtlich, um Jacob einen eventuellen juristischen Zugriff unmöglich zu machen.

Nicholas und Jacques Paul lieferten pünktlich, montierten alles zusammen wie bestellt und erhielten ihren vereinbarten Lohn.

Die aus Paris importierten Wirren der Revolution hatten sich beruhigt. Die Straßenkämpfe waren vorüber, die Gefängnisse leerten sich. Das Leben ging wieder seinen gewohnten Gang. Auch die internationale Post funktionierte wieder, was Jacob daran merkte, dass er von Jonas, einem seiner ehemaligen Lehrlinge aus Kassel, einen Brief erhielt, in dem ihm das Ableben Wiskemanns mitgeteilt wurde.

»Er starb friedlich, mit allen Segnungen der Kirche versehen.«

»Der hat nun wirklich ein gesegnetes Alter erreicht«, errechnete Jacob weit über siebzig Lebensjahre für seinen alten, guten Meister, während er gleichzeitig ein schlechtes Gewissen hatte, dass er sich nie wieder bei ihm gemeldet hatte. Das Leben in Genf hatte im Alltag jeden Gedanken an Kassel erlöschen lassen.

Keine vier Wochen später tauchten überall in Genf und Umgebung Flaschen auf, die angeblich künstlich erzeugtes, medizinisches Sodawasser enthielten. Einfache, primitive Tonflaschen, unmarkiert und ohne Herstellerhinweis. Einzig einige Flugblätter, schlecht gedruckt und billig aussehend, die an verschiedenen Plätzen Genfs angeschlagen waren, wiesen auf eine Adresse hin, wo man dieses Wasser äußerst preiswert erwerben könne. Zusammen mit den Hinweisen auf die medizinischen Vorteile dieses Produktes, die wortwörtlich aus Jacobs Prospekt abgeschrieben waren.

Jacob Schweppe war zornig, aber auch ratlos.

»Wer hat mir da mein Patent gestohlen?«

Colette versprach, ihm zu helfen.

»Ich werde mich umhören. So etwas kann niemand anstellen, ohne dass es Mitwisser gibt.«

»Tu das, bitte. Und ich werde mit dem sauberen Herrn von Bartenstein mal ein Wörtchen reden, oder zwei.«

Doch bevor die Recherche der beiden Ergebnisse zeigte, trat ein zweiter Konkurrent auf den Plan.

Kauft das neue
VORZÜGLICHE SODAWASSER
der MM Paul

priesen neue Flugblätter in noch größeren Mengen ein weiteres Wunderwasser an. Die schnippische Anmerkung am Ende –

»Echtes Genfer Sodawasser, von echten Genfern für echte Genfer erzeugt«

–schlug dabei auf perfide Weise Kapital aus Jacobs Zuwandererstatus.

Jacob war aufgeregt, er wusste nicht, wer seine Technik verraten hatte, und ließ sich beide Produkte beschaffen. Öffnete mehrere Flaschen, kostete und war sogleich beruhigt.

»Keines davon kann auch nur annähernd mit der Qualität meines Wassers mithalten«, behauptete er Colette gegenüber. »Das ist nur ein Sturm im Wasserglas.«

Ein Sturm von ganz anderer Art brach los, als Guillaume kochend vor Wut in Nicholas Pauls Werkstatt stürmte und den Besitzer mit wüstesten Schimpfworten und Flüchen eindeckte.

»Ein Dieb seid Ihr! Ach was, ein Dieb? Zwei Diebe seid Ihr. Eine feine Familie aus Hundsfotten und Räubern! Der Blitz möge Euch beide beim Scheißen treffen!«

Er begann, die Werkstatt zu verwüsten, warf Werkzeug und Kleinteile, die auf den verschiedenen Werkbänken lagen, in Richtung Nicholas und ging dann schließlich direkt auf Jacques los, der ihm trotz dessen Körperfülle offenbar als wehrloseres Opfer erschien. Nicholas und Jacques Paul wehrten sich tapfer gegen die Übergriffe, indem sie Guillaume schließlich gemeinsam zu Boden schlugen und mit einem Seil fesselten. Dann trat Nicholas zu dem sich am Boden Windenden und wartete in aller Ruhe ab, bis der sich beruhigt hatte.

»Ihr nennt mich einen Dieb? Einen Räuber? Einen Hundsfott? Und seid doch selber einer. Wobei Euer Vergehen viel schlimmer ist als unseres. Denn Ihr habt nicht nur gestohlen, sondern Euren Herrn verraten. Die Hand, die Euch füttert, habt Ihr gebissen.« Nicholas lachte hämisch. »Wäre ich gläubig, würde ich Euch jetzt im untersten Höllenkreise sehen. Wo Ihr nach meiner Meinung auch ganz sicher hingehört.«

Er kniete sich vor Guillaume hin und senkte die Stimme.

»Ich sage Ihnen jetzt etwas: Ihr lasst uns in Frieden, dann lassen wir Euch in Frieden. Möge eben der Bessere gewinnen. Vielleicht ist sogar Platz genug für drei Wasserfabrikanten.«

Er zischte ihn an: »Habt Ihr verstanden?«

Guillaume nickte ergeben. Er war alleine und wusste, wann er verloren hatte.

Mit scharfer Stimme setzte Jacques Paul noch hinzu: »Sollte uns zu Ohren kommen – und unsere Ohren sind sehr groß! –, dass Ihr gegen diese Abmachung verstoßt, so werden wir Euren Diebstahl zur Anzeige bringen. Dann werden wir sehen, was das Wort von zwei altehrwürdigen Genfer Bürgern gegen das eines dahergelaufenen Franzosen wert ist.«

Von nun an konkurrierten zwei namentlich bekannte Fabrikanten mit einem Unbekannten um die Gunst von Genfer Ärzteschaft und Bürgertum.

Jacobs Prognose des lauen Lüftchens anstatt eines Sturms hatte sich nicht bewahrheitet. Er musste erneut, wieder einmal, kämpfen für seine Sache, seine Ideen. Aus dem Stubenhocker und heimlichen Tüftler wurde für einige Monate ein engagierter Werbetreibender in eigener Sache. Keine Veranstaltung, bei der er nicht sein Wasser anpries. Kein Arzt in Genf, dem er nicht regelmäßig seine Aufwartung machte. Genau wie die Pauls. Nur der mysteriöse dritte Fabrikant blieb im Dunkeln.

Die Preise fielen, die Kosten stiegen. Auch die bessere Qualität von Jacobs Wasser half ihm nicht weiter. Zum einen waren die Pauls als alteingesessene Genfer Bürger gut bekannt mit allen Leuten, auf die es ankam. Zum anderen ließ das Schweppe-Wasser nach einiger Zeit in seiner Spritzigkeit nach, weil Jacob ein entscheidendes, technisches Problem nicht in den Griff bekam: Das Gas entwich nach ein paar Tagen aus dem Wasser, die Flaschen waren einfach nicht dicht zu bekommen. So kam es, dass das frisch abgefüllte Wasser Jacobs um Längen besser schmeckte als das von jedem seiner Konkurrenten. Aber nach einigen Tagen war es genauso schal wie das minderwertige Wasser Pauls und Guillaumes, die ihre Flaschen ebenfalls nicht dicht bekamen. Nur dass es bei ihnen weniger auffiel. Guillaume arbeitete offiziell immer noch für Jacob, machte aber dessen Wasser hinter seinem Rücken schlecht, sobald er das Gefühl hatte, den Kunden auf seine Seite ziehen zu können.

Während Jacob über den mysteriösen Dritten rätselte, überdachte er weiterhin das Problem seiner undichten Flaschen. Das musste doch irgendwie zu lösen sein!

Im Ganzen war es eine Situation, die weder Jacob noch den Pauls gefiel. Als daher Jacob nach einem halben Jahr, in dem beide Firmen mit ihren Gewinnen weit unter den Erwartungen geblieben waren, um ein Treffen bat, stimmten Nicholas und Jacques Paul sogleich zu.

Sie trafen sich auf neutralem Grund, bei einem Caféhaus am Seeufer, mit Blick auf die »Felsen des Niton«. Ein sonniger Herbsttag lud zum Verweilen auf der Gartenterrasse ein. Jacob hatte zur Verstärkung Dunant und Colette mitgebracht, während die Pauls zu zweit waren, Vater und Sohn. Am Sonntagsstaat der beiden Parteien – Jacob, Colette und Dunant in feinem, neuen Zwirn; die Pauls in Gehröcken und mit Hüten, die schon bessere Zeiten gesehen hatten – erkannte man auf den ersten Blick den sozialen Unterschied, auch wenn niemand der fünf sich etwas anmerken ließ. Alle kannten sich vom Sehen, so groß war Genf nicht. Nach kurzer Begrüßung, bei der Jacob, um das Eis zu brechen, auf die Felsen wies und lächelnd seine Duell-Anekdote erzählte, die sowohl Nicholas wie auch Jacques selbstverständlich bereits kannten und entsprechend ebenso lachend kommentierten, kam Jacob zur Sache.

»Ich möchte hier keine Anklage vorbringen, obwohl die Patentschrift zu dem von mir erfundenen ›Geneva-System‹ auf irgendeine geheimnisvolle Weise an die Öffentlichkeit gelangt ist, wie es scheint. Ich habe nur den Eindruck, dass derzeit niemand von uns irgendeinen Nutzen aus der Situation zieht. Und nachdem ich unseren dritten Konkurrenten nicht kenne, wollte ich Euch ein geschäftliches Angebot unterbreiten.«

Nicholas und Jacques steckten ihre Köpfe zusammen und tuschelten kurz. »Wir sind gespannt auf Euren Vorschlag.«

Jacob nickte und trank einen Schluck Kaffee.

»Mein Angebot ist ganz einfach. Lasst uns zusammenarbeiten. Ich bin der Erfahrene, was das Verfahren angeht, Gas zu erzeugen und ins Wasser zu pumpen. Ihr seid gute Mechaniker und könntet mir helfen, die Anlage weiter zu vergrößern und zu perfektionieren. Ich schlage vor, dass wir gemeinsam eine Firma gründen, in die ein jeder von uns nach seinen Mitteln und Fähigkeiten einlegt und ab dann zum gemeinsamen Erfolg beiträgt.«

Jacobs sonst eher blasses Gesicht war vor Aufregung leicht gerötet. Nicholas Pauls Miene war unbewegt, als warte er die Reaktion seines Vaters ab.

»Wen du nicht besiegen kannst, den mache dir zum Freunde«, fuhr Jacob fort. »Ich weiß nicht, wer das gesagt hat, aber es passt zu uns. Und gemeinsam würden wir auch unseren dritten Widersacher, den großen Unbekannten, aus dem Weg räumen können.«

Nun kam Bewegung in Nicholas.

»Ich kenne den Namen.«

Jacob und Colette erstarrten.

»Woher?«

»Ich habe sein System gebaut. Wir hatten jedoch schon vorher beschlossen, für uns selber eines zu bauen. Dann kam uns der Zufall zu Hilfe. Daher hat der Unbekannte schlechtere Apparaturen bekommen als wir für uns selbst gebaut haben. Aber offensichtlich sind beide nicht so gut wie Euer Original. Zumindest, wenn ich die Wasserqualitäten vergleiche.«

»Ihr habt es auch festgestellt? Dass mein Wasser von besserer Qualität ist?«

Jacob war regelrecht erleichtert.

»Selbstverständlich. Obwohl ich nicht feststellen konnte, weshalb.«

Jacob wollte nun aber mehr wissen über den Diebstahl seiner Ideen.

»Woher habt Ihr, oder der Unbekannte, denn die Zeichnungen bekommen? Oder wie sonst habt Ihr meine Ideen gestohlen?«

»Wir wussten anfangs ja nicht, dass es gestohlen war«, versuchte Jacques Paul, ein wenig abzuwiegeln. »Erst nachdem alles fertig war, und da war es bereits zu spät.«

Nur wenige Tage später wurde die Partnerschaft offiziell besiegelt. Nachdem Nicholas und Jacques Paul ihre Unterschriften zur neuen Firma »Schweppe, Paul & Cie« geleistet hatten, schüttelten beide Jacob Schweppe die Hand, wobei Nicholas ihm zuraunte:

»Eurer Mitarbeiter Monsieur Belcombeux ist der Schurke, der Euch hintergeht.«

Jacob war fassungslos. Colette tat überraschter, als sie tatsächlich war. Einerseits war Jacob beruhigt, dass sich sein Anfangsverdacht gegen den Patentbeamten von Bartenstein als substanzlos erwiesen hatte. Andererseits wollte er Guillaume nicht ungeschoren davonkommen lassen.

Also beriet er sich mit Colette.

»Wie zahlen wir ihm diesen Treuebruch heim? Lassen wir ihn verhaften?«

»Auf welche Beschuldigung hin denn, lieber Vater? Er ist raffiniert, er wird sich herauswinden. Ich habe eine bessere Idee.«

Sie erzählte dem völlig schockierten Jacob von ihrem Besuch in der Fabrik einige Monate zuvor. Und auch ihren Plan.

»Das wäre eine viel härtere Strafe als das, was ihm blüht, selbst wenn wir ihm den Patentdiebstahl nachweisen könnten.«

Schließlich stimmte Jacob zu, auch wenn es im Grundsatz seinen humanistischen Idealen widersprach.

Aber so sagte er sich selbst: »Strafe muss sein.«

Nun ging, von der Verhaftung Guillaumes in der Fabrik, bis zu seiner Verurteilung, alles sehr schnell.

26. Kapitel: Pierre Gueule

PIERRE GUEULE WAR ZUM RICHTERAMT GEKOMMEN wie die
Jungfrau zum Kinde. Seit Jahrhunderten hatte seine Familie einen Bauernhof in Saint-Genis – nur einen guten Fußmarsch von Genf entfernt – bewirtschaftet, und trotz der
harten Abgaben an die Grafen von Gex hatten sie überlebt.
Verschiedene Herren hatten die Region immer wieder erobert
und ebenso wieder verloren. Mal gehörte Saint-Genis zu Genf,
dann dem Herzog von Savoyen, schließlich wieder zu Frankreich.

Nachdem in Paris die Revolution ausgebrochen war, hatte
es zwar einige Monate gedauert, bis sie auch hier, im von
Paris weit entferntesten Winkel Frankreichs, angekommen
war, aber dann war das Ancien Régime in Saint-Genis ebenso
weggefegt worden wie anderswo. Die Burgen von Gex und
Florimont waren erobert und zerstört worden. Aus Lyon
hatte man eine Guillotine kommen lassen, um den Adel und
den hohen Klerus zur Rechenschaft zu ziehen. Nachdem das
blutige Werk getan war, war kaum noch jemand übrig gewesen, der Recht und Ordnung aufrechterhalten könnte. Für die
Kirche tat dies dann über viele Jahre der landesweit bekannte
Priester Jacques-André Émery, für die weltlichen Dinge hatte
auf einmal, aus heiterem Himmel, Pierre Gueule zur Debatte
gestanden. Als Spross einer der ältesten Bauernfamilien schien
er einerseits unverdächtig, andererseits, nicht nur aufgrund
seiner beeindruckenden großen und kräftigen Statur, über
eine natürliche Autorität zu verfügen. Also wurde er kurzerhand zum Richter ernannt. Als erste Amtshandlung schickte

er die blutbefleckte Guillotine zurück nach Lyon. Dann versuchte er, wieder etwas Ordnung in die alltäglichen Dinge zu bringen. Es gab keinerlei Gesetzbücher mehr, alles war in Frage gestellt oder gleich vernichtet worden. Der angeblich gesunde Menschenverstand musste nun Urteil sprechen, wobei es, nach dem, was Pierre aus Paris vernahm, zwischen seinem eigenen Menschenverstand und dem der Jakobiner offensichtlich große Unterschiede gab. Sein dringendster Vorsatz war denn auch, dieses ungeliebte Amt sobald wie möglich abzugeben, bevor die Jakobiner den Unterschied bemerkten.

Als Gemeinde- und Gerichtssaal von Saint-Genis fungierte seit der Revolution die schmucklose Kirche Saint-Pierre, die wie durch ein Wunder dem Bildersturm entgangen war. Dort hatte er seine Schreibstube eingerichtet und diskutierte gerade mit ein paar anderen Bauern die allgemeine politische Lage, als das wurmstichige, in seinen Scharnieren wackelnde Kirchenportal aufging und drei Genfer Soldaten einen Mann hereinführten, der sich heftig wehrte, zerfetzte Kleidung trug und offensichtlich zusammengeschlagen worden war. Selbst sein ärgster Feind müsste eigentlich mit ihm Mitleid haben, so erbärmlich, so jämmerlich sah er aus.

Der Ranghöchste von ihnen stellte sich vor und erstattete Bericht:

»Wir haben auf eine Anzeige hin diesen Mann in Genf verhaftet. Er ist ein Bürger Frankreichs und soll, in Abstimmung mit dem Magistrat zu Genf, hier abgeurteilt werden.«

»Wie lautet der Vorwurf?«

»Der Vorwurf lautet auf Sodomie, also widernatürliche Unzucht mit Männern.«

Pierre schüttelte entrüstet den Kopf, war jedoch gleichzeitig erleichtert. Das war ein Vorwurf, beziehungsweise eine Straftat, die sowohl im Ancien Régime wie auch in der neuen Zeit geahndet werden konnte und musste. Wo der Menschenverstand nicht viel falsch machen konnte. Viel schlimmer wäre ein Vorwurf gewesen, der mit Gedankenfreiheit oder politischer Rebellion zu tun hätte, da wäre die Einstufung als Straftat für ihn und sein Gewissen viel schwieriger gewesen. Der Soldat fuhr fort:

»Zeugen werden Euch zur Verfügung gestellt werden. Wir erwarten baldmöglichst den Prozessbeginn. Wir fahnden derweil nach einem weiteren Übeltäter.«

Guillaume wurde einstweilen in den Kerker der Burgruine von Gex eingesperrt, den einzigen Teil des alten Herrschersitzes, der nicht zerstört worden war.

Claude, der entlassene Helfer Jacobs und Liebespartner Guillaumes, blieb weiterhin spurlos verschwunden. Er hatte Genf anscheinend wohlweislich verlassen, und so stand Colette bereits drei Tage später im Zeugenstand. Hier entdeckte sie ein neues Talent. Nie zuvor hatte sie eine Liebschaft gehabt, war – bis auf ihre literarischen Liebeserlebnisse – erotisch völlig unerfahren, und sie hatte auch noch niemals vor einem größeren Publikum gesprochen. Im Gericht der Kirche Saint-Pierre lief sie zu großer Form auf. Und Jacobs Wunsch, Guillaume diskret zu bestrafen und auf diese Weise loszuwerden, löste sich hier spektakulär in Luft auf.

Denn ähnlich, wie Jacob auf seiner Reise nach Genf vor vielen Jahren eine wundersame Metamorphose widerfahren war, so erstaunlich war nun die Verwandlung Colettes von einer romantisch-naiv träumenden, jungen Frau aus gutem Hause in eine rachsüchtige Furie.

Die Kirche war gestopft voll mit Bauern, Bürgern – auch aus Genf angereist – sowie Soldaten, die die öffentliche Ordnung aufrechterhalten sollten. Alle bildeten das zuerst gespannte, später begeistert zujubelnde Publikum für Colettes Premieren-Darbietung als Racheengel. Sie machte ihrer Enttäuschung über Guillaumes Verrat auf diese, ihre ganz eigene Weise Luft. Sie beschrieb ihn in lebhaften Farben als eine Art wüstes, sexuelles Monster, schwadronierte lautstark, ließ lustvoll ihre schmutzige Fantasie in allen Varianten spielen, und ihre drastischen Schilderungen sorgten für wilde Empörung bei den Männern und dramatische Ohnmachtsanfälle bei den Frauen. Sie ließ sogar die Unterstellung der, allerdings unbewiesenen, Unzucht mit Tieren nicht aus, weil er doch als Assistent von Professor Charles auch mit Tieren gearbeitet hätte. Colette war in all ihrer Theatralik eine äußerst glaubhafte Zeugin. Guillaume hatte keine Chance. Jacob war angewidert. Sowohl von sich selbst, wie auch von Guillaume und der ganzen Affäre.

Auch Pierre Gueule fand den ganzen Prozess eher unappetitlich und beeilte sich, ihn zu Ende zu bringen. Er wusste ganz genau, dass ein Freispruch nicht in Frage kam, selbst wenn es kein aktuelles Gesetzbuch gab. Jede Bestrafung, die als mild angesehen worden wäre, hätte den Volkszorn angefacht, und das wollte er auf jeden Fall vermeiden.

»Ruhe ist die erste Bürgerpflicht.«

Nach einer Woche glaubte er, einen Weg gefunden zu haben. Eine Bestrafung, die Guillaume mit etwas Glück überleben konnte und ihn gleichzeitig doch so weit weg brachte, dass er für den aufgebrachten Mob unerreichbar war.

Schließlich wurde das Urteil gefällt, und eine weitere Woche später war Guillaume bereits auf dem Weg zur Gefängnisinsel Château d'If, wo er die nächsten – und letzten – acht Jahre seines Lebens verbringen sollte, bevor er sich in einem Anfall von Wahnsinn von der Gefängnismauer in den Tod stürzte.

27. Kapitel: Henri-Albert

Im Trubel der Patentaffäre, Guillaumes Betrug und
Bestrafung und der Erweiterung seiner Firma um die beiden
Pauls als Kompagnons hatte er Bella für eine ganze Weile
völlig aus seinem Gedächtnis verloren. Nachdem ein wenig
Ruhe eingekehrt war, und er wieder mehr Zeit damit verbringen konnte, mit Colette am Seeufer zu flanieren, fiel ihm
erneut die Ähnlichkeit seiner Tochter mit der Frau auf, die er
immer noch heimlich liebte und verehrte. Colettes Anwesenheit half ihm dabei, wieder zurück in seinen gewohnten, täglichen Arbeitsablauf zu finden.

Wobei Jacob bisweilen irritiert war über die Selbstverständlichkeit, mit der Colette ihre eigentliche Heimat London verlassen und sich dauerhaft mit Genf arrangiert hatte. Seine
Nachfragen, ob im Verhältnis zwischen ihr und ihrer Mutter, oder mit Bellas neuem Gatten, Hermann Jakob Freiherr
von Bieleburg, alles im Reinen sei, beantwortete sie floskel-
haft und unverbindlich, mit einem flüchtigen Lächeln.

Der Partnerschaftsvertrag mit Nicholas und Jacques Paul
war offiziell auf neun Jahre befristet worden. Keiner der drei
wollte Zeit verlieren, und so gingen sie alle schnell an die
Arbeit. Die Pauls kümmerten sich fortan um die Technik und
die Produktion, während Jacob für das Verfahren und seine
ständige Verbesserung sowie die Verkäufe zuständig war.

Nun hatte Jacob, endlich, die richtigen Leute an der Hand,
geschickte Handwerker, die seine Ideen perfekt umsetzen
konnten. Sie arbeiteten so gut zusammen, dass bald ein fast

blindes Verständnis zwischen den drei Partnern herrschte. Jacob lernte von den Mechanikern in gleicher Weise, wie diese von ihm über Chemie, Physik und das Verfahren der Soda-wasser-Herstellung lernten.

Bald wurde ein neuer, größerer unterer Behälter mit einem verbesserten Rührwerk installiert, in dem durch eine ebenfalls optimierte Mischung aus Kalk und Schwefelsäure beständiger und besser als je zuvor das wertvolle Karbon-Dioxid produziert wurde. Auch der Gasometer darüber wurde vergrößert, noch besser abgedichtet und noch druckfester. Das neu gewonnene Gas war reiner und konzentrierter, in jeder Hinsicht von besserer Qualität. Nun setzte Jacob auch zum ersten Mal überhaupt eine Kompressorpumpe ein, von dem Typus, den der Engländer Joseph Priestley entwickelt hatte – allerdings nur in der Theorie, um das Gas von einem Gefäß ins andere zu pumpen. Die Pauls aber, praktisch veranlagt, wie sie waren, bauten sie. Sie funktionierte in der Praxis vorzüglich.

Etwa zur gleichen Zeit, als Jacob einen guten Freund von Nicholas und Jacques kennenlernte, den Apotheker Henri-Albert Gosse, verstarb einigermaßen überraschend sein bester Freund Jean-Louis Dunant. Seine zahlreichen Krankheiten hatten ihm am Ende doch den Garaus gemacht. Bis zuletzt war er fröhlich und unternehmungslustig gewesen, trotz seiner grauenhaften und allgegenwärtigen rheumatischen Schmerzen. So war er eines Morgens einfach auf dem Weg in sein Geschäft auf der Straße zusammengebrochen und war gestorben, bevor jemand Hilfe rufen konnte. Jacobs Schmerz war um einiges größer als damals, als seine Eltern gestorben waren. Dunant war tatsächlich wie ein Vater für ihn gewesen. Er hatte keinerlei Angehörige, daher sorgte Jacob für ein prächtiges Begräbnis, das einerseits für protestantische Verhältnisse recht pompös daherkam, andererseits, nach Jacobs Dafürhalten, nur äußerst ungenügend seine Bewunderung für diesen großartigen Mann widerspiegeln konnte. Dass diese Wertschätzung wirklich auf Gegenseitigkeit beruht hatte, wurde bei Eröffnung des Testaments offenkundig: Dunant hatte Jacob Schweppe zu seinem alleinigen Erben eingesetzt. Nur eine kleine Summe ging an eine philantropische Stiftung. Nun war Jacob wohlhabender, als er es sich jemals hätte vorstellen können. Wenn er wollte, müsste er nie wieder arbeiten. Was, aus seiner Sicht, selbstverständlich ein absurder Gedanke gewesen wäre.

Wie durch Zufall stellte ihm das Schicksal mit Henri-Albert Gosse gleich einen neuen Freund an die Seite, so als wolle es ihn nicht alleine lassen.

Mit Gosse verband ihn nicht nur ein ungefähr gleiches Alter, so dachte Jacob – tatsächlich war Gosse sogar ein paar Jahre jünger –, sondern auch die Liebe zum Kaffee und den Naturwissenschaften. Sogar mit Mineralwasser hatte der Apotheker bereits experimentiert, allerdings nur im kleinen Maßstab in seiner »Hexenküche«, wie er selbst das kleine Labor im Hinterzimmer seiner Apotheke am Place Longemalle nannte.

Gosse entstammte einer alteingesessenen Genfer Familie, war Sohn eines Buchhändlers und seit zwei Jahren verheiratet. Er war mittelgroß, schlank und unauffällig, sein einziges besonderes Kennzeichen waren seine gewellten schwarzen Haare, die immer so aussahen, als seien sie mit einem Lockenstab in Form gebracht worden. Die Frisur war denn auch das einzige Zentrum seiner Eitelkeit, ansonsten war er ein fröhlicher, unkomplizierter Zeitgenosse, der nichts lieber tat, als in seiner Apotheke hinter der Ladentheke zu stehen und mit seinen Kunden zu plaudern. Wenn die Apotheke geschlossen hatte, hatte er zweierlei Sorten Zeitvertreib: Bei

171

Schlechtwetter saß er stundenlang im Kaffeehaus, um dort die Weltlage zu diskutieren. Schien die Sonne, packte er seinen kleinen Rucksack, nahm Wanderstock und festes Schuhwerk und marschierte in die Natur.

Es dauerte daher nicht lange, da versuchte Gosse, Jacob zum Mitwandern zu überreden.

»Du bist ein Stadtmensch durch und durch. Komm raus mit mir in Gottes schöne Natur. Wir erklettern Berge, von denen wir die schönsten Aussichten haben, genießen die frische Luft und kräftigen unsere Körper!«

Henri-Albert war überzeugend genug, dass sich Jacob neue Wanderschuhe anfertigen ließ und sich einen wunderschönen Wanderstock mit einem verzierten Messinggriff sowie einen Rucksack aus gewachstem Segeltuch zulegte. Von da an sah man die beiden Sonntags die Hügel rund um Genf und den See erklimmen, Stunde um Stunde marschierten sie, genossen die Aussicht, die sich ihnen bot und redeten dabei über Gott und die Welt. Noch niemals in seinem Leben hatte Jacob so einen angenehmen Gesprächspartner gefunden, nicht einmal Dunant, Colette oder der Drucker Johann Martin Lüdicke in Kassel zu den besten Zeiten ihrer Freundschaft. Mit Lüdicke hatte er meist politisiert, mit Gosse redete er über alles; Persönliches wie Geschäftliches, Politik, gesellschaftlicher Klatsch und Tratsch, Religion, Kunst, Theater oder Literatur, nichts ließen sie unberührt.

Gosse konnte zuhören, war selber umfassend gebildet und in seinen Ansichten ein durch und durch humanistischer, toleranter Mensch. Mit einem leicht ironisch gefärbten Sinn für Humor, der dem Jacobs ebenfalls nicht unähnlich war. Außenstehende hätten glauben können, dass sich dadurch, dass es praktisch keine Reibungspunkte zwischen den beiden gab, sehr bald Langeweile entwickelt hätte, aber

172

weit gefehlt. Sie befruchteten sich gegenseitig mit neuen Gedanken, spannen Ideen weiter und schmiedeten Pläne für die Zukunft.

Zu diesen Plänen gehörte bald auch die Erweiterung der Firma »Schweppe, Paul & Cie« um eine zweite Fabrik, in einem anderen Land.

Die Idee dazu kam Jacob, nachdem er mit Gosse erstmals den Hausberg der Stadt Genf, den Salève, mühsam erklommen hatte. Sechs Stunden hatte der Aufstieg auf fast eintausendvierhundert Meter gedauert, über steile und felsige Pfade, die eigentlich keine waren, hatten sie sich ihren Weg gebahnt. Nun saßen sie auf einem steil abfallenden Brocken, genossen ihr Picknick und den wunderbarsten Ausblick auf Genf und den See im Norden, die nahe gelegene Araviskette und den weiter entfernten Mont Blanc im Südosten.

Sie spotteten über die Galeere mit zehn Kanonen, die auf dem See dümpelte und die ganze – und einzige – Pracht der Genfer Marine darstellte. Mit der freilich nach Meinung der beiden Wanderer kein Krieg zu gewinnen sei.

»Mit nur zehn Kanonen lässt sich kein Feind mehr beeindrucken.«

Sie debattierten eifrig die jüngst erfolgte Erstbesteigung des Mont Blanc, ob man da oben nicht erfrieren könne, und welchen Sinn es habe, solch einen Berg zu erobern. Auch wenn es sich, wie ebenfalls erst unlängst bestätigt, um den höchsten Berg Europas handelte.

Die Sonne ließ ihre Gesichter glühen, so dass sie sich bald ihrer Jacken und Hemden entledigt hatten und auf dem Moos liegend, mit hinter dem Kopf verschränkten Armen, das sich ihnen bietende Panorama genossen.

Jacob, der sonst mehr ein Getriebener seiner Ideen war, war mit einem Mal wunschlos glücklich, voller innerer Ruhe

173

und hatte ein seltenes Gefühl von Zufriedenheit. In dieser Seelenlage begann er, seinen inneren Monolog, den er seit seiner Jugend mit sich führte, mit jemandem zu teilen. Erst zwei oder drei Mal in seinem bisherigen Leben hatte er sich getraut, sein Innerstes auf diese Weise nach außen zu kehren. Mit eher schlechten Erfahrungen. Dennoch begann er nun, sich seine Seele frei zu reden.

»Was für ein vollendeter Ausblick«, seufzte er behaglich, »wäre unser Leben doch auch so vollkommen.«

»Höre ich da ein larmoyantes Jammern eines Menschen, dem alles gelingt, was er sich vornimmt?« Gosses Stimme war ganz leicht spottgetränkt.

»Ach Henri-Albert, du hast ja recht. Ich will mich nicht beklagen. Das Schicksal hat es wirklich gut gemeint mit mir bislang. Und doch habe ich das unbestimmte Gefühl, als fehlte etwas in meinem Leben.«

»Du meinst, ein treues Weib an deiner Seite?«, fragte sein Freund, der selber noch nicht lange verheiratet war.

Jacob nickte. »Du triffst es auf den Punkt, mein Freund. Ich habe eine wunderbare Tochter, die erst sehr spät, wie durch Zauberei, in mein Leben getreten ist. Gäbe es wirklich so eine Art Zauber, so wünschte ich mir auf gleiche Weise auch die Mutter Colettes in meinem Leben.«

»Sie lebt in London, wenn ich mich nicht irre?«

»Leider, also unerreichbar für mich.«

»Wer sagt das? Die Zeiten haben sich geändert!« Henri-Alberts Tonfall war urplötzlich von Ironie auf Ermutigung umgeschwungen. Jacob schaute ihn erstaunt an.

»Wie meinst du das?«

»Ich meine es genau so, wie ich es sage. Als du sie kennen lerntest, warst du ein armer Goldschmiedlehrling in Kassel und sie ein junges, adliges Ding. Unnahbar in ihrem Stand für dich. Aber nun? Nach all den Jahren, den Revolutionen, den Umstürzen, und deinen persönlichen Erfolgen, hat sich viel geändert. Schau dich an: Du bist ein gereifter, wohlhabender Gentleman im besten Alter, alle Standesunterschiede schmelzen so langsam dahin, und wer weiß, ob sie sich nicht vielleicht ebenso sehnsüchtig in London nach dir verzehrt, wie du dich hier nach ihr. Einen Versuch wäre es wert.«

Jacob fasste Mut. »Aber wie soll ich das anstellen, ohne mein Leben zu zerstören, sollte ich dabei versagen? Und ohne mich der Lächerlichkeit preiszugeben.«

Gosse überlegte kurz und grinste. »Du hast doch alle Möglichkeiten, mehr als die meisten anderen Menschen. Eröffne ein Verkaufskontor in London. Gib allem einen geschäftsmäßigen Anstrich. Vielleicht trefft ihr euch zufällig, ansonsten hilf dem Zufall nach. Nimm Colette mit. Sie wird dir den Weg weisen.«

Jacob saß da und dachte eine Weile nach. Aß ein wenig Brot und Käse, während seine Gedanken zwischen London und Genf, zwischen Bella, Colette und ihm selbst hin und her flogen. Er wusste immer noch nicht, ob Colette damals, nach dem Tod ihres Ziehvaters, London im Gram oder im Guten verlassen hatte. Sie hatte sich seines Wissens nach all die Jahre nur äußerst selten bei ihrer Mutter gemeldet. Nun hatte er eine gute Möglichkeit gefunden, die Wahrheit zu erfahren. Denn er hatte sich entschieden. Jacob stand auf, umarmte seinen Freund und bedankte sich.

»Das war der nützlichste Ratschlag, den ich seit meiner Kindheit bekommen habe. Ich werde es versuchen, den Versuch des Scheiterns inbegriffen. Wer nichts wagt, der nichts gewinnt.«

Gosse hatte das gleiche Strahlen im Gesicht wie Jacob. Er lachte laut.

»Besser spät als nie! Ich freue mich für dich, auch wenn

das bedeutet, dass unsere Freundschaft leiden wird, da wir uns dann fraglos seltener sehen werden.«

Jacob hatte jedoch noch eine Überraschung in petto.

»Wenn ich mich dann vermehrt in London aufhalten werde, brauche ich einen vertrauten Menschen, der mich hier in Genf vertritt.«

Er packte Gosse freundschaftlich an der Schulter.

»Wie klingt das als Firmenname: ›Schweppe, Paul & Gosse‹?«

Nun war es an Henri-Albert Gosse, seinen Freund vor Freude zu umarmen.

Es dauerte nur wenige Wochen, dann erschien im »Genfer Journal« eine Anzeige, die die Gründung der neuen Firma »Schweppe, Paul & Gosse« vermeldete. Es war Jacob ein Leichtes gewesen, seine beiden anderen Partner von der Hinzunahme Gosses zu überzeugen, waren sowohl Nicholas wie auch Jacques doch bereits länger mit ihm befreundet als Jacob. Beide erkannten den Nutzen, den sie alle drei aus Henri-Alberts Wissen ziehen könnten, und für ein weiteres Wachstum der Firma brauchte man kompetente Leute.

Und mehr Geld.

Daher wurde die Anzeige zur neuen Firma begleitet von einer Bestätigung zehn führender, prominenter Genfer Ärzte, dass die Produkte von Schweppe seit sieben oder acht Jahren mit großem Erfolg im Einsatz wären, und mittlerweile profitabler seien als die klassischen Seltzer- und Spa-Wässer.

Kapitaleinlagen für weiteres Wachstum seien willkommen.

Die Anzeige war ein voller Erfolg. Das Geld sprudelte nur so herein in der nächsten Zeit.

28. Kapitel: William Belcombe

»WARUM LONDON?«

»Warum nicht London?«

»Haben wir in Genf nicht genug zu tun?«

Das Schwierigste war offensichtlich, den beiden Pauls den zweiten Teil von Jacobs Plänen schmackhaft zu machen.

»London ist um ein Vielfaches größer. Und auch wohlhabender. Die Engländer lechzen geradezu nach neuen Getränken. Wenn wir das richtig angehen, dann werden wir alle reicher als reich.«

»London mag ein vielversprechendes Pflaster sein, aber dann lasst mich dorthin gehen«, forderte, nach mehreren Tagen fruchtloser Diskussion, schließlich Nicholas etwas, was aus Jacobs Sicht völlig ausgeschlossen war. »Ich bin jünger, und wahrscheinlich auch belastbarer.«

Jacob winkte ab. Er musste sich jedoch durchsetzen, ohne seine wahren Motive preiszugeben.

»Du wirst in Genf mehr gebraucht als ich. In England gibt es genug fähige Mechaniker, um eine Fabrik zu errichten. Hier aber nicht. Und ihr drei«, er blickte reihum auf Nicholas, Jacques und Henri-Albert, »habt alles da an Wissen und Können, was es braucht, um weiterhin, ohne mich, Erfolg zu haben.«

Jacob hatte jedoch bereits weitere Überlegungen angestellt, um seine Partner in Genf bei Laune zu halten.

»Ich habe Pläne ausgearbeitet, um in Genf unser Programm zu erweitern. Und da bist du, Nicholas, unabdingbar«, schmeichelte er nun dem jüngsten Partner der Firma.

»Wir werden, oder besser gesagt: Du wirst in den kommenden Monaten eine Destille errichten.«

Ein fragender Blick der Pauls und Gosses ließ ihn weiterreden.

»Wir haben bislang nur normales Wasser begast und abgefüllt. Jeder halbwegs gebildete Mensch weiß jedoch, dass
es gesünder ist, Wasser abzukochen, bevor man es trinkt.
Warum auch immer. Man erkrankt nicht so leicht an Ruhr
oder Typhus. Oder anderen Seuchen. Da unser Sodawasser
medizinisch wertvoll ist, können wir es damit auf eine neue
Stufe heben, wenn es aus ›Aqua purificata‹ hergestellt wird.«

Seine Partner nickten anerkennend.

»Mit Henri-Alberts Kenntnissen als Apotheker könnt ihr
in großen Mengen Pflanzenwasser herstellen, dessen Grund-
lage destilliertes Wasser ist. Dann erfolgt der normale Prozess der Begasung, und am Ende wird das beste, reinste Wasser stehen, welches jemals das Licht der Welt erblickt hat.«

Nun waren alle drei regelrecht euphorisch, während Jacob
sich so richtig in seine Begeisterung hineinredete.

»Zusätzlich werden wir Wasser aus verschiedenen, berühm-
ten Quellen einkaufen, nach Genf bringen und hier veredeln.«
Er wedelte erregt mit beiden Armen. »Pyrmont! Bussang!,
Courmayeur! Vals! Seidschutz! Balarac! Passay!« Diese
Namen sprach er aus, als seien es vornehme Kostbarkeiten.

»Geld genug ist da zur Umsetzung all dieser Pläne. Danach
wird die Welt der Medizin uns zu Füßen liegen.«

Am Ende hatte er seine Partner so weit, dass sie allem
begeistert zustimmten.

Vater und Sohn Paul sowie Henri-Albert Gosse begannen,
die Erweiterung der Produktion, die neue Destille und den
Einkauf berühmter Wässer in Angriff zu nehmen.

Jacob konzentrierte sich auf London.

Mittlerweile war er ein gewiefter Verkäufer, der alle Tricks und Kniffe kannte, auch wenn er sie nicht alle einsetzte, weil er sie teilweise unmoralisch fand. Aber Werbung durfte, ja musste sein, sonst war das beste Produkt nutzlos. Um so wichtiger war es, schnell in London bekannt zu werden.

Der Zufall wollte es, dass genau in diesen Tagen ein bekannter Arzt aus London zu Besuch in Genf weilte. Jacob und Henri-Albert trafen William Belcombe bei einer Soirée, wobei sie die Einladung dazu Colette zu verdanken hatten. Die war seit dem »Fall Belcombeux«, der in der feinen Gesellschaft Genfs unerwartet hohe Wellen geschlagen hatte, um einiges stiller und weniger unternehmungslustig geworden, aber ab und zu nahm sie doch eine Einladung an, wobei sie stets betonte, dass sie nicht gedenke, neue Herren-Bekanntschaften zu machen.

Belcombe stand in einer Gruppe mit einigen Ärzten Genfs, von denen die meisten ihre Patienten mit Jacob Schweppes Mineralwasser behandelten, und die alle andächtig den Ausführungen des berühmten Genfer Professors Pictet lauschten. Der aristokratisch aussehende, gertenschlanke Engländer überragte alle um fast einen Kopf. Kurzes, schwarzes, moderat pomadisiertes Haar, ein gepflegter Schnauzbart und eine schmale, markante Hakennase dominierten seine Erscheinung. Jacob und Gosse wurden vorgestellt, dann ging alles weitere recht schnell. Belcombe war umgänglich und charmant und hatte einen feinen Sinn für Ironie, gegen den der Genfer Humor regelrecht platt wirkte. Man parlierte, scherzte, kommentierte das Tagesgeschehen, und man mochte sich auf Anhieb. Ehe Jacob sich versah, plauderte er von seinen Londoner Plänen.

»Könnt Ihr mir da jemanden empfehlen, der für unsere Firma vorab schon mal ein wenig die Werbetrommel rührt? Es muss unbedingt ein Mensch sein, dem ich vertrauen kann, denn eine spätere, enge Zusammenarbeit ist dabei nicht ausgeschlossen.« Jacob stutzte kurz. »Was heißt nicht ausgeschlossen? Es ist sogar sehr wahrscheinlich.«

Belcombe überlegte einen Moment lang.

»Da habe ich in der Tat jemanden, der Ihnen den Weg ins Londoner Geschäftsleben auf vorzüglichste Weise ebnen kann.«

Jacob schaute ihn gespannt und voller Neugier an.

»Monsieur, er steht vor Ihnen.«

Belcombe lächelte und verbeugte sich, wobei er einen imaginären Zylinder vom Kopf zog. Gosse und Jacob lächelten zurück und nickten im Einklang.

»Dann lasst uns morgen in meinem Kontor alles Weitere besprechen.«

Am nächsten Tag wurden bei Kaffee und frischem Buttergebäck die Modalitäten festgelegt. Jacob kam nicht umhin, von seinen schlechten Erfahrungen mit Guillaume Belcombeux zu berichten, die ihn zur Vorsicht veranlassten. Den Teil, der Guillaume ins Gefängnis gebracht hatte, ließ er aus Taktgründen weg.

Belcombe verstand, und machte Vorschläge, die allen vier Partnern der Firma »Schweppe, Paul & Gosse« auf Anhieb zusagten.

»Ich brauche nur wenig Geld, um in London Werbung zu machen. Die wichtigsten Ansprechpartner in den medizinischen Kreisen kenne ich persönlich, also werde ich mich auf Mund-zu-Mund-Propaganda konzentrieren. Eine Prämie möchte ich jedoch, die aber nur, wenn das Geschäft läuft und Eure neuen Kunden sich auf mich berufen.«

Das war mehr als fair.

Nach drei Wochen, in denen Jacob und Henri-Albert ihre Freundschaft mit William Belcombe weiter vertieften, reiste dieser zurück in seine Heimat.

180

»Wir sehen uns in sechs Monaten«, rief er Jacob zum Abschied aus der Kutsche zu.

Am nächsten Tag begannen Nicholas und Jacques Paul bereits mit den Arbeiten an einigen der komplizierteren, patentierten Teile des »Geneva-Systems«, die Jacob nicht in London herstellen lassen wollte. Sobald diese Anlagenteile fertig waren, wurden sie Richtung London auf den Weg gebracht.

Nur ein leichtes Grinsen und ein kurzes Augenzwinkern des Königs verrieten, dass er nun, da die Handlung unweigerlich auf seine Hauptstadt zusteuerte, höchst zufrieden mit dem Fortgang der Erzählung war. Selig lächelnd lehnte er sich zurück und lauschte.

29. Kapitel: Howard Makepeace-Keay

»Möchtest du mit mir nach London reisen?«

Colette wirkte nicht überrascht.

»Ich wundere mich seit Wochen, ob du mich etwa nicht mitnehmen möchtest.«

»Ich wollte zuerst sicher gehen, dass alles klappt. Nun ist die Planung der neuen Unternehmung in London fertig, und ich beginne meine persönliche. Und da kommst du natürlich mit ins Spiel. Ich habe mich schon lange gefragt, ob du jemals zurückgehen möchtest in deine Heimatstadt.«

Colette lächelte, griff in ihre Handtasche und entnahm ihr einen Brief.

»Vor vier Wochen hätte ich noch Nein gesagt und wäre wohl lieber, für immer, in Genf geblieben.«

Ihr Gesicht zeigte Missmut.

»Dann hätte ich auch irgendwann diesen Namen ›von Bieleburg‹ abgelegt.«

In diesem Moment verstand Jacob die Gründe für Colettes Wunsch, in Genf zu bleiben. Er fürchtete das Schlimmste und dachte an Guillaume.

»Ist etwas vorgefallen zwischen dir und deinem Stiefvater?«

»Nicht was du vielleicht denkst. Aber der gnädige Herr Hermann Jakob Freiherr von Bieleburg hat mich häufig übel geschlagen und misshandelt, kurz nachdem er meine Mutter geheiratet hatte. Er wollte mir wohl zeigen, wer Herr im

Hause ist. Da er gegen meine Mutter nicht ankam, hat er es an mir ausgelassen.«

Sie kämpfte mit den Tränen.

»Mit der Reitgerte hat er auf mich eingeprügelt! Daher bin ich fort, sobald ich mein Erbe erhalten hatte. Meine Mutter hat es nie erfahren.«

Jacob wollte empört etwas sagen, aber Colette kam ihm zuvor.

»Sein eigenes Kind mit meiner Mutter, ebenfalls eine Tochter, vergötterte er hingegen. Meine Mutter hätte nie verstanden, wenn ich ihr die Wahrheit über ihn erzählt hätte.«

»Bella hat noch eine Tochter?«

Jacob kam aus dem Staunen nicht heraus.

»Warum erzählst du mir das erst jetzt?«

»Es ist nicht von Belang. Ich hatte praktisch nichts mit ihr zu tun, zu groß war der Altersunterschied. Und sie wurde ganz früh zur Ausbildung auf ein Mädchenpensionat geschickt. Ich würde sie nicht einmal erkennen, wenn sie jetzt hier direkt vor mir stünde.«

»Das ist betrüblich.«

An diesem Punkt unterbrach die Gräfin ihre Erzählung für einen Moment.

»Wie Ihr vielleicht bemerkt habt, handelte dieses Gespräch von mir. Leider hatte Colette recht damit: Wir waren uns zeitlebens sehr fremd.«

Colette winkte ab.

»Es ist lange vorbei. Und« – sie wedelte mit dem Brief, »es gibt auch gute Nachrichten. Er ist tot!«

»Was ist geschehen?«

Colette lächelte maliziös.

»Ein Jagdunfall. Geschieht ihm recht, dass er von seinesgleichen erlegt wurde. Meine Mutter wird alles erben, und ich kann wieder guten Gewissens nach London zurückkehren. Selbstverständlich werde ich dich begleiten.« Mit mildem Spott in der Stimme ergänzte sie noch: »Wie soll sich mein lieber Papa sonst in der großen, großen Stadt zurechtfinden.«

Im Winter quer durch Europa zu reisen, das war für niemanden eine Freude. Dennoch machten sich Jacob und Colette Anfang Dezember auf den Weg und kamen, ohne größere Havarien, Anfang Januar in England an. Der größte Teil des Weges verlief per Schiff. Auch für die Überfahrt durch den Ärmelkanal hatte er auf einem Frachtschiff zwei Passagen gebucht.

Die Wochen unterwegs nutzten Vater und Tochter, um sich gegenseitig ihr Leben in allen Details zu erzählen. Etwas, was sie all die Jahre versäumt hatten. Besonders Colette hatte großen Nachholbedarf. Am Ende der Reise wirkte sie erleichtert, als sei ihr eine schwere Last von der Seele genommen, und sie schien sich wirklich über die Rückkehr zu freuen. Schließlich segelten sie die Themsemündung aufwärts, Jacob war aufgeregt wie noch nie zuvor in seinem Leben. An den Docks im Osten der Stadt legten sie an, und Jacobs neuer Lebensabschnitt in dieser riesigen Stadt begann.

William Belcombe hatte vorab alle Depeschen erhalten, war gut instruiert und Jacobs Ankunft war aufs Beste vorbereitet. Sogar die Anlagenteile aus Genf waren bereits eine Woche vor ihm eingetroffen.

Obwohl Jacob sich ein standesgemäßes Haus mit Dienerschaft hätte leisten können, stieg er auf Anraten Belcombes erst einmal in einer besseren Pension ab, die von einer Offizierswitwe in strengem Regiment geführt wurde. Colette wollte einstweilen bei ihm wohnen bleiben.

»Ich werde erst einmal Erkundigungen einholen, wie es meiner Mutter geht. Du weißt genau wie ich, dass sie nicht lange allein sein kann. Es würde mich daher nicht wundern, wenn sie bereits einen neuen Galan an ihrer Seite hätte.« Belcombe half Jacob beim Hürdenlauf durch die Bürokratie. Eine Firma musste gegründet werden, Genehmigungen zur Produktion von und zum Handel mit medizinischem Mineralwasser galt es einzuholen. Dabei halfen ihm Belcombe und dessen Beziehungen erheblich mehr als das großspurige Empfehlungsschreiben, das ihm Professor Pictet, den er von der gleichen Abendgesellschaft her kannte wie Belcombe, in Genf mit den Worten »Meine Empfehlung öffnet Ihnen auch in London alle Türen!« ungefragt mit auf den Weg gegeben hatte.

Und schließlich brauchte Jacob einen Ort, an dem er die Produktion aufziehen wollte. Fündig wurde er in der Drury Lane 141. Das Haus war groß genug für alle Bedürfnisse, als Produktion und Lager, es lag verkehrsgünstig und nicht zuletzt war der Pachtzins erschwinglich, in London längst keine Selbstverständlichkeit mehr. In Holborn, nur eine halbe Meile entfernt, mietete Jacob zusätzlich ein kleines Verkaufslokal.

Jacob fragte sich, wie es möglich wäre, in einer derart großen Stadt einen Menschen zu finden. Er interessierte sich dafür, wo er Ahasuerus Blindganger finden könnte, den Londoner Uhrmacher, der ihm vor vielen, vielen Jahren in Kassel die Augen geöffnet und ihm einen neuen Weg aufgezeigt hatte. Belcombe konnte auch hier tatsächlich weiterhelfen, aber Blindganger war schon lange verstorben. Allzu viel Zeit war vergangen seither.

Alle Genehmigungen wurden überraschend schnell erteilt und bereits im Frühling startete die erste Produktion in der

Drury Lane 141. Jacob und Belcombe hatten erste Marktforschung betrieben. Mineralwasser wurde bereits in einigen Apotheken verkauft, und es gab sogar Straßenhändler, die selbstgemachtes Mineralwasser verkauften. Diese waren allerdings von absonderlicher Konsistenz und enthielten nur sehr wenig Karbon-Dioxid.

Im Frühjahr, kurz nachdem Jacobs kleine Fabrik angelaufen war, lieferte diese bereits Wasser in einer überragenden Qualität. Dennoch war der Start holprig, weil ihm die aggressiven Verkaufsmethoden der Londoner Händler fehlten. Sogar Colette war überrascht, wie sehr sich London in dieser Hinsicht geändert hatte.

»Mittlerweile kämpfen hier eine Million Menschen ums Dasein. Die Stadt explodiert förmlich, mit allem Guten und Schlechten, was in den Menschen drinsteckt.«

Jacob war fasziniert und abgestoßen in einem. Prunk und Elend nebeneinander. Prachtvolle Kutschen standen neben den Prostituierten in der Gosse. War das die Stadt, in der er zukünftig leben wollte? London war nicht nur eine große Stadt wie viele andere. Hier war alles noch größer, noch konzentrierter, ein Brennpunkt der ganzen Welt. Eine Stadt voller Bettler und Huren, Händler und reicher Adeliger. Voller Einwanderer aus aller Welt, aus Amerika und Indien, aus Afrika oder China. Kolonisten, ehemalige Sklaven, Kriegsheimkehrer oder Flüchtlinge aus ebendiesen Kriegen; sei es der siebenjährige oder amerikanische Krieg oder die französische Revolution, überall gab es Verfolgte und Verlierer, die ihr Heil in der Flucht und in London suchten. Ein Ort voller Gier und Großzügigkeit. Nirgendwo standen Arm und Reich, Menschlichkeit und Grausamkeit so dicht nebeneinander wie in London. Seit der Blütezeit Roms hatte es keine Stadt in Europa mehr gegeben, die vielseitiger, vielschichtiger und auch interessanter war als eben dieses London. Und, so wurde Jacob nicht müde zu betonen, die Engländer hatten mit William Pitt einen fortschrittlichen Humanisten als Premierminister, der erfolgreich die Sklaverei bekämpfte.

Langen Gesprächen mit Colette folgte die klare Antwort: Ja! Hier würde er leben wollen in den nächsten Jahren! Das biedere Genf hatte einstweilen ausgedient und seine Schuldigkeit getan.

So warf er sich in den wirtschaftlichen Überlebenskampf. Der in London sehr wörtlich zu verstehen war. Denn äußerst rasch hatten seine Konkurrenten verstanden, dass sie an Jacobs Wasser und die technischen Möglichkeiten des »Geneva-Systems« nicht herankamen. Also wurden er und seine Produkte diffamiert, ein Preiskampf begann, der Jacob an die Zeit in Genf erinnerte, als er gegen gleich zwei Plagiate ankämpfen musste. Diesmal, so war er zuversichtlich, würde er es schaffen. Anständig, wie er war, schrieb er seinen Partnern in Genf über seine Startschwierigkeiten. Er brauche noch ein paar Monate.

Im Spätsommer war immer noch keine Besserung in Sicht, und Jacobs Finanzpolster schmolz wie Schnee in der Frühlingssonne. So berichtete er weiter frustriert seinen Partnern über seinen mangelnden Erfolg und die fehlenden Fortschritte. Er bat um eine Entscheidung, entweder das Londoner Geschäft zu diesem frühen Zeitpunkt zu beenden oder ihm gestatten, über den Winter in London zu bleiben. Wobei er auf Letzteres hoffte. Dieser Wunsch hatte auch mit der Tatsache zu tun, dass er zufällig Bella wieder begegnet war. Unter einer Million Menschen. Obwohl er sie überhaupt noch nicht gesucht hatte, so beschäftigt war er bislang gewesen.

Jacob und Belcombe hatten ihre Werbung in die Abendstunden verlegt. Sie luden ein und wurden eingeladen, um der gehobenen Gesellschaft Londons ihr Wunderwasser zu präsentieren.

»Nur so schaffst du es in die Zeitungen und Gazetten«,
hatte Colette insistiert. »Du musst schwadronieren. Erzähle
tolldreiste Geschichten. Erfinde sie zur Not. Schalte noch
ein paar bezahlte Inserate dazu, dann wird die Presse dich
lieben. Irgendwann wird auch das gemeine Volk dein Wasser trinken.«

Der »Almack's Assembly Room« war ein sehr gehobener,
sehr exklusiver Club, der gleich mehreren Zwecken diente:
Dem Spiel, der Debatte, und als Heiratsmarkt. »Almack's«
war nämlich der einzige Club Londons, der beiden Geschlech-
tern offenstand.

Dorthin hatten Jacob und William Belcombe vom Kommi-
tee der Lady Patronesses of Almack's eine Einladung erhalten. Sie hatten frisch abgefüllte Proben ihres Wassers dabei
und Jacob wollte gerade seinen Sermon beginnen, da fiel ihm
ein Mann in vollem Militärputz auf. Groß gewachsen stand
er in vorderster Reihe, selbstbewusst dreinblickend, mit roter
Jacke voller Orden und Litzen, dazu eine marineblaue Hose,
deren Beine in schwarzen Reitstiefeln endeten. So sehr domi-
nierte er die Szene, dass er die immer noch äußerst anmu-
tige Gestalt Bellas – war sie es wirklich? Kaum zu glauben!
– in seinem Hintergrund beinahe gänzlich um ihre Wirkung
brachte. Aber auch nach dreißig Jahren fand Jacob sie wunderbar, er glaubte, sein Herz setze für einen Moment aus, bis
er seine Fassung wiederfand.

Routiniert spielte er seine Rolle, und wünschte doch jeden
Moment, mit Bella sprechen zu können. Denn sie beobach-
tete ihn ebenfalls, nach einem kurzen faszinierten Moment des
Wiedererkennens, und ließ ihn dies auch mit einem Lächeln
wissen. Sobald die Vorstellung zu Ende war, drängte Bella
nach vorne, zog den großen Soldaten am Arm mit sich.

»Jacob!«, rief sie ganz ungezwungen. »Mein lieber, lieber
Jacob! Dass ich das noch erleben darf!«

Sie fiel ihm um den Hals. Jacob grinste und umarmte sie ebenfalls, aber erheblich linkischer. Sie war nicht nur älter, sondern sogar noch weiblicher geworden als sie in seiner Erinnerung gewesen war. Die Rundungen waren jetzt voller, aber sie saßen nach Jacobs Empfinden immer noch an den richtigen Stellen. Sie trug ein wunderschönes, hellblaues Kleid mit zahlreichen Knöpfen, Borten und feinen Spitzen und einem eng geschnürten Mieder, das es unmöglich machte, ihre vollen Brüste auch nur ansatzweise zu ignorieren. Ihrem fröhlichen Gesicht mit den rotgefärbten Bäckchen sah man die zweifache Witwe nicht an, und ihre gepuderten, langen Locken gaben Jacob ein Rätsel auf, ob sie echt waren oder eine Perücke.

»Wie lange haben wir uns nicht gesehen? Dreißig Jahre?«

Jacob murmelte verlegen. »So in etwa.«

»Darf ich dir vorstellen: Mein neuer Verlobter, Baronet Sir Howard Makepeace-Keay, Ritter des Königs und Offizier bei der Britischen Armee.«

»Ha!« Wilhelm IV. unterbrach die Rede der Gräfin. »Diesen Schnösel habe ich als junger Mann einmal am Hof kennengelernt. Ein unerträglicher Kerl. Versnobt und überheblich bis zum Gehtnichtmehr. Wer weiß, wie der an seinen Adelstitel gekommen ist. Ich hätte ihm keinen gegeben.« Hämisch grinste er. »Ich habe die Hoffnung, dass ihm in Eurer Geschichte noch das eine oder andere Missgeschick geschieht.« Er stutzte kurz und wendete sich erneut an die Gräfin: »Dann könnte ich Eure Frau Mutter doch auch kennengelernt haben. Das müsste um diese Zeit gewesen sein«, er schloss verträumt die Augen, »damals war ich ein junger, wilder Kerl und mit der wunderbaren Dorothea Jordan befreundet.« Prinzessin Victoria und die Gräfin grinsten diskret. »Freundschaft« war ein höchst unpassender Begriff für eine über zwanzigjährige, skandalöse Beziehung eines britischen Thronfolgers mit einer

irischen Schauspielerin, aus der zehn Kinder hervorgegangen waren.

»Dorothea und Ihre Mutter haben sich ganz bestimmt gekannt.«

Die Gräfin nickte. *»Das ist gut möglich, wiewohl meine Mutter doch um einiges älter war als Eure ›Freundin‹, Majestät.«*

Makepeace-Keay salutierte zum Gruß. Dies war jedoch der letzte Akt der Höflichkeit, den Bellas Verlobter an diesem Abend ablieferte.

Während sich die Damen um Bella gruppierten und erregt ihren neuen Roman kommentierten, ergingen die Männer sich in einer Diskussion über Politik, und die britische Politik im Besonderen. Hier lieferte sich Bellas Verlobter ein Gefecht mit allen anderen, teils wohl aus Gewohnheit, teils aber auch, weil niemand seine Meinung teilte. Er sprach herablassend über alles und jeden, mokierte sich im weiteren Gespräch über Genf, Frankreich und überhaupt alles Festländische, Nicht-Inselhafte. Anmaßend hielt er Großbritannien für den Gipfelpunkt der Zivilisation und unterstrich mehrmals die Notwendigkeit, dass von London aus die Welt und die Wellen aller Ozeane regiert werden sollten.

Belcombe, als gebürtiger Londoner durchaus vertraut, mit den geschichtlichen und gesellschaftlichen Ereignissen in seiner Heimat, widersprach der britischen Führungsstärke und führte als Beispiel die jüngste, große Hungersnot in Bengalen an, die aufgrund zu hoher britischer Tributforderungen mehrere Millionen Menschenleben gefordert hatte.

Makepeace-Keay wischte arrogant mit der Hand alle Argumente beiseite und rief erzürnt: »Diese indischen Nigger sind doch selbst schuld. Denen gehören doch erst einmal Disziplin und Ordnung beigebracht. Wo gehobelt wird, da fallen eben

Späne. Indien ist nun einmal britisch und wird mit jedem Tag britischer werden!«

Die Diskussion wurde immer erregter. Als Belcombe den Verlust der amerikanischen Kolonien erwähnte, konterte Bellas Verlobter mit dem Sieg über Frankreich und den dadurch eroberten neuen Kolonien in Kanada und Indien.

»Ein Sieg über die verdammten Franzosen ist wichtiger als der Verlust einiger unbedeutender Kolonien in Amerika, auch wenn sie großspurig ›Neuengland‹ heißen mögen. Letzten Endes sind das auch nur unzivilisierte Wilde; Rothäute und Nigger, geborene Sklaven, um die wir uns zu gegebener Zeit wieder kümmern werden.«

Jacob sah die Sorgenfalten auf Bellas Stirn und war selber nicht glücklich, dass der Abend keinen fröhlicheren Verlauf nahm. So trennte man sich in dieser Nacht förmlich, dank Makepeace-Keay ohne jede Herzlichkeit, und ein jeder ging wieder seiner Wege.

Jacob war mehr als verärgert über Bellas Verlobten. So einen anmaßenden, rücksichtslosen Menschen hatte er noch niemals kennengelernt. Er stand in völligem Gegensatz zu allem, was Jacob im täglichen Leben und im Miteinander wichtig war. Er hasste ihn vom ersten Tag ihres Kennenlernens an, ohne ihn wirklich kennen zu müssen. Gleichzeitig bedauerte er Bella und beschloss, Colette nichts davon zu erzählen, während Bella das Ganze nur auf die gegenseitige Abneigung und die ständige Rechthaberei der Männer zurückführte und beschloss, es keinem von ihnen übel zu nehmen.

»Männer benehmen sich nun einmal immer kindisch in Gegenwart anderer Männer. Ein jeder will dem anderen nur imponieren.«

30. Kapitel: Leonie

JACOBS HOFFNUNGEN AUF EIN GLÜCKLICHES WIEDERSE-
HEN mit Bella hatten an jenem fatalen Abend ebenso einen
empfindlichen Dämpfer erlitten wie jegliche gemeinsame
Zukunftsaussichten. Unruhig und unzufrieden arbeitete er
sich durch die nächsten Tage, permanent grummelnd und
vor sich hin murmelnd.

»Vater, du bist derzeit nicht zum Aushalten. Was ist los mit
dir?«, fragte Colette wiederholt. Irgendwann platzte alles aus
Jacob heraus und er erzählte seiner Tochter von dem unseli-
gen Zusammentreffen. Am Ende ließ er sogar einen deftigen
Fluch auf Bellas Verlobten heraus. Eine Unart, die man bei
ihm äußerst selten erlebte.

»War das der wichtigste Grund für dich, nach London zu
kommen?«

Jacob nickte betrübt.

»Zumindest ein sehr wichtiger von mehreren.«

Colette war regelrecht gerührt von so viel romantischem
Empfinden ihres Vaters ihrer Mutter gegenüber.

»Bedeutet das jetzt auch, dass du wieder an Abschied
denkst?«

»Nein, ich möchte den geschäftlichen Erfolg suchen und
bekommen. Wo, wenn nicht hier in London, ist ein gutes
Pflaster für mein Sodawasser?«

Colette umarmte ihn zum Trost, und ein paar Tage später
brachte sie ihm ein Präsent mit, mit dem er niemals gerechnet
hatte. Sie stellte einen Korb, der mit einem Tuch abgedeckt
war, auf den Tisch. Jacob schaute sie fragend an.

»Lüfte doch einmal das Tuch!«

Er tat wie geheißen, und trat erschrocken einen Schritt zurück, als zwei kleine Augen und eine feuchte Nase unter dem Tuch neugierig herausschauten.

»Was ist das?«

»Sieht doch ein jeder! Das ist ein Hund. Ein kleiner Hund.«

»Für mich?«

»Damit du nicht mehr so einsam bist. Die Eltern der Kleinen sind Hofhunde, die Rasse nennt sich daher Hovawarth.«

Sie nahm den kleinen Welpen aus dem Korb und wollte ihn Jacob in den Arm legen. Er winkte jedoch sogleich ab, und Colette stellte den kleinen Hund auf seine wackeligen Füße.

»Es sind besonders aufmerksame und intelligente Hunde. Als Wachhund und zur Begleitung. Dies ist übrigens eine junge Hündin, achte also gut auf sie, wenn sie läufig wird. Und sie wächst noch ein gutes Stück.«

Das braune, leicht hellgefleckte Tier kam, unbeholfen tapsig und leicht stolpernd, freundlich auf Jacob zu, schaute hoch zu ihm und leckte an seinen Schuhen, bevor es draufpinkelte. Jacob hatte nie mit Hunden zu tun gehabt und fühlte sich ein wenig überfordert. Colette lachte und wischte mit einem Tuch die kleine Lache weg und Jacobs Schuh sauber.

»Wie heißt er, also sie?«

»Das darfst du dir aussuchen.«

Jacob überlegte kurz.

»Leonie, nach meiner Mutter Eleonore.«

Colette klatschte übertrieben und theatralisch Beifall.

»Und was frisst sie?«

Seine Tochter lachte.

»Beinahe das Gleiche wie du. Ich hatte früher einen ähnlichen Hund und werde dir anfangs ein wenig zur Seite stehen. Du wirst sehen, ihr gewöhnt euch schnell aneinander.«

Was sie nicht sagte, aber dachte: Der tägliche Auslauf wird dir gut tun, bringt dich aus deiner Arbeitskammer hinaus.

Nach einem Monat kam, etwas verspätet, die erhoffte Antwort aus Genf, er sollte geduldig sein und mutig weitermachen. Allen Anstrengungen zum Trotz blieb das Geschäft schwach. Jacob setzte sich selbst eine Frist bis zum nächsten Frühjahr.

Überraschend und völlig unerwartet erhielt er im Dezember einen Brief mit der Bitte, das Geschäft sofort zu beenden und nach Genf zurückzukehren. Aus Nicholas' Brief sprach mehr als Sorge. Wobei nicht so sehr der fehlende Erfolg in London Grund für diesen Wunsch seiner Partner war, sondern der dramatische Umsatzeinbruch in Genf. Auch die Qualität des Wassers habe stark nachgelassen.

»Offensichtlich habe ich meine Partner überschätzt«, schimpfte Jacob. Die nächsten Tage beriet er sich mit Belcombe und Colette, wie sie das England-Geschäft doch noch zum Erfolg bringen könnten.

Schließlich einigten sie sich darauf, dass sie es gemeinsam, wie ursprünglich vereinbart, noch bis zum nächsten Frühjahr versuchen würden, und Jacob schrieb dies entsprechend ärgerlich zurück nach Genf, und verkniff sich auch den Hinweis nicht, dass seine Partner sich bitte mehr um das Genfer Geschäft bemühen sollten. Hin und her flogen in den nächsten Wochen die Depeschen, und nicht immer in freundlichem Ton.

Colette hatte jedoch in einem Punkt Recht behalten. Leonie vertrieb seine Sorgen und schlechte Laune im Nu. Sie wuchs schnell, und bald sah man die beiden, Jacob und seinen Hund, als unzertrennliches Paar durch London streifen. Die Fabrik in der Drury Lane betrachtete Leonie nach wenigen Wochen

bereits als ihr persönliches Eigentum und bewachte es mit
großer Sorgfalt.

Die zahlreichen Besucher verhätschelten und liebten sie,
obwohl sie von der tapferen kleinen Hündin regelmäßig ver-
bellt wurden.

Leonie zuliebe übersiedelte Jacob von der Pension der Offizierswitwe in eine größere Wohnung gleich um die Ecke bei
der Drury Lane. Fortan konnte der Hund jeden Morgen, laut
und fröhlich bellend, sein Terrain zwischen Jacobs Wohnung
und der Fabrik abstecken.

31. Kapitel: Dr. Erasmus Darwin

JACOB STECKTE DIE UNTERSCHWELLIGE KRITIK seiner Partner nicht so ohne Weiteres weg. Obwohl man es eigentlich als Lob verstehen könnte, schließlich waren sie offensichtlich ohne ihn nicht so erfolgreich wie mit ihm. Dennoch schwang in ihrer ganzen Korrespondenz seiner Meinung nach ein Vorwurf mit, er hätte die Pauls und auch Gosse in Genf mit der gesamten Mineralwasser-Fabrikation zugunsten Londons im Stich gelassen. Das verstieß gegen seine Ehre als Kaufmann. Also wollte und konnte er das so nicht stehen lassen. Besonders von Nicholas und Jacques Paul, mit denen er bereits erheblich länger geschäftlich verbunden war als mit Gosse, empfand er dies als eine Art Vertrauensbruch. Bedeutete dies den Anfang vom Ende ihrer Partnerschaft? Die doch einige Jahre sehr erfolgreich gewesen war, und schließlich war der Aufbruch nach London ein Resultat ihrer gemeinsamen Erfolge gewesen. Auch wenn der Durchbruch in England lange und immer länger auf sich warten ließ, die geschäftliche Zukunft sollte doch hier liegen, nicht in Genf! Oder sollte er sich derart getäuscht haben?

Genau in dem Moment, als Jacobs Zweifel ihren Höhepunkt erreicht hatten, und er erstmals bereit war, die Rückkehr nach Genf ernsthaft ins Auge zu fassen, da geschah ein Wunder. Zumindest sah es im Nachhinein für Jacob so aus.

Während er in Genf von Beginn an die volle Unterstützung führender Ärzte genossen hatte, gestaltete sich dies in London erheblich schwieriger. Trotz der Bemühungen Belcombes, der leider, so hatte Jacob erst nach vielen Monaten seines Londonaufenthalts feststellen müssen, im Gegensatz zu dessen vorzüglicher Eigenwerbung nicht zur allerersten Garde der Londoner Ärzteschaft zählte. Belcombe war sehr umtriebig, kostete ihn nicht viel und vor allem war er bedingungslos loyal. Daher konnte Jacob ihm auch keinerlei Vorwürfe machen. Doch der Durchbruch kam, endlich, in der Gestalt eines anderen Arztes: Der Person des Dr. Erasmus Darwin, der sein einflussreicher Fürsprecher wurde. Doktor Darwin war bereits zu Lebzeiten eine Legende in der an Legenden reichen Medizingeschichte Großbritanniens. Die Reichen und Schönen aus dem ganzen Königreich standen Schlange bei ihm, um sich Rat für ihre kleinen und großen Wehwehchen zu holen. Seine Behandlungsmethoden und Kuren, zum Beispiel für Blasensteine, empfahlen dabei rein zufällig immer Mineralwasser.

So erhielt Jacob eines Tages, aus heiterem Himmel, eine Einladung, seine Produkte bei Darwin zu präsentieren. Der Brief klang mehr wie eine Vorladung, aber Jacob hatte sich immer noch einen Rest Optimismus bewahrt und nahm die Einladung an.

Erasmus Darwin war ein wenig kleiner als Jacob, etwa zehn Jahre älter und mit pummelig oder dicklich noch höflich umschrieben. Feiste, rote Backen, eine fleischige, große Nase und eine wulstige Stirn verbargen beinahe die listigen Äuglein, die tief in den Höhlen lagen. Es war offensichtlich, dass die leicht schräg sitzende Perücke eine Glatze kaschieren sollte. Seine Jacke war aus Seide, aus der Hemdsärmel aus Brüsseler Spitze hervorlugten, die ihn im ersten Moment nicht wie einen Arzt erscheinen ließen, sondern mehr wie einen Advokaten.

Jacob wurde freundlich begrüßt und begann nach ein wenig unverbindlicher Plauderei mit der Vorstellung seines Wassers. Dr. Darwins gezielte Nachfragen überraschten ihn. Noch niemals hatte einer seiner Kunden so lebhaftes Interesse am

Herstellungsprozess des Wassers gezeigt. Als Darwin Jacobs Freude über sein Interesse bemerkte, schweifte er vom Thema ab.

»Ich bin selber auch Erfinder. Man soll ja nicht nur auf einem Gebiet Spezialist sein«, schmeichelte er sich selber. »Als Mitglied der Royal Society bin ich gewissermaßen verpflichtet«, hier lachte er leise, »ständig auf dem Laufenden zu bleiben, was den Fortschritt und die Naturwissenschaften angeht.«

Die Erwähnung der Royal Society brachte Jacob dann endgültig auf seine Seite. Er rollte Pläne seiner Anlage aus, die er aus einem unbestimmten Gefühl heraus ausnahmsweise einmal eingepackt hatte, und erläuterte dem dann restlos begeisterten Doktor Darwin die ganze Technologie der Mineralwassererzeugung, und welche Patente dahinter standen.

Die Nacht wurde lang. Der genussfreudige Darwin überredete Jacob sogar zu einem Glas Sherry, aus dem dann zwei wurden, denn er hielt nichts von Kaffee; sie debattierten die ganze Nacht lang neben der Wasserbegasung auch über die Technik von Windmühlen und Kutschenlenkungen – zwei Gebiete, auf denen sich Darwin als Erfinder betätigte, bis sie am frühen Morgen als Freunde schieden.

Was Jacob ein paar Tage später in der Zeitung las, konnte er kaum glauben. »The Times of London« war ein schlecht beleumundetes Skandalblatt, hatte aber bereits innerhalb weniger Jahre eine beachtlich hohe Auflage erreicht. Irgendwie hatte es Dr. Erasmus Darwin geschafft, dort einen medizinischen Artikel über seine Behandlungsmethoden unterzubringen. Unter anderem war zu lesen:

»Eine Prise Salz, gelöst in einem Pint Wasser, und angereichert mit Kohlensäure, jeden Tag eingenommen oder gar zweimal täglich, ist die bestmögliche, bis heute entdeckte

Medizin, die ohne jegliche Nebenwirkung oder Schaden für die sonstige Konstitution eingenommen werden kann. Ein begastes Wasser wie genannt kann gekauft werden unter dem Namen ›Künstliches Seltzer Wasser‹ des Produzenten J. Schweppe, 8 Kings Street, Holborn. Von diesem habe ich nur Gutes gehört, es sei besser zubereitet als anderes, weil Mr. Schweppe mit höherem Druck arbeitet.«

Der nun folgende Ansturm auf seine Vorräte, von Ärzten wie gewöhnlichen Passanten, ließ vermuten, dass »The Times of London« von viel mehr Menschen gelesen wurde, als sie es vorgaben.

Zudem gehörte Erasmus Darwin einem Philosophenzirkel an, der sich regelmäßig traf. Unter ihnen befanden sich einige sehr prominente Engländer; Männer wie Josiah Wedgewood, James Watt, Matthew Boulton – der Mann, der James Watts erste Dampfmaschine baute – sowie Dr. William Withering. Auch dorthin erhielt Jacob eine Einladung, und erfuhr auf diese Weise, wem er die erste Einladung zu Darwin zu verdanken hatte. Matthew Boulton, ein enger Freund Dr. Darwins, war bereits seit einiger Zeit begeisterter Schweppe-Wasser-Trinker. Laut geschwärmt hatte er in Darwins Gegenwart von der Qualität des Wassers und den eigenartigen, tönernen Flaschen, in denen es abgefüllt wurde. Nun hatte Jacob endlich Zugang zu den Kreisen gefunden, die er benötigte, um erfolgreich zu sein. Dr. Darwin ließ seinem ersten Text in der »Times of London« alsbald einen weiteren folgen, der sich im Wesentlichen auf Lobeshymnen und kostenlose Werbung für Jacob beschränkte:

»Mr. J. Schweppe, ein Produzent von Mineralwasser, ist die Person von der ich spreche, und der das Wasser so ansprechend mit Gas imprägnieren kann, dass es sogar Champagner und alle anderen Getränke in Flaschen weit übertrifft. Mittlerweile produziert er Wasser in drei Qualitäten: No. 1 ist allgemeines Wasser, als Begleitung zum Essen. No. 2 ist für Patienten mit Nierenleiden. No. 3 enthält am meisten Laugensalz und ist für schwere Fälle vorgesehen. Das Wasser ist in kräftigen Steinflaschen abgefüllt und wird verkauft für nur 6 Shilling 6 Pence je 12 Unzen, die Flasche ist im Preis inkludiert.«

Das Wunder nahm seinen Lauf. Jacob beschloss, seinen Partnern einerseits selbstverständlich offen und ehrlich davon zu berichten, ihnen andererseits mitzuteilen, dass er nun doch plane, dauerhaft in London zu bleiben.

32. Kapitel: William Francis Hamilton

MIT DEM GESCHÄFTLICHEN ERFOLG verbesserte sich auch Jacobs Verhältnis zu der riesigen Stadt. Mit dem Rückenwind des »Darwin'schen Wunders« sah er mit einem Mal auch die schönen, die guten, die unterhaltsamen Seiten Londons. Und da gab es viele. Nicht nur der universell verfügbare Sherry, der Jacob bei seiner ersten Audienz bei Dr. Darwin kredenzt worden war und der offensichtlich ein wichtiges, wenn nicht, nach Tee, vielleicht sogar das wichtigste Grundnahrungsmittel der feinen Londoner Gesellschaft zu sein schien. Immer verfügbar, zu jeder Zeit, an jedem Ort und bei jeder Gelegenheit. Es war aber auch insbesondere diese allgemeine Leichtigkeit des Daseins, über der immer ein Hauch von Ironie schwebte; so ganz anders als im ernsthaften, puritanischen, immer noch calvinistisch geprägten Genf. Alles war lauter, bunter und eine Spur schriller als anderswo. Sogar die Männer, die nach Jacobs bisheriger Lebenserfahrung auf Gedeih und Verderb gedeckte, eher triste Farben tragen mussten, kleideten sich hier anders. Nicht unbedingt eleganter als nach französischer Mode, aber, wie die ganze Stadt, trugen sie etwas farbenfroher und origineller auf. Sogar bunt gefärbte Perücken sah Jacob dann und wann.

Auch chinesischen Tee trank er mittlerweile lieber als seinen gewohnten Kaffee. Zumal es in London nur wenige gute Kaffeehäuser gab. Die meisten von ihnen dienten sowieso nur merkwürdigen, anderen Zwecken, wie der Übermittlung

201

von Depeschen, als Büro für zwielichtige Versicherungsmakler oder als Arbeitsplatz für die Redakteure der zahlreichen Londoner Klatschblätter. Da geriet der Kaffee zur Nebensache, und das schmeckte man leider auch.

An sich selber spürte er auch Veränderungen, die schleichend, über Monate, aber doch erfahrbar sein Verhalten prägten. Nach innen wie außen. Er kleidete sich auffälliger, englischer. Er spürte, wie er zunehmend mehr Freude, oder teilweise sogar Genuss empfand, an allem, was er tat. Ob beim Gassigehen mit Leonie, ob bei den Abendgesellschaften oder bei lebhaften Diskussionen in Erasmus Darwins philosophischem Zirkel: Er blühte regelrecht auf. Wusste aber nicht, wem oder was er dies zu verdanken hatte. Leonie? Colette? Der nicht so entfernt gefühlten Anwesenheit Bellas in der englischen Metropole? Oder der Erkenntnis, dass er, wenn alles glatt lief, bald wieder frei sein würde von Partnern und der Firma in Genf, die er mittlerweile, obwohl das Verhältnis nicht zerrüttet war, als Belastung für seine Unabhängigkeit empfand?

Je länger er darüber nachdachte, desto sicherer wusste er, dass er doch noch einmal nach Genf reisen musste. Um reinen Tisch zu machen, und dann, alleine und frei, in London die Firma, seine Firma, erneut zur Blüte zu führen.

Diesmal reiste er ohne Begleitung, und mit sehr leichtem Gepäck. Er hoffte, innerhalb von vier Wochen alles erledigen zu können, währenddessen Colette auf Leonie aufpasste. Nicholas und Jacques Paul, aber auch Henri-Albert Gosse wirkten erleichtert, ihn zu sehen. Sie hatten befürchtet, Jacob würde ihnen in den Rücken fallen und ihre Zusammenarbeit könnte im Streit enden. Jacob bot ihnen sogleich an, dass sie seine Anteile an der Firma in Genf übernehmen könnten, wenn er im Gegenzug für die Londoner Firma die alleinige Eigentümerschaft erhielte.

»Das ist ein fairer Vorschlag«, argumentierte Jacob. »Von meinen zehnjährigen Anstrengungen, hier in Genf ein lukratives Geschäft aufzubauen, bliebe mir nichts als meine Erfahrungen.«

Die er selber freilich, ohne es weiter zu erwähnen, für unbezahlbar hielt.

Die Partnerschaft wurde so in gegenseitigem Einvernehmen gelöst, sie hatte fünf Jahre lang bestanden. Alles, was von der Firma in Genf noch übrig war, würde in Zukunft seinen ehemaligen Geschäftspartnern gehören, während die seine in London lag.

Schnell und überraschend lukrativ konnte er sein Haus, den größten Teil seines Hausrats und die Immobilien aus Dunants Erbe abstoßen. Das Geld würde ausreichen, um auch im teureren London sorgenfrei leben zu können.

Als er zurückkam, war Bella erneut verheiratet. Die dreimonatige Abwesenheit hatte sie auch von der Peinlichkeit entbunden, Jacob einladen zu müssen, obwohl sie um seine Abneigung gegen ihren Gatten wusste. Colette hatte eine Einladung erhalten, sich aber eine Ausrede einfallen lassen, um dort nicht zu erscheinen.

»Lass uns Bella einstweilen einmal aus unseren Köpfen verdrängen«, schlug Jacob vor, »und uns den Tücken des Alltags widmen.« Obwohl er wusste, dass dies nur ein frommer Wunsch war. So ganz fort, zumindest aus seinem Bewusstsein, war sie niemals.

Er stand seinem Unternehmen nun alleine vor, welches sich in der Folge »J. Schweppe & Co.« nannte. Gleich nach seiner Rückkehr widmete sich Jacob seinem größten, seit vielen Jahren ungelösten, technischen Problem: Dem der passenden Flasche.

In Genf hatte er bereits mit verschiedenen Flaschenformen

experimentiert, ohne zu einer echten Lösung zu gelangen. Seit den Anfangszeiten verwendeten sie ovale Flaschen aus Steingut, mit zwei kleinen Griffen oben am Hals. Mit den eingestanzten Initialen S.P.G.C., für Schweppe Paul, Gosse & Co. In London wurde nur die Beschriftung geändert. Diese Flaschen sahen sehr gut und repräsentativ aus, wenn man sie auf den Tisch stellte. Was die meisten Kunden auch so handhabten. Das hatte jedoch immer wieder zu dem bereits länger bekannten Problem geführt, dass das Wasser sehr bald schal wurde, weil das Karbon-Dioxid aus der Flasche oben heraus entwich.

Eine recht einfache, erste Lösung fand Jacob eher durch Zufall. In seinem privaten Vorratskeller hatte Leonie einige Flaschen umgeworfen, und niemand hatte es bemerkt. Als Jacob diese Flaschen einige Wochen später fand, stellte er fest, dass sie noch wunderbar prickelndes Wasser enthielten.

»Das seitliche Liegen verhindert offenbar das Entweichen des Gases«, war seine logische Schlussfolgerung.

In seinem Inserat empfahl Jacob Schweppe ab diesem Zeitpunkt:»Um dieses Wasser gut aufzubewahren, sollte die Flasche auf der Seite liegen, an einem kühlen Ort oder, falls möglich, die Flasche am besten mit Wasser bedecken.« Ideal war die Lösung jedoch immer noch nicht, denn die Korken – eine Mischung aus Holz, Hanf und Korkrinde, neigten dazu, sich aufzulösen, wenn sie zu nass wurden.

In London hatte Schweppe sehr bald eine große Töpferei gefunden, die ihm seine Flaschen in gewünschter Form, Menge, Qualität und Preis herstellen konnte. Eine spezielle Transportkiste, in der vierundzwanzig Flaschen liegend sicher transportiert werden konnten, hatte er vor Jahren bereits selbst konstruiert.

Er war jedoch mit der Form der Flasche und der Art des Verschlusses immer noch nicht zufrieden. Also schaltete er in der

»Times of London« ein Inserat des Inhalts, dass er einen tüchtigen Mann oder eine tüchtige Frau mit Ideen suche, der/die ihm eine passende Flasche entwerfen könne.

Unter den etwa dreißig Männern und acht Frauen, die sich meldeten, waren die meisten großspurige Angeber, die weder etwas von Handwerk noch von Technik, und erst recht nichts von Mineralwasser verstanden, und mit teilweise recht absurden Vorschlägen ihm nur sein Geld aus der Tasche locken wollten.

Übrig blieb am Ende ein Mann namens William Francis Hamilton. Er war in den Vierzigern, aus dem Norden Englands, kräftig, robust und wortkarg, mit einem grauen Backenbart, der mit Sicherheit der imposanteste war, den Jacob je gesehen hatte. Hamilton hatte bereits Erfahrung in einer Apotheke gesammelt und dort eine Zeitlang Mineralwasser hergestellt, aber, was viel schwerer wog, er hatte eine Ausbildung und Erfahrung als Glasbläser in einer großen Glashütte in der Nähe von Manchester.

»Ich weiß, was machbar ist und was nicht. Lassen Sie uns gemeinsam eine einzigartige Flasche für euer einzigartiges Wasser entwickeln!«

Mit dieser Einstellung rannte er bei Jacob offene Türen ein. Und tatsächlich, in langen Nächten voller Diskussionen, Berechnungen und Zeichnungen entwickelten die beiden eine besondere, wahrhaft bemerkenswerte Flasche.

Sie war aus Glas, durchsichtig und von ovaler Form, aber das eigentlich Ungewöhnliche bemerkte man erst, wenn man sie in die Hand genommen hatte und aufrecht hinstellen wollte: Sie hatte einen rund geformten Boden. Eigentlich sah sie aus wie ein gigantischer Wassertropfen. Damit war es schlichtweg unmöglich, die Flasche aufzustellen. Sie legte sich automatisch auf die Seite.

»Lassen wir Newtons Schwerkraft dabei helfen, das Gas in der Flasche zu behalten«, scherzte Hamilton, als sie den

205

ersten Prototypen in der Hand hielten. Jacob war fasziniert, und restlos begeistert. Sein eigener wichtigster Beitrag war dann, Hamilton zu überzeugen, die Flasche auch mit einem Korken aus Glas zu verschließen. Hamilton hatte Bedenken, der Korken könnte zu leicht hinausschießen.

»Vertraut mir. Ich habe schon einige Jahre lang damit experimentiert. Ich bin mir sicher, wenn das Glas am Korken etwas rauher ist, und feucht gehalten wird, dann wird die Flasche perfekt abgedichtet sein. Mit den Korken, die auch alle anderen verwenden, habe ich mich lange genug herumgeplagt.«

Nach einigen Wochen rollten die schwer beladenen Lastkarren an mit Tausenden von neuen, glasklaren, durchsichtigen Flaschen, in deren Wandung groß und deutlich »Schweppe« hineingestanzt war.

Es war unglaublich, wie die Londoner auf die neue Flasche reagierten. Dass auch das Wasser von besserer Qualität war, war dabei eigentlich unerheblich. Noch niemals zuvor hatte allen gesellschaftlichen Schichten der Stadt ein eigentlich so banales Thema wie eine simple Glasflasche so viel Gesprächsstoff geliefert. Besonders amüsant fand Jacob, dass auch Frauen aus den besseren Kreisen, die sich sonst bestimmt nicht für technische Aspekte von Getränken interessierten, an der Flaschen-Debatte teilnahmen.

Schweppe-Flaschen wurden das bevorzugte Mitbringsel als Gastgeschenk zu Abendgesellschaften oder zum Diner. Die Flasche wurde auch beim einfachen Volk sehr schnell unglaublich populär, sogar Gegenstand von Gesellschaftsspielen – anständigen und schlüpfrigen – und erhielt im Volksmund aufgrund des schönen Anblicks, wenn sie schwankend auf die Seite fiel, den Namen »Drunken Bottle«, die »Betrunkene Flasche«.

Jacob wusste genau, wem er den Erfolg zu verdanken hatte, und so bot er Hamilton eine ordentliche Beteiligung an seiner Firma an. Der jedoch winkte ab.

»Ich bin kein Geschäftsmann, und auf Dauer möchte ich auch nicht in London bleiben. Zu viele Menschen, zu viel Lärm. Gebt mir einen anständigen, angemessenen Lohn, mit dem ich mir eine kleine Werkstatt einrichten kann, das genügt mir.«

Der Lohn, den er von Jacob erhielt, reichte sogar für eine etwas größere, komfortablere Werkstatt. Hamilton verließ London kurz darauf und kehrte nach Nordengland zurück. Die beiden schrieben sich häufig und blieben Freunde bis an ihr Lebensende.

Endgültig geadelt wurde die neue »Drunken Bottle« durch Jacobs Mentor, Dr. Erasmus Darwin. Der schwärmte in allen Zeitungen nicht nur in höchsten Tönen von der neuen Qualität des Schweppe-Wassers, sondern prägte dabei die seither im ganzen Königreich enorm populäre Phrase der »Schweppervescence« *(ein unübersetzbares Wortspiel mit dem Wort »Effervescence« für »Sprudeligkeit« oder »Spritzigkeit«, Anm. d. Autors),* das sofort Eingang in die englische Sprache fand.

Prinzessin Victoria kicherte, als sie das Wort »Schweppervescence« hörte.

»Ist das wirklich wahr? Danke, liebe Gräfin, jetzt weiß ich endlich, wo dieses schöne Wort herkommt. Ist unsere englische Sprache nicht wunderbar?«

33. Kapitel: Mister Soda

DAS GESCHÄFT FLORIERTE, so dass nicht nur Jacob Tag für Tag wohlhabender wurde, sondern die Fabrik in der Drury Lane bald um einiges zu klein, um die ständig steigende Nachfrage zu erfüllen.

Jacob war auf dem Gipfelpunkt seines Erfolges angekommen. Beinahe monatlich stellte er neue Mitarbeiter ein, wobei er einerseits darauf achtete, niemandem zu viele Geheimnisse zu verraten – schließlich war die Lektion von Guillaume einprägsam genug gewesen –, andererseits behandelte und bezahlte er auch hier in England seine Mitarbeiter weit besser als der Durchschnitt der Unternehmer.

Der Umzug war nur eine Frage der Zeit, und als Jacob die Möglichkeit bekam, das ganze, große Haus in Holborn zu kaufen, in dem er seit Jahren sein Verkaufslokal angemietet hatte, schlug er sofort zu. Doch auch hier hielt es ihn nur ein Jahr, dann platzte das Haus aus allen Nähten. Schließlich wurde er in Westminster fündig, und er erwarb ein sehr großes, geräumiges Haus in der Margaret Street am Cavendish Square, mit einem großen Hinterhof, den Jacob für spätere Erweiterungen sofort einplante. Dort sollte er bleiben, bis er sich aus dem Geschäft zurückzog.

Nachdem begastes Wasser seit etwa dreißig Jahren meist unter dem Begriff »belüftetes Wasser« verkauft worden war, setzte Jacob in dieser, der erfolgreichsten Phase seines Geschäftslebens, alles daran, den von ihm favorisierten Begriff »Sodawasser« endgültig durchzusetzen. Dr. Darwin verwendete

208

am liebsten die Begriffe »Mineralwasser« sowie »Künstliches Seltzer-Wasser«, die Jacob jedoch beide nicht behagten.

»Ich gebe keine Mineralien zum Wasser dazu, und ›Künstliches Seltzer-Wasser‹ unterstellt, dass mein Wasser ein Plagiat ist. Was es mitnichten ist! ›Sodawasser‹ trifft es auf den Punkt. Es klingt seriös *und* erfrischend.«

Um weiter im Gespräch zu bleiben, aber auch, um den Begriff »Sodawasser« so häufig wie möglich zu nutzen, erweiterte er sein Sortiment. Es gab nun »Gesäuertes Sodawasser« in einfacher, doppelter oder dreifacher Stärke. Ebenfalls bot er »Gesäuertes Rochelle Soda-Salzwasser« an, überdies das, was er für sich selbst seine »ungeliebten Plagiate« nannte: »Seltzer-Soda«, »Spa-Soda« und »Pyrmonter-Soda«. Er brachte sogar eine »Soda Zahnlotion« auf den Markt.

Sein Spitzname in Ärztekreisen, »Mister Soda«, wurde irgendwann auch von den Zeitungen aufgenommen, und so rief ihn bald kaum noch jemand bei seinem richtigen Namen.

Es wurde außerdem Zeit für sein zweites Anliegen: Den Genuss. Gesäuertes Wasser war seit Langem medizinisch empfohlen worden bei Beschwerden von Nieren und Blasen, bei Steinen, bei Übersäuerung, Verstopfung und Gicht. Jacob arbeitete von nun an hart daran, mit allen Mitteln, die ihm bei der Werbung zur Verfügung standen, dass sich bei den Londonern so langsam die Erkenntnis durchsetzte, dass man Sodawasser auch nur rein zum Genuss trinken konnte, nicht nur als Medizin.

Es fühlte sich an wie ein Kampf gegen Windmühlen. Denn die meisten Ärzte empfahlen Sodawasser nach wie vor bei verschiedensten Wehwehchen, der modernen, schnelllebigen Londoner Gesellschaft noch zusätzlich gegen Nervosität, bei Fieber und den damit verbundenen Unpässlichkeiten, bei Gallenkoliken und generellen Schwächeanfällen, die dem harten Stadtleben geschuldet waren. Manche Wässer, wie das »Rochelle Salzwasser« wurden gar als Abführmittel angepriesen.

Irgendwann wurde die Politik aufmerksam auf das Treiben rund um künstlich hergestelltes Sodawasser. Jacob war ja beileibe nicht der einzige Produzent in London, wenngleich der beste und auch erfolgreichste. Das Kabinett »William Pitt« sah nun eine interessante Möglichkeit, zusätzliche Steuereinnahmen zu erwirtschaften, mit denen man dann noch gleichzeitig einen neu entstandenen Markt dubioser Medikamente regulieren konnte. Also schritt die Regierung ein und klassifizierte künstlich erzeugte Mineralwässer genau so wie Patentmedizin und erhob eine sehr hohe Sondersteuer von drei Halfpence je abgefüllte Flasche.

Jacob Schweppe tobte vor Zorn, seine einst so hohe Meinung über Premierminister Pitt hatte sich drastisch geändert.

»Die Idioten in Westminster haben keine Ahnung, was sie da veranstalten, außer dass sie mich geschäftlich ruinieren wollen! Ich habe keine Lust, mit meinem Sodawasser die englischen Kriege gegen die Iren und Franzosen zu finanzieren. Reicht die neue Einkommensteuer dazu nicht aus?«

Er machte Eingabe um Eingabe, jede Woche mindestens eine. Er protestierte, schimpfte, argumentierte. Sollten seine Versuche, aus Sodawasser ein allgemein anerkanntes Erfrischungsgetränk zu machen, wirklich so erfolglos gewesen sein? Die Produktion ging bereits genau wie die Nachfrage merklich zurück. Sodawasser konnten sich nur noch die besser Betuchten leisten. Sonst niemand mehr. Denn, das hatten nicht nur Jacob und Colette festgestellt: Die bürgerliche Mittelschicht, ein wichtiger Kundenkreis für Jacob, war in den letzten Jahren aus der Stadt praktisch verschwunden. So erschien es ihnen zumindest. Es gab anscheinend nur noch arm und reich. Beziehungsweise sehr arm und obszön reich. So reich, dass viele von ihnen bewusst Abstand zum Königshof hielten, auf dem König George III., »Farmer George« genannt, ein ländlich bescheidenes, nach Maßstäben wohlhabender Londoner geradezu fürchterlich primitives Leben führte.

Der König merkte auf. »Ihr sprecht von meinem Vater, richtig?« Wilhelm IV. hörte in diesen Momenten noch genauer zu als sonst. »Er war zwar krank, aber ein großer König. Bescheiden, und beliebt beim Volk wie kaum ein Zweiter. Ich werde nie verstehen, warum unser Adel ihn so gemieden hat.«

Auch Jacob hatte keine Kontakte zum Hof, was in seinem Fall jedoch kein Snobismus war, sondern lediglich auf der Tatsache beruhte, dass er den wichtigen Ratgebern in Schloss Windsor noch nicht aufgefallen war. Zwar gehörte Jacob glücklicherweise zu den Privilegierten, die am liebsten im Londoner West End unter sich blieben. Aber froh machte ihn das nicht, wenn er sah, wie die große Masse der Londoner ins Elend abrutschte. Das Bürgertum zog weg aus London, raus aufs Land. Das West End konnten und wollten sie sich nicht leisten, und bevor man in den Ghettos – der Arbeiter, nicht der Juden – im Osten versank, blieb vielen nur die Flucht. Jacob fehlten allerdings die Ideen, wie er sein Sodawasser im ganzen Land verkaufen könnte.

»Das sollen meine Nachfolger erledigen, denen muss ich auch noch etwas zu tun geben«, erklärte er Colette, wenn sie wieder einmal die Misere der hohen Steuer und der zurückgehenden Verkäufe gemeinsam beklagten. Nachdem das Geschäft in London über sechs Jahre prächtig floriert hatte, und Jacob dabei sehr viel Geld verdient hatte, wollte er seinen Reichtum nicht für diese, seiner Meinung nach unsinnige Steuer, erdacht von ein paar weltfremden Politikern, aufs Spiel setzen. Er wäre nicht der erste Geschäftsmann, der den

Weg von Arm nach Reich und wieder zurückgehen würde. Die Einbußen waren bereits beträchtlich, er musste handeln. Also begann er, seinen Ruhestand zu planen.

Er ging auf die Sechzig zu, hatte keinen Sohn, dem er seine Firma vererben konnte, und Colette hatte kein Interesse, die führte mittlerweile als Mätresse eines reichen Lords ein auskömmliches und schönes Leben. Natürlich würde sie alles erben, aber die Firma sollte auch ohne sie weiter bestehen bleiben.

Er begann sich umzuhören, zu sondieren. Wer hätte das Zeug dazu, seine Firma erfolgreich weiterzuführen, aber auch gleichzeitig genug Geld für den Kauf? Geschickt nutzte er die Kontakte, die er sich in London aufgebaut hatte, um diskret Informationen über potentielle Käufer zu sammeln. Denn eines war klar: Diese letzte Transaktion seines geschäftlichen Lebens, die musste sitzen. Da musste genug Geld herausspringen, um ihm einen sorgenfreien, komfortablen Lebensabend zu ermöglichen. Interessenten gab es offensichtlich einige, das war Jacob relativ bald klar. Er begann, die Kandidaten nach Sympathie und Finanzkraft zu sortieren, bevor er in die entscheidenden Verhandlungen einsteigen wollte.

Doch ganz so einfach sollte ihn das Schicksal nicht in den Ruhestand entlassen. Just als er glaubte, mit Allem abgeschlossen zu haben, seine Firma verkaufen und sich selber mit viel Geld in einen komfortablen Ruhestand empfehlen zu können, da wurde er mit einer Herausforderung konfrontiert, die er so niemals hatte kommen sehen. Eine Herausforderung, die er dann aber liebend gerne annahm, und die ihm letztes Endes ewigen Nachruhm sichern sollte. Die seinen Namen in aller Welt bekannt machen würde. Lange nach seinem Tod, was er zu diesem Zeitpunkt natürlich nicht wissen konnte. Ihm jedoch überdies die Möglichkeit gab, das gesamte Wissen und Können, welches er sich in seinem Leben angeeignet hatte, ein allerletztes Mal in die Waagschale zu werfen, um dem Menschen, den er am meisten und am längsten liebte und verehrte in seinem Leben, einen letzten Liebesdienst zu erweisen. Und gleichzeitig, als Nebeneffekt, bekam er die Chance, den Mann, den er hasste wie keinen anderen, zu vernichten.

34. Kapitel: Lady Makepeace-Keay

DIE HERAUSFORDERUNG BEGANN mit einer Einladung Bellas zu einem Wochenende nach »Charthurst Place«, ihrem Landsitz in Kent. »Mit gemütlichem Beisammensein, Plaudern und Parforcejagd«, las Jacob, wobei Bella, die ihn offensichtlich besser kannte, als er glaubte, handschriftlich für ihn dazugeschrieben hatte: »Wer nicht jagen mag, muss auch nicht.«

Lange überlegten Colette und er, ob sie die Einladung annehmen sollten. Ein ganzes, langes Wochenende mit diesem unerträglichen Aufschneider und Renommisten Makepeace-Keay, wie war das zu überstehen, ohne gegenseitige Beleidigungen oder dass am Ende eine Aufforderung zum Duell stand? Das war das Allerletzte, was er im Sinn hatte. Colette überzeugte ihn schließlich, indem sie anbot, mitzukommen.

»Ich habe meine Mutter fast völlig aus den Augen verloren. Und meinen neuen Stiefvater bisher nur aus der Ferne erblickt. Es wird Zeit, dass ich mir selbst einmal ein Bild von ihm mache.«

An diesem Punkt unterbrach die Gräfin erneut und wendete sich direkt an den König: »Sollte Eure Majestät meine Person in dieser Erzählung vermissen, so hat das einen Grund. Denn meine Mutter hatte recht früh erkannt, dass die Männer, die sie liebte, und bisweilen auch heiratete, nicht unbedingt gut für ihre beiden Töchter waren. So versuchte sie frühzei-

214

tig, in meinem Fall glücklicherweise auch rechtzeitig, uns von ihnen fern zu halten. Auch um den Preis, dass sie selbst von uns getrennt leben musste. Das tat meiner, und auch Colettes Liebe zu unserer Mutter im Grunde keinen Abbruch. Sie war, in all ihrer Verrücktheit, ihrem literarischen Genie, trotz allem zu jeder Zeit eine wunderbare Mutter für uns gewesen. Sie hat uns immer geliebt, unterstützt und alle Freiheiten – auch später in der Liebe – gelassen, die wir brauchten, um uns zu dem zu entwickeln, was wir wurden.«

Der Landsitz war angemessen, nicht zu protzig für einen Baronet, der nicht zum Hochadel gehörte, sondern zur Gentry. Dennoch, für einen Mann bürgerlicher Herkunft war es ein solides, schmuckes Landhaus inmitten eines großen, schönen und gut gepflegten, parkartigen Gartens. Ein sehr vorzeigbares Anwesen, das an einem solchen sonnig-freundlichen Apriltag – einem der ersten schönen Tage des Jahres – umso einladender wirkte. Jacob hatte Leonie in London gelassen. Er fürchtete um sie in der Gesellschaft zahlreicher, aggressiver Jagdhunde; außerdem war sie bereits recht alt, und gesundheitlich nicht mehr gut beisammen. Bella empfing sie äußerst herzlich und umarmte beide lange und innig. Ihre Tochter hatte sie schon seit Ewigkeiten nicht mehr gesehen.

»Du musst mir unbedingt aus deinem neuen Leben erzählen«, redete sie drauf los. »Und du, Jacob, natürlich auch.«

Sie zog beide in ein geräumiges Foyer hinein.

»Mein Gatte glänzt gerade durch Abwesenheit. Er sortiert die Pferde und Hetzhunde, damit die Jagd ein Erfolg wird. Sie wollen auf Füchse gehen diesmal«, lachte sie. »Es ist sowieso eine Plage mit ihnen.«

Sie ergriff freundschaftlich Jacobs Arm.

»Kannst du reiten? Magst du überhaupt jagen?«

An Jacobs Miene erkannte sie, dass der eher nicht zum Jagen gekommen war.

»Das dachte ich mir. Wir gehen morgen früh, wenn die ›echten Männer‹ im Wald sind« – wobei sie bei dem Begriff ›echte Männer‹ ironisch mit dem rechten Auge zwinkerte, »auch ein wenig ins Freie. Wir haben einige wunderbare Flanierwege rund ums Haus.«

Jacob machte ein Kompliment auf den kleinen Landsitz, worauf Bella erwiderte: »Manchmal denke ich, dass er mich nur geheiratet hat, damit ich ihm ›Charthurst Place‹ finanziere, beziehungsweise erhalte.«

Der Abend verlief erstaunlich friedlich. Ein gehaltvolles Diner, reichlich Sherry und ein Fass kräftiges Porter aus der Londoner Brauerei Barclay Perkins – hier zeigte Makepeace-Keay stolz seine bürgerliche Herkunft. Genügend Damen unter den Gästen, die verhinderten, dass die Diskussionen zu sehr ins Politisch-Militärische abschweiften, sorgten für eine behagliche Atmosphäre. Der Ausklang fand im Kaminzimmer statt, und alle gingen zeitig schlafen, weil die Jagd im Morgengrauen beginnen sollte.

Als Jacob aufstand, war die Jagdgesellschaft bereits unterwegs. Er genoss das Frühstück auf der Terrasse, bei dem er von allen anwesenden Damen begleitet wurde.

»Offenbar bin ich der einzige Mann, der nicht jagen möchte«, scherzte er.

»Das tut deiner Männlichkeit keinen Abbruch.« Colette war nicht gewillt, dass ihr Vater sich hier selber bloßstellte.

Später ließ man sich im Garten nieder, Tee mit Gebäck wurde serviert, und Jacob fühlte sich rundum wohl. Was in erster Linie an der Abwesenheit des Gastgebers lag.

Gegen Mittag blies Bella jedoch auch hier zum Aufbruch.

»Lasst uns ein wenig flanieren gehen. Die Jagdgesellschaft

wird irgendwann in nächster Zeit zurückkehren, wir können ihnen entgegenlaufen und« – hier wurde sie zweifelsohne wieder ironisch –»die Helden entsprechend bejubeln.«

Während des Spaziergangs, der länger dauerte, als Jacob sich unter dem Begriff vorstellte – für ihn war es eher ein Marsch vom Kaliber dessen, was sein Freund Gosse in Genf an einem normalen Sonntag anstellte –, ließen Bella und er sich ein wenig zurückfallen. Bella wollte offenbar ungestört mit ihm unter vier Augen sprechen.

»Jacob, ich werde verreisen. Für lange. Und weit, weit weg.«

Jacob war nur mäßig überrascht, hatte Bella in ihrem Leben doch schon ganz Europa durchquert, auf der Suche nach passenden Männern.

»Was ist geschehen?«

»Mein Gatte hat als Offizier bei der Britischen Ostindien-Kompanie angeheuert. Wir werden zum Ende des Jahres nach Bengalen übersiedeln, in die Nähe von Kalkutta, wo er für zwei Jahre Standortkommandant sein wird.«

Das war in der Tat eine kleine Sensation.

»Du siehst aber nicht aus, als ob du dich darüber freutest.«

»Das tue ich auch nicht. Ich glaube, wenn ich das vorher gewusst hätte, dann hätte ich ihn überhaupt nicht geheiratet. Und ich bin mir sicher, er hat es mir mit Absicht nicht erzählt, weil er es schon ahnte. Außerdem möchte er nicht alleine nach Indien reisen. Ich soll lediglich als schönes Anhängsel mit ihm gehen. Wie es mir geht, interessiert ihn überhaupt nicht. Seit Monaten, seit ich es weiß, habe ich kein Wort mehr schreiben können, so aufgeregt bin ich darüber. Meine Leserinnen werden bitter enttäuscht sein.«

Sie seufzte.

»Er braucht wohl jemanden, der ihm dort die Gesellschaften organisiert.«

217

Jacob lachte.

»Dann hat er mit dir doch die perfekte Besetzung gefunden.«

»Jacob«, ihre Stimme wurde schriller. »Ich will nicht nach Indien! Dort gibt es grauenhafte Tiere, Schlangen, giftige Spinnen und Krokodile, und fiese Krankeiten, tödliche Seuchen, wie die Malaria.«

Jacob versuchte, sie zu beruhigen.

»Die gefährlichen Tiere wird dein Mann dir sicher vom Leibe halten können.«

Er erinnerte sich an seine Jugend. »Ich bin selber einmal an der Malaria erkrankt, als ich noch jung war. Es ist kein Vergnügen, aber ich habe es überlebt.«

Bella aber winkte unwirsch ab. »Jedes Jahr sterben Dutzende, wenn nicht Hunderte von tapferen britischen Soldaten an der Malaria. Also erzähle mir bitte nicht, dass man das überleben kann.«

Sie ergriff seinen Arm.

»Jacob, ich habe Angst. Am meisten von allem vor dieser Krankheit. Das hat so etwas Heimtückisches. Ich habe nicht die robuste Konstitution meines Gatten. Und in Bengalen wird mir kein Leibarzt zur Seite stehen, sondern nur irgendein versoffener Knochenflicker der Ostindien-Kompanie.«

Sie schaute hoch zu ihm. Tränen standen in ihren weit geöffneten Augen.

»Ich habe schon alle meine Freunde um Rat gefragt. Niemand konnte mir helfen.«

Jacob wusste nicht mehr, als Bella beruhigend in den Arm zu nehmen und sie zu bitten, wieder zur Gruppe aufzuschließen.

»Ich werde mir etwas einfallen lassen«, versprach er, ohne zu wissen, ob er diese Zusage einhalten könnte.

Von Weitem hörten sie Hundebellen und Geschrei, offensichtlich war die Jagd zu Ende. Während sie langsam wieder zur Jagdgruppe gelangten, drangen Wortfetzen an ihre Ohren. Am lautesten sprach Bellas Gatte, der eine bellende, militärisch geprägte Ausdrucksweise hatte und am liebsten in kurzen, knappen Sätzen sprach. Bei ihm hörte sich sogar eine Bitte wie ein Befehl an.

»… die Überlegenheit der weißen Rasse anerkennen …« schwirrte durch die Luft, »Britische Vorherrschaft« und »Supremacy« glaubte Jacob ebenso zu vernehmen wie mehrmals ein rüde ausgesprochenes »Nigger«.

Sie kamen näher.

»Ich war in meinem ganzen Leben keinen einzigen Tag krank!« Sir Makepeace-Keay wirkte aufs Höchste erregt. »Und ich gedenke nicht, das durch einen Aufenthalt bei diesen verfluchten Niggern zu ändern. Gleich wie lange dieser ausfallen wird.«

Er erblickte Jacob und Bella. »Ah, da seid ihr ja«, rief er wenig erfreut. Und an Bella gerichtet: »Musstest du wirklich alle verrückt machen mit deiner Angst vor Bengalen? Wir hatten fast kein anderes Thema während der Jagd. Einige Füchse sind uns deswegen sogar entgangen.«

Bella schickte ihm eine versöhnliche Kusshand, die dieser mit einer herrischen, winkenden Geste entgegnete, geradezu abwehrte.

Der zweite Abend stand ganz im Zeichen der Jagdprahlerei, wobei Sir Makepeace-Keay ab und zu geschmacklose Witze machte, dass er demnächst Eingeborene jage.

»Bengalische Nigger sind leichter zu hetzen als Füchse«, scherzte er.

Wobei nicht nur Jacob, sondern auch den meisten anderen Gästen das Lachen im Halse steckenblieb. Er musste einen Weg finden, Bella von diesem monströsen, rassistischen Ungeheuer zu befreien. Jedoch zuerst musste er Bella das Leben retten und alles versuchen, um sie vor der Krankheit zu bewahren, die sie in Indien erwartete und die sie am meisten fürchtete.

35. Kapitel: Der Limonadenmann

»Gibt es eine wirksame Patentmedizin gegen Malaria?«
Der Londoner Arzt William Belcombe schien mit dieser
Frage überfordert zu sein.

»Das wäre mir neu. Soweit ich weiß, soll man das Miasma
der Sümpfe und des feuchtheißen Klimas meiden, das erscheint
mir am Wirkungsvollsten.«

Diese Antwort stellte Jacob natürlich nicht zufrieden, und
so richtete er eine Anfrage als nächstes an den fähigsten, tüchtigsten Apotheker, den er kannte: Seinen Genfer Freund Henri-Albert Gosse.

Der schickte auch prompt, also nur knapp drei Monate
später, nicht nur eine ausführliche Antwort, sondern auch
eine Kiste mit dem angeblichen Mittel zur Bekämpfung dieser Seuche. Jacob las Henri-Alberts Brief mehrmals, so lange,
bis er ihn auswendig hersagen konnte.

»Lieber Jacob! Es hat mich sehr gefreut, von Dir zu hören.
Auf Deine ungewöhnliche Anfrage hin habe ich Erkundigungen eingezogen, und ich habe tatsächlich Antworten
erhalten, die auch Dich zufrieden stellen sollten. Noch weiß
ich nicht, wass Du bezwecken willst mit dieser Medizin,
daher habe ich Dir einen Sack mit etwa zehn Pfund mitge-
schickt. Das sollte für einige Experimente ausreichen. Wenn
Du mehr benötigst, melde Dich bitte. – Aber ich greife vor.
Nach der Entdeckung Amerikas entdeckten Forscher aus
Spanien, die die Anden bereisten, eine Bergkette im südlichen Teil dieses Kontinents, bei den Eingeborenen dort eine
gewisse Widerstandskraft gegen Fieberkrankheiten, die sie

auf die regelmäßige Einnahme einer Baumrinde zurückführten. Angeblich wurde auch die Frau des Vizekönigs, die Condesa de Chinchon, damit von der Malaria kuriert, weswegen die Spanier den Baum ›Chinchon‹ tauften. Und die Rinde wurde demnach ›Chinchonrinde‹ genannt, und bei uns heißt sie jetzt ›Chinarinde‹. Nicht nur in Spanien, auch in Frankreich und den Niederlanden ist sie seit etwa einhundert Jahren in Gebrauch, wobei immer noch heftig über ihre Wirksamkeit gestritten wird. Daher war es mir aber ein Leichtes, einen Sack davon zu erwerben, den ich Dir hiermit zusende. Bezahlt habe ich es aus der Kasse unserer Firma; ich denke, wir schulden Dir sowieso noch Einiges. Er enthält fein gemahlene Chinarinde, und dies ist nach derzeitigem Stand der Apothekerskunst wohl das einzige Mittel, welches die Malaria vielleicht bekämpfen kann. Ich bin ein wenig verwundert, dass dies in London noch nicht bekannt ist; aber es ist gut zu sehen, dass die Engländer nicht bei allem am Fortschrittlichsten sind. – Es gibt weiterhin Gerüchte, dass ein Wissenschaftler in Paris, der bekannte Antoine François de Fourcroy, bereits einer Lösung nahe ist, den Wirkstoff dieser Chinarinde als Konzentrat zu extrahieren. Es dauert leider nur immer recht lange, bis solche Nachrichten zu uns nach Genf gelangen. Aber das weißt Du ja selber. Ich werde Dich selbstredend auf dem Laufenden halten. – Ansonsten gibt es hier in Genf wenig Neues zu berichten. Die Firma läuft nicht besonders erfolgreich, seitdem Du ausgeschieden bist. Ich bin froh, dass meine Apotheke mir Lohn und Brot sichert. Nicholas und Jacques streiten viel. Lange wird das nicht mehr gut gehen.

Ich wünsche Dir viel Erfolg bei Deinen Experimenten und hoffe auf weitere Nachricht. Dein guter, treuer Freund Henri-Albert«

Jacob nahm eine kleine Probe des bräunlichen Pulvers, steckte seinen Zeigefinger hinein und schleckte ihn ab.

»Pfui Teufel, ist das bitter!«, entfuhr es ihm. Andererseits, so dachte er im gleichen Moment, muss gute Medizin bitter schmecken, sonst wirkt sie nicht.

Nun begannen seine Versuche. Nacht um Nacht schlug er sich um die Ohren, um eine Möglichkeit zu finden, für Bella eine Patentmedizin zu erfinden, die vor Malaria schützte.

Er vermahlte das Pulver noch erheblich feiner, als es im Sack zu ihm geliefert worden war und versuchte, es in Wasser zu lösen.

»Das trinkt niemand freiwillig«, war seine Schlussfolgerung. Also verdünnte er weiter, konsultierte Literatur zum Thema – Erasmus Darwin konnte ihm tatsächlich aus dem Fundus der Royal Society ein französisches Apothekerbuch beschaffen, in dem ein einigermaßen aktueller Absatz über Chinarinde stand –, bis er schließlich die ungefähre Wochendosis herausgefunden hatte, die Bella beschützen könnte.

»Wenn ich diese Dosis auf drei Male verteilen könnte, dann wäre es nicht zu viel, und hoffentlich auch nicht zu bitter«, erläuterte er Colette, die mittlerweile interessiert dazugestoßen war, um festzustellen, womit ihr Vater sich die Nächte vertrieb. Jacob wusste, die Zeit lief ihm davon. Im Oktober würde Bella sich einschiffen nach Kalkutta, bis dahin wollte, ja musste er fertig sein, eine Lösung gefunden haben.

Er fand die Lösung an einem Septembermorgen, einem der letzten warmen, sonnigen Tage. Er machte sich zum Frühstück einen chinesischen Tee, den er dann auf der kleinen Veranda seiner Wohnung genießen wollte. Während er noch sinnierte, dass er dieses Getränk der Britischen Ostindien-Kompanie, also der Firma des verhassten Gatten Bellas zu verdanken hatte, wurde er von Colette gerufen und in ein Gespräch verwickelt. Als er zurückkam, war der Tee viel zu lange gezogen. Jacob hatte jedoch keine Lust, noch einmal neues Teewasser aufzusetzen, also beschloss er, den Tee zu nehmen wie er war: viel zu bitter. Da fiel ihm ein, dass Colette gestern ein paar Limonen aus Italien mitgebracht hatte. Er hatte schon davon gehört, dass in den feinen Kreisen frischer Tee neuerdings vermehrt mit Zucker und Zitronensaft verfeinert wurde. Er nahm also eine Frucht, schnitt sie auf und drückte ein paar Tropfen in den Tee. Zucker hatte er gerade keinen da. Der Tee schmeckte trotzdem mit einem Mal erheblich besser. Dann hatte er seine Eingebung.

Der Rest war leicht. Noch ein paar Nächte voller aufgeregter Experimente, aber lediglich, um die Dosierung festzulegen, die bestmögliche Trinkbarkeit herauszufinden, den angenehmsten Geschmack zu bestimmen.

Auch Colette war begeistert.

»Ich nehme mein bestes Sodawasser«, erklärte Jacob ihr voller Euphorie, »eine Prise gemahlene Chinarinde, und das Ganze abgeschmeckt mit etwas Zitronensaft *(englisch: Lemon Juice, Anm. d. Autors)*. Die Spritzigkeit des Sodawassers und die fruchtige Säure der Zitrone verbergen die Bitterkeit der Chinarinde perfekt. Fertig ist der Zaubertrank!«

»Wie willst du es nennen? Und wie nach Indien bringen?«

»Einstweilen stelle ich nur eine kleine Charge für Bella her, mehr Chinarinde habe ich nicht. Ein Name ist mir noch nicht eingefallen. Aber ich werde passende Transportkisten anfertigen lassen. Wenn sie jeden zweiten bis dritten Tag eine Flasche trinken soll, sollten für zwei Jahre zweihundertundsechzig Flaschen ausreichen. Das sind elf oder zwölf meiner Transportkisten.«

Anfang Oktober standen zwölf hölzerne Transportkisten bereit. Mit viel Stroh ausgepolstert, um Transportschäden möglichst zu vermeiden. Jacobs Anlage lief perfekt an diesem Tag. Er hatte alle Schläuche neu anfertigen lassen und den Flaschenfüller vorher gereinigt wie noch nie. Alles sah aus wie neu.

Colette maß die Chinarinde prisenweise ab, füllte sie ein und gab ein bisschen Zitronensaft hinzu, bevor sie die Flaschen dann an Jacob weiterreichte. Der stand ausnahmsweise wieder einmal selber an der Füllapparatur des »Geneva-Systems«, das seither nur geringfügige Verbesserungen erfahren hatte. Dies hier wollte er keinem seiner Arbeiter überlassen. Während ihrer Arbeit, die sie präzise, hochkonzentriert und schweigend verrichteten, kam ihm, nach langer Zeit wieder einmal, der Spruch »Solve et coagula« in den Sinn. War es das, was sie hier machten, wofür dieser Spruch letzten Endes stand? Lösen und verbinden, damit am Ende etwas Gutes stand? Etwas, mit dem man Leben retten konnte?

Sobald eine »Drunken Bottle« voll war, zischte es leicht, wenn Jacob die Flasche über ein selbst erdachtes Fußpedal vom Füllventil löste, bevor er in eine mit Wasser gefüllte Wanne griff, in der die vorbereiteten Glaskorken lagen, und die Flasche schnell zustöpselte. Zur Sicherheit wurde der Korken für diesen ungewöhnlich langen Weg, den die Flasche vor sich hatte, noch mit einer kleinen Drahtagraffe umwickelt. Am Ende dieses arbeitsreichen Tages lagen sich Jacob und Colette erschöpft, aber glücklich in den Armen. Der letzte Karton war noch nicht verschlossen und die oberste Schicht von sechs liegenden »Drunken Bottles« schimmerte durch das Stroh.

»Zwölf Kartons zu je vierundzwanzig Flaschen, das macht genau 288 Flaschen! Selbst wenn die eine oder andere von ihnen zerbrechen mag auf dem Weg nach Bengalen, das sollte ausreichen. Wenn denn die Chinarinde ihre Wirkung tut!«

Colette bedankte sich ein weiteres Mal bei Jacob.

»Denn es handelt sich nicht nur um die Frau, die du liebst, sondern um meine Mutter!«

Jacob fiel dann noch auf, dass sein neuer Zaubertrank durch die Zugabe von Zitronensaft neben Malaria auch noch gegen die gefürchtete Seefahrerkrankheit Skorbut wirksam sein könnte. Nun hatte er doch tatsächlich eine zweifach wirksame Patentmedizin erfunden! Das musste auch der Name widerspiegeln. Auf jeden Fall! Am besten ein Name, der überhebliche Männer wie Sir Howard Makepeace-Keay von den Flaschen fernhielt. Alle Kartons wurden daher beschriftet mit Schildern, auf denen mit großen Lettern, wie zur Warnung, geschrieben stand:

»Lady's Tonikum-Wasser«
Eine hochwirksame Patentmedizin der
Fa. J. Schweppe, London

Auch eher durch Zufall hatte Jacob vom so genannten »Captain's Privilege« der Kapitäne der Britischen Ostindien-Kompanie erfahren, die mit Hilfe dieses Privilegs auf eigene Rechnung, wenn noch Platz war im Frachtraum, Waren mitführen durften auf dem langen Weg nach Indien und zurück. So war er nach Blackwall gefahren, dem Londoner Ankerplatz für die Schiffe der Company, und hatte nach Thomas Hodgson gefragt. Der war der Bruder des Besitzers der Londoner Bow Brewery und hatte bereits einige Erfahrung dabei gesammelt, heikle Güter nach Indien zu bringen. Seit einigen Jahren führte er ein spezielles Bier seines Bruders mit, viel Bier, das zudem noch besonders stark gehopft war, so dass dieses bereits einen eigenen Namen erhalten hatte: »India Pale Ale«.

Hodgson war ein griesgrämiger, schlecht gelaunter Vierschrot, von dem Jacob im ersten Moment nichts als eine unhöfliche Ablehnung erwartete.

Jacob trug sein Anliegen vor.

»Warum zum Teufel sollte ich das tun? Was springt dabei denn für mich raus?«

»Nun, zahlen kann ich Euch nicht viel, geht es doch um ein Geschenk, an dem ich selber nichts verdiene.« Jacob dachte nach. »Das Geschenk ist aber für die Gattin des dortigen Standortkommandanten. Wenn er Euch gewogen wäre, könnte sich das für Euch als durchaus vorteilhaft erweisen.« Er sagte dies aus reiner Verzweiflung, obwohl er wusste, dass Makepeace-Keay niemals derart gnädig sein würde, nur aufgrund eines Präsents an seine Gattin. Hodgson dagegen lachte laut und unflätig los.

»Glaubt Ihr im Ernst, ich bin auf die Gunst eines dieser Laffen dort angewiesen? Die Entscheidungen werden in London gefällt. *Hier* müssen die Leute einem gewogen sein. Indien ist in dieser Hinsicht belanglos.«

Nun spielte Jacob seinen letzten Trumpf aus.

»Ich bin in der Lage, ein Getränk zu entwickeln, ein Limonen-Tonikum, das Euch den Skorbut von Eurem Schiff fernhält.« Nun hatte er die volle Aufmerksamkeit des Kapitäns. »Ich brauche dazu einige Wochen, aber wenn Ihr diese Fuhre anstandslos nach Bengalen bringt, bekommt Ihr für die nächste Fahrt genügend Limonen-Tonikum, um auf dieser Fahrt keine Verluste mehr bei Eurer Mannschaft beklagen zu müssen.«

Thomas Hodgson willigte schließlich ein, die zwölf Kisten nach Kalkutta zu bringen. Mit der Maßgabe, sie ausdrücklich an Bella persönlich zu liefern.

Jacob fühlte sich ein wenig schuldig, weil er, ohne es sich voll einzugestehen, zum ersten Mal in seinem Leben einem Menschen den Tod wünschte, und damit seine humanistischen Prinzipien verriet. Auch wenn er nicht aktiv am Tod von Makepeace-Keay beteiligt wäre: Sollte sein Plan aufgehen, dann war er passiv beteiligt, durch unterlassene Hilfe, und außerdem würde er sich über den Tod von Bellas Gatten freuen. Schadenfreude war etwas, was er normalerweise verachtete. Selbst Guillaume hatte er nicht mit dem Tode bestraft sehen wollen, obwohl ihn dieser übel verraten hatte. Es gab aber kein Zurück mehr, die Würfel waren gefallen. Pünktlich Mitte Oktober machte Hodgson die Leinen los und segelte Richtung Indien, wo er fast zeitgleich mit Bella und ihrem Gatten eintreffen sollte.

36. Kapitel: Doktor Francis Chandler

SIE HASSTE IHREN MANN MEHR, von Tag zu Tag. Wo war all das geblieben, weswegen sie ihn anfangs bewundert hatte? Die männlichen Eigenschaften, in die sie sich verliebt hatte? Von seiner arroganten, hochfahrenden Art, die sie in der ersten Zeit ihres Kennenlernens für eine aristokratisch-britische Tugend gehalten hatte, war nichts mehr übrig geblieben; sie hatte sich vielmehr in gezielte, herzlose Grausamkeit verwandelt. Ihr gegenüber ebenso wie den Dienstboten und allen anderen Indern, die es mit ihm zu tun bekamen. Beschimpfungen und Schläge waren an der Tagesordnung, wobei er sich bei ihr »nur« auf Beschimpfungen beschränkte. Bei aller weiblichen Unterordnung unter das Kommando dieses herrschsüchtigen Mannes, Schläge ihres Gatten hätte sie nicht geduldet. Sie litt jedoch auch jedes Mal mit, wenn einer ihrer Diener wieder angeblich etwas falsch gemacht hatte und dafür im Hof so heftig gemaßregelt wurde, dass die entsetzlichen Schreie bis ins Haus zu hören waren. Sie fühlte sich hilflos und heimatlos. So hoffte sie inständig, dass die zwei Jahre zu Ende gingen und Sir Howard Makepeace-Keay danach, zurück in England, wieder halbwegs normal werden würde. Oder dass vorher etwas geschähe, was ihr die Rückkehr ermöglichte; alleine womöglich.

Fünf Monate hatte sie bereits in Bengalen verbracht. Auch heute saß sie wieder auf der Veranda ihres Hauses in Fort William bei Kalkutta, der Zentrale der Ostindien Kompanie, einer Art inoffiziellen Regierungssitzes. Es war heiß, so heiß, dass gleich drei indische Bedienstete um ihren Schaukelstuhl herumstanden und ihr Luft zufächelten. Auf dem Tischchen neben ihr lag eine »Drunken Bottle« ihres Freundes Jacob Schweppe. Zärtlich strich sie mit der Hand über die Rundungen der Flasche.

Wenn ich richtig überlege, ist er mein einziger Freund, dachte sie. Der einzige Mensch, der mich noch niemals im Leben enttäuscht hat.

Sie trauerte für einen kurzen Moment der verpassten Gelegenheit nach, ihn geheiratet zu haben. Schüttelte aber den Kopf über ihre eigene Unvernunft.

»Damals ging das nicht. Da war er nur ein kleiner Goldschmiedsgeselle. Ach, hätten wir uns nur zwanzig Jahre später kennengelernt! Oder wären wir beide erst dreißig Jahre später geboren worden.«

Zu spät, zu spät, zu spät.

Der Diener nahm die Flasche aus dem Körbchen, es ploppte und zischte leicht, als die gelbliche Flüssigkeit sprudelnd ins Glas floß. Bella genoß diesen Anblick, und schickte jedes Mal einen innigen Dank nach London. Sie wusste ihren Gatten im Bürogebäude auf der anderen Seite des Hofes gut beschäftigt. Die Bürokratie der Kolonie konnte auch dem geduldigsten Mann den letzten Nerv rauben, und Makepeace-Keay war alles andere als geduldig. Während sie das Glas hob, um eine ihrer drei wöchentlichen Rationen Tonikum-Wasser zu trinken, schlug drüben mit Vehemenz eine Türe auf und ihr Gatte stürmte heraus, brüllend vor Wut.

»Verdammtes Niggervolk! Ihr treibt mich noch in den Wahnsinn!«

Mit hochroten Kopf lief er auf die Veranda zu, auf der Bella
den Vormittag genoss – zumindest so lange, bis sie ihres Gatten ansichtig wurde.

»Gebt mir Tee, sofort!«, rief er unwirsch, während er auf
das Haus zulief.

Ein Diener eilte sofort los, um den Wunsch des Haus-
herrn zu erfüllen.

Erschöpft, obwohl es noch früh am Morgen war, ließ Sir
Howard Makepeace-Keay sich in einen der zahlreichen Korb-
sessel fallen, die auf der Veranda um drei Tische gruppiert
herumstanden. Hämisch grinsend zeigte er auf die »Drunken
Bottle«, die nun geleert wieder im Körbchen lag.

»Hast du deine tägliche Dosis Altweibertonikum schon
eingenommen? Wie kann man so etwas nur trinken, wo es
doch so viel Tee gibt?«

Gierig ergriff er das große Glas mit lauwarmem Tee, das
ihm gereicht wurde, und er trank es fast in einem Zug aus.
Sein Gesicht glühte, ob vor Zorn oder Hitze, konnte Bella
nicht feststellen. Er wischte sich mit dem Ärmel seiner Uni-
formjacke den Schweiß von der Stirn, bevor ein Diener dies
erledigen konnte.

»Liebling, du schwitzt ja! Lass dir helfen.«

Bella versuchte, versöhnlich zu klingen. Noch niemals hatte
sie ihren Gatten schwitzen sehen, selbst in der größten Hitze
nicht. Makepeace-Keay winkte unwirsch ab.

»Lass mich zufrieden. Ich habe schlecht geschlafen, und
meine Glieder schmerzen. Ich werde heute Abend noch zeiti-
ger zu Bett gehen, dann ist morgen wieder alles in Ordnung.«

Bella nickte.

»Du wirst selbst wissen, was am besten für dich ist, Liebling.«

Plötzlich war Makepeace-Keay eingenickt, im Sessel. Das
hatte sie noch niemals erlebt. Ihr Mann zeigte normalerweise

keine Schwäche. Und dies hier, das konnte man durchaus als Schwäche auslegen. Sie ließ ihn eine halbe Stunde so vor sich hin dösen, dann gab sie dem Diener das Signal, ihn aufzuwecken. Makepeace-Keay schreckte hoch und wollte bereits lospoltern über die ungebetene Störung, als er bemerkte, wo er sich befand und was geschehen war. Unbeholfen stand er auf und murmelte:

»Ich gehe zurück ins Büro. Dort ist es ein wenig kühler.«

Er trat von der Veranda auf die oberste der drei Stufen und fiel ohne Vorwarnung die anderen beiden hinunter, bevor er mit dem Gesicht nach unten im roten Staub des Hofes liegen blieb.

Bella rief sogleich nach dem Standortarzt Sir Francis Chandler, während die Dienerschaft ihren Gatten eiligst ins Bett verfrachtete. Dort begann er innerhalb kürzester Zeit, heftig zu zittern. Schüttelfrost und Fieberschübe wechselten sich ab. Endlich kam Sir Chandler, ein ältlicher Herr mit Monokel, wirren Haaren, professoralem, weltfremdem Aussehen und in einer zerzausten Uniform, die wahrhaftig schon bessere Zeiten gesehen hatte. Seine imposante Whiskyfahne ließ wie seine Kleidung darauf schließen, dass er in der letzten Nacht kein Bett gesehen hatte, oder wenn, dann nur sehr kurz. Sein schlechter Ruf war legendär, und viele Angehörige der Kompanie ließen sich lieber von lokalen, bengalischen Ärzten behandeln, bevor sie ihr Schicksal in Doktor Chandlers dilettantische Hände legten. Ein bengalischer Arzt kam für Bellas Gatten aus verschiedenen Gründen natürlich nicht in Frage. Obwohl selber Offizier, salutierte Chandler zuerst einmal vor seinem Patienten. Noch bevor er seine Untersuchung beginnen konnte, erbrach sich Sir Howard Makepeace-Keay mit voller Wucht auf den Arztkoffer. Nach dieser kleinen Verzögerung, während Bellas Diener die Tasche reinigte, klopfte und hörte er seinen zitternden, wimmernden Patienten ab.

232

Bella fragte, sichtlich besorgt:

»Hat er etwas Falsches gegessen? Oder schlechtes Wasser getrunken?«

Sir Chandler erwiderte:

»Ich fürchte ja. Seit wann geht es ihm so schlecht?«

»Seit heute Vormittag. Das ging alles sehr schnell. Wir haben jedoch sofort nach Ihnen geschickt.«

Der Arzt nickte zufrieden.

»Das war vernünftig. Ich denke, wir werden ihn wieder hinbekommen.« Aufmunternd klopfte er seinem röchelnden Patienten auf die Schulter und fragte beiläufig:

»Sir, haben Sie sonst noch Schmerzen?«

»Fragt mich lieber, wo ich keine Schmerzen habe«, kam mit zusammengebissenen Zähnen die Antwort. »Ich fühle mich, als ob ich mich gerade selber durchgeprügelt hätte.«

Bella verspürte ein leichtes Gefühl der Genugtuung. Sollte er selber mal erfahren, was Schmerzen wirklich bedeuteten!

Doktor Candler war mit seinen Gedanken schon beim Gehen und erwähnte noch:

»Verabreichen Sie ihm viel Tee, und rühren Sie gelegentlich etwas Holzasche hinein. Das reinigt den Körper. In zwei bis drei Tagen sollte er wieder obenauf sein.«

Er salutierte erneut, lächelte aufmunternd und ging.

Die Krämpfe und Fieberschübe wurden in den nächsten Stunden immer schlimmer. Der sonst so beherrschte Offizier schrie seine Schmerzen hinaus, beschimpfte ohne Unterschied Gott und die Welt, das Land, in dem er lebte und seine Menschen, Freund und Feind, seine Gattin und seine Untergebenen, und schließlich sogar den König und seinen Dienstherrn. Dann wurde er ohnmächtig und wachte nur ab und zu kurz auf. Einige Stunden später fiel Sir Howard Makepeace-Keay endgültig in den Zustand des Hirntods. Alle Versuche, ihn aufzuwecken, schlugen fehl. In der folgenden

Nacht verstarb er, ohne sein Bewusstsein noch einmal wiedererlangt zu haben.

Bella setzte sich am nächsten Morgen auf ihre Veranda, ließ sich eine weitere Flasche ihres »Lady's Tonikum-Wassers« bringen und lächelte.

»Ich denke, die restlichen Flaschen werde ich nicht mehr benötigen«, sagte sie zu ihrem Diener. »Wir werden sie in der Lagerhalle unterstellen, bis der Nachfolger für meinen Gatten eingetroffen ist. Vielleicht bringt auch er eine Frau mit, die Verwendung dafür hat.«

Sie überlegte kurz, dann rief sie die gesamte Dienerschaft zu sich, in deren Gesichtern sich keinerlei Trauer widerspiegelte.

»Ihr habt alle erlebt, was heute Nacht geschehen ist, deswegen kommentiere ich die Vorfälle jetzt nicht weiter. Ich möchte euch bitten, alsbald all unser Hab und Gut zusammenzupacken, ich gehe zurück nach England. Ich fahre nachher nach Kalkutta und buche eine Schiffspassage. Und halte Ausschau nach einer Möglichkeit, wie ich den Leichnam meines teuren Gatten nach England überführen kann. Falls nicht die Ostindien Kompanie dafür geradesteht. Ich danke euch für eure Geduld und entschuldige mich für das Verhalten meines Gatten während der letzten Monate. Möge Gott seiner Seele gnädig sein.«

37. Kapitel: Die ›Drei Jerseymen‹

»Ich bin nun alt genug, um mich endgültig zurückzuziehen.«

Jacob und Colette saßen auf der Veranda von »Charthurst Place« und warteten darauf, dass Bellas Dienerin den Tee servierte. Bella war unversehrt und wohlbehalten aus Indien zurückgekehrt und in Jacobs Augen schöner als je zuvor. Auch bei ihr war keine Spur von Trauer im Gesicht zu erkennen.

Überschwenglich hatte sie sich bedankt.

»Mein Held und Lebensretter, alles würde ich für dich tun!«

Das Einzige, das Jacob von ihr gewollt hätte, getraute er sich immer noch nicht zu fragen. Stattdessen war es Zeit, Abschied zu nehmen.

»Was wirst du tun?«, fragte Bella, nachdem der Tee eingeschenkt worden war.

»Möchtest du England etwa wieder verlassen?«

»Ich weiß es noch nicht«, kam die leicht missmutige Antwort. Jacob schien auszuholen für eine längere Rede.

»Sieh mich an, liebe Bella. Ich habe in meinem Leben viel erlebt. Allein drei verschiedene Regierungsformen. Aufgewachsen bin ich in Hessen-Kassel, unter einem absolutistischen Fürsten – den du besser kanntest als ich –, der mir sogar das Kaffeetrinken verbieten wollte. Dann bin ich nach Genf gewandert, in eine Republik, die zwar nicht von Fürsten, dafür aber von Konventionen regiert wurde. Dort wurde mein geschäftlicher Erfolg erst möglich. Und dann London«, fast schmachtend sprach er den Namen aus. »Die Stadt des

Königs, die den Weg in die Zukunft weist. Die Stadt, die jede neue Verrücktheit bestaunt und jede verrückte Neuheit feiert. Hier, dachte ich jahrelang, wäre mein Platz. Aber ich bin alt geworden, und auch London hat mich enttäuscht, in gewisser Weise. Hier regiert nur noch das Geld. Was du mit der einen Hand einnimmst, zieht dir die Regierung doch aus der anderen Tasche wieder hinaus.«

Er schüttelte den Kopf.

»Vielleicht möchte ich nirgendwo sein, einfach frei. So wie früher, als ich von heute auf morgen entscheiden konnte, was ich tue.«

Colette nickte zustimmend, erwiderte aber:

»Ich bleibe in jedem Fall, liebe Mutter. Und wenn du möchtest, auch gerne an deiner Seite.«

»Das wäre fein«, sagte Jacob. »Ihr beide gehört zusammen, auch wenn es nicht immer so aussah in den vergangenen Jahren. Ich werde jetzt schauen, dass ich meine Firma an den Mann bringe, dann sehen wir weiter.«

Am Ende seines Geschäftslebens schloss sich so für Jacob Schweppe in gewisser Weise ein Kreis, denn er kehrte zurück zu seinen Ursprüngen aus dem Hugenottischen. Die letzten Jahrzehnte hatte Religion ihm fast nichts mehr bedeutet. Zumindest erheblich weniger als der Humanismus, dem er sich verpflichtet fühlte.

Bei der Suche nach fähigen Nachfolgern für seine Firma wurde er jedoch schließlich an drei Männer mit hugenottischem Hintergrund verwiesen, die aus ebendiesem Grunde besonders tüchtig und anständig seien. Und, wie alle Referenzen bekräftigten, es waren »keine Londoner Halunken«. Henry Lauzun, Francis Lauzun und Robert George Brohier machten zwar ab und zu in London Geschäfte, wurden aber allgemein, auch weil sie ständig zu dritt auftraten, nur die

»Drei Jerseymen« genannt. Brohier war der Jüngste der drei und ein Enkel von Matthieu Brohier, eines bekannten hugenottischen Kaufmanns aus dem südfranzösischen Vaucluse. Der hatte ein ähnliches Schicksal erlitten wie Jacobs Großeltern, nur dass er nach der Aufhebung des Edikts von Nantes nicht nach Hessen, sondern auf die englische Kanalinsel Jersey geflohen war. Die Lauzuns hatten Ähnliches hinter sich, wenngleich in weniger prominentem Rahmen.

Nachdem Brohier, die Lauzun-Brüder und er ihre Familiengeschichten ausgetauscht hatten, hatte Jacob überlegt, dass es auch genau umgekehrt hätte laufen können. Welches Schicksal hatte ihn nach Hessen gebracht und die Brohiers und Lauzuns nach Jersey? Hätte er auch auf Jersey ein gutes Leben gehabt? Und die anderen in Hessen? Nicht zum ersten Mal sinnierte er über Zufälle und Schicksalswege, ohne jedoch zu Antworten zu gelangen.

Die »Jerseymen« überzeugten Jacob, das Geschäft nicht nur nach erfolgsversprechenden, sondern auch nach Jacobs moralisch und humanistisch anständigen Prinzipien weiterzuführen. Auch den geforderten Preis akzeptierten sie. Zu Dreivierteln ging das Geschäft damit an die drei Männer von der Insel Jersey. Ein Achtel behielt Jacob selbst, ein weiteres Achtel erhielt Colette. Sein Profit aus dem Geschäft betrug bis dahin 1.200 Pfund Sterling, eine gewaltige Summe. Die Lauzuns und Brohier wollten die Firma unter dem Namen »Schweppes & Company« weiterführen. Eine Bedingung des Vertrags war, dass Jacob und Colette alle »Geheimnisse, Künste und Mysterien für den Prozess der Herstellung künstlichen Sodawassers offenbaren« müssten.

Der Wert der verkauften Anteile belief sich auf weitere 2.250 Pfund Sterling. Jacob Schweppe war ein gemachter Mann. Ein Jahr später verkauften er und seine Tochter auch noch die Hälfte ihres verbliebenen Viertel-Anteils der Firma.

Das 18. Jahrhundert war vorbei.
Ein neues Zeitalter begann.

Die neuen Eigentümer schafften in kurzer Zeit das, was Jacob verwehrt geblieben war: Erfolg über Londons Stadtgrenzen hinaus. »Schweppes« gab es bald schon in ganz England, in Wales und in Schottland zu kaufen. Die »Jerseymen« waren die ersten Geschäftsleute überhaupt, die im ganzen Land Werbung machten, und nicht nur in ihrer Stadt. Sie nutzten alle machbaren Transportwege, Kutschen und Karren genauso wie Frachtschiffe oder Fischerboote, um Schweppes-Produkte zum Kunden zu bringen. Der Erfolg des indischen Experiments wurde auf den Alltag übertragen: Die kleine Drahtagraffe, um den Glaskorken zusätzlich zu sichern, wurde Standard. So lange, bis die französischen Champagner-Produzenten einen Verschluss aus Korkeiche entwickelt hatten, der robuster und preiswerter war als Glas. Und der sich, wenn die Flasche auf der Seite lag, ein wenig ausdehnte, statt sich aufzulösen, und deswegen die Flasche perfekt abdichtete. Die Mineralwasser-Abfüller nahmen diesen Fortschritt gerne auch für ihre Produkte mit.

Die Jerseymen vereinbarten sehr bald eine Zusammenarbeit mit der Britischen Ostindien-Kompanie. Denn nicht nur war der Nachweis der Malaria-Prophylaxe durch chinarindehaltiges Sodawasser bereits erbracht, sondern es war dem Franzosen Antoine François de Fourcroy in Paris mittlerweile tatsächlich gelungen, den Wirkstoff »Chinin« aus der Chinarinde zu extrahieren. Was die Produktion des Tonikum-Wassers sehr erleichterte. Die Sterblichkeitsraten gingen danach drastisch zurück, nicht zuletzt dank Jacobs Erfindung. Und eines Tages war es auch endlich so weit, dass aus Jacobs Rezept für die lebensrettende Limonade, das Tonikum-Wasser, ein ganz offizielles Schweppes-Produkt wurde. Welches dann »Tonic-Water« genannt wurde. Dies erwies sich als kolossaler Erfolg im ganzen Britischen Weltreich, bei Bürgern, Adel und bei Hofe. Wasser mit Zitronensaft wurde fast beliebter als Tee. Und mit der Zeit bürgerte sich dafür der Begriff »Limonade« ein.

»Bei Hofe zuallererst dank Eurer Nichte, Prinzessin Victoria«, ergänzte die Gräfin und warf der jungen Prinzessin einen warmen Blick zu. »Und nun, ebenfalls auf deren Empfehlung, erfolgte die Verleihung des ›Royal Warrants‹, der Grund unseres Zusammenseins hier.«

38. Kapitel: Die Partner

»Der Vollständigkeit halber sollte ich wenigstens noch kurz berichten, wie es den drei anderen Partnern Jacobs in Genf nach der Trennung ergangen ist.«
Der König und seine Nichte nickten aufmunternd.

Nicholas Paul ging nach Paris, um dort ein Mineralwassergeschäft aufzubauen. Nachdem er keinen Erfolg hatte, kam auch er nach London und versuchte, allerdings ebenfalls ohne Erfolg, Jacob Schweppe hier direkte Konkurrenz zu machen. Daran zerbrach schließlich die Freundschaft, die trotz aller Unterschiede und geschäftlicher Differenzen bis dahin bestanden hatte. Schließlich kehrte er mittellos und gebrochen zurück nach Genf, wo er mit nur dreiundvierzig Jahren starb. Sein Vater Jacques war schon vorher verstorben.

Dem Apotheker Henri-Albert Gosse erging es um einiges besser. Er schied einige Jahre nach Jacob Schweppes Trennung ebenfalls aus der Firma aus. Er investierte danach in eine Porzellanfabrik nach dem Vorbild von Wedgwood, um dies als neuen Industriezweig in Genf zu errichten. Die Fabrik war jedoch erfolglos. Nach dem Tod seiner Frau wurde er Tempelritter und verschrieb sich der Förderung der Wissenschaften. Dem Salève, den er einst gemeinsam mit Jacob bestiegen hatte, blieb er zeitlebens eng verbunden. Er kaufte einen ganzen Hügel auf der Ostflanke des Berges, auf dem er zuerst ein Landhaus erbaute, und später einen Pavillon mit Freimaurersymbolen, den er »Temple de la Nature« (»Tempel der Natur«) nannte. Dieser Hügel heißt bis heute »Mont Gosse«. Henri-Albert Gosse wurde später korrespondierendes Mitglied der Académie Royale des Sciences und des Institut de France. Er begründete die »Schweizerische Naturforschende Gesellschaft«, deren Gründungssitzung in seinem »Temple de la Nature« stattfand. Er starb vor zehn Jahren, hochgeehrt und hochgeachtet in Genf. Seine Hilfe bei der Erfindung des Tonikum-Wassers hatte ihm Jacob nie vergessen, und bis zu seinem Tod waren die beiden freundschaftlich eng verbunden.

Über das weitere Schicksal von William Belcombe ist nichts bekannt.

39. Kapitel: Die Erbin

AN DIESEM, DEM DRITTEN und letzten Abend, saßen sie erneut
bis spät in die Nacht und lauschten gespannt den Worten der
Gräfin, noch länger als an den anderen beiden Treffen. Alle
Diener waren längst zu Bett gegangen. Der letzte Tee Victorias war lange schon kalt geworden, abgestanden der Rotwein
der Gräfin, während der Brandy des Königs einen mild-aro-
matischen, alkoholischen Schleier dämmernder Gemütlich-
keit über die Kaminzimmer-Atmosphäre gelegt hatte. Wenn
irgendjemand aus den dick mit Vorhängen verhangenen Fenstern hinaus in die stockdunkle Nacht geschaut hätte, er hätte
nur kalten, wabernden Nebel wahrgenommen. Nebel, der
fast zu den Türritzen hineinkroch, sogar hier, im Palast des
Königs von England. Irgendwann, lange nach Mitternacht,
fielen die Worte:

»Meine Erzählung ist hiermit nun fast (›almost‹) am Ende.«

Die Gräfin seufzte. Das Wort ›almost‹ hatte sie jedoch derart betont, dass sowohl der König als auch Prinzessin Victoria noch einmal aufgemerkt hatten. Die Prinzessin, die gleich
neben der Gräfin saß, ergriff deren Hand.

»Das ist eine wunderbare, romantische Geschichte, die Ihr
uns da geschenkt habt.«

Das Kaminfeuer war fast vollständig heruntergebrannt; die
letzten Flammen warfen gespenstische Schatten an die Wände.
Es knisterte leise. Der König meldete sich zu Wort.

»Nun, dann wollen wir das Ende auch noch hören.«

»Selbstverständlich, Euer Majestät. Was wäre eine
Geschichte ohne ihr Ende? Wie ich soeben berichtet habe,

kehrte meine Mutter, nachdem mein Stiefvater in Indien gestorben war, ohne Umstände und ohne schlechtes Gewissen nach England zurück. Dort traf sie sich ein letztes Mal mit Jacob. Danach schrieben sie sich lediglich noch. Unter den zahlreichen Briefen, die ich von ihr geerbt habe, sind auch einige an Jacob aus genau dieser Zeit. Darin bedankt sie sich noch mehrmals überschwenglich für seine Erfindung, und dass diese ihr tatsächlich, im Gegensatz zu meinem miserablen Stiefvater, das Leben und die Gesundheit erhalten hätte. Somit war auch Jacobs letzte Mission erfüllt gewesen, die er sich selbst gesetzt hatte. Also hat er seine Firma an die ›Drei Jerseymen‹ verkauft, nachdem er wusste, dass sein Tonikum-Wasser ein Erfolg gewesen war. Ebenso alles, was er an Geschäften, Patenten und Gerätschaften besaß. Er setzte sich als wohlhabender Mann in Genf zur Ruhe. Er reiste viel und war ein geschätzter Gast in vielen bekannten Häusern und wissenschaftlichen Zirkeln Europas. Mittlerweile ist seine Erfindung bei Euren Truppen in allen tropischen Kolonien zu Hause und hat gewiss schon Tausende vor dieser hinterhältigen Seuche bewahrt. Die Londoner Firma ›Schweppe & Company‹ ist nun schon seit einigen Jahren im Besitz von Sir John Kemp Welch und Sir William Evill, die Euch ihre ehrerbietigsten Grüße übersenden. Die Ernennung zum königlichen Hoflieferanten vor fünf Jahren haben sie noch persönlich von Eurer Majestät erhalten. Vielleicht erinnert Ihr Euch. Es war eine Eurer ersten Amtshandlungen nach der Thronbesteigung.« Der König nickte zerstreut, obwohl er keine Erinnerung hatte. Zu viel war seither geschehen. »Diese Ernennung war insofern wichtig, als dass die ›Drunken Bottle‹, nachdem Jacob Schweppe sie erstmals produziert hatte, seither sehr zahlreich und äußerst dreist kopiert wurde, von vielen anderen, schlechteren Konkurrenten. Ihr habt damals das Original ausgezeichnet, was Sir Kemp und Sir Evill Euch bis *heute hoch anrechnen. Und wenngleich es auch nun erneut darum ging, Original und Fälschungen kenntlich zu machen, so haben Sir Kemp und Sir Evill beschlossen, dieses Mal mir diese Aufgabe zu übertragen. Denn sie hielten es, aufgrund der Geschichte, die ich Euch heute und an den vergangenen Abenden erzählt habe, für eine gute Idee, wenn ich in ihrem Auftrag von Euch voller Dank und Demut diesen Royal Warrant in Empfang nehmen dürfte. Das würde Jacob sehr stolz gemacht haben.«*

Sie schnäuzte sich. Beinahe hörte es sich an, als entkäme ihr ein Schluchzer.

»Mit meiner Mutter, die danach nicht mehr geheiratet hat, führte er noch eine lebhafte und leidenschaftliche Korrespondenz, bis er 1821, in seinem einundachtzigsten Lebensjahr, in Genf friedlich verstarb. Er setzte sie als Alleinerbin ein, nachdem auch Colette, die zuletzt bei meiner Mutter geblieben war, schon viel zu jung verstorben war. Als Bella fünf Jahre nach Jacob verschied, kam alles in meinen Besitz.«

»Also habt Ihr das alles nicht selbst erlebt. Woher kennt Ihr diese Geschichte dennoch so gut?«, hakte der König nach.

»Von diesem Witzenhausen in – wie heißt es noch mal? – Hessen-Kassel, bis nach Genf und London? Lediglich aus all diesen Briefen?«

Die Gräfin erhob sich aus ihrem Sessel, nahm etwas aus ihrer Handtasche und ging hinüber zu dem Monarchen, dessen Konturen im Flackern des Kaminfeuers nur noch schattenhaft zu erkennen waren.

»Ich bin in die Fußstapfen meiner Mutter getreten«, war die Antwort. »Und ebenfalls Schriftstellerin geworden.« Sie überreichte dem König ein Buch. Auf dessen blütenweißem Umschlag stand in einfacher, gänzlich unverschnörkelter Schrift:

Die wundersame Geschichte eines Goldschmieds, der der Frau, die er liebte, das Leben retten wollte und dabei die Limonade erfand
von
Gräfin Antoinette Albertine Johanna von Wallenschnudt

Sie lächelte den König an. »*Eure Majestät braucht sich keine Sorgen zu machen. Ich habe die saftigen, Pardon: indezenten Stellen weggelassen. Und obwohl Ihr es nun also nicht mehr zu lesen braucht, so habe ich Euch doch eine Widmung hineingeschrieben.*«

Ende!

Nachwort

DIESER ROMAN BASIERT ganz, ganz lose auf dem Leben des Jacob Schweppe, der von 1740 bis 1821 lebte. Aber nichtsdestotrotz ist es ein Roman und keine Biographie. Das bedeutet, dass Handlung und Figuren grundsätzlich frei erfunden sind. Auch wenn einige Figuren dieses Romans recht eng an tatsächliche Personen der Zeitgeschichte angelehnt sind. In einem Roman ist es allerdings möglich, bestimmte biographische oder familiäre Details dieser Figuren aus dramaturgischen Gründen zu verändern und an die Handlung des Romans anzupassen. Von dieser Möglichkeit habe ich hier Gebrauch gemacht.

Für genauere biographische Details – viel gibt es nicht – empfehle ich die Website der Firma Cadbury Schweppes sowie die Wikipedia-Artikel zu Jacob Schweppe, der Firma Schweppes und Henri-Albert Gosse.

Danke

Ich bedanke mich bei meinen ersten Testleserinnen – meiner Schwester Doris und meiner Frau Alexandra, die sich gefreut haben, mal ein Manuskript von mir zu lesen, in dem es nicht um Bier ging.

Bei Anne Bies von der Buchhandlung Eselsohr in Bitburg für den Vorschlag, einmal mehr und stärkere Frauenfiguren einzubauen. Habe ich hoffentlich zur Zufriedenheit umgesetzt.

Bei der lieben Claudia Senghaas vom Gmeiner Verlag für das bewährt perfekte Lektorat.

Beim ganzen Gmeiner-Team für die jahrelange, gute Zusammenarbeit.

Und schließlich bei meinen tollen Lesern, die mir seit über zehn Jahren die Treue halten. Euch sage ich nur: Es gibt noch viele schöne Geschichten zu erzählen!

*Weitere Krimis finden Sie auf den
folgenden Seiten und im Internet:*

WWW.GMEINER-SPANNUNG.DE

GÜNTHER THÖMMES
Das Duell der Bierzauberer -
Aufstieg der Bierbarone
....
978-3-8392-2017-7 (Paperback)
978-3-8392-5281-9 (pdf)
978-3-8392-5280-2 (epub)

BIERKRIEG Im Jahre 1800. Im rasch wachsenden München boomt das Biergeschäft. Brauherr Gabriel Sedlmayr schaut bewundernd nach England, wo die Industrialisierung auch beim Bier Einzug gehalten hat. Über eine Freundschaft mit dem Besitzer der größten Brauerei Londons versucht er den Fortschritt nach München zu bringen. Doch durch ein tragisches Unglück werden aus den Freunden Feinde. Nun geht es nur noch darum, sich gegenseitig zu schaden. Mit Industriespionage und politischen Intrigen wollen die Bayern die Engländer mit ihren eigenen Mitteln schlagen. Aber der wahre Bierkrieg beginnt erst noch ...

GÜNTHER THÖMMES
Der Papstkäufer
. . . .
978-3-8392-1297-4 (Paperback)
978-3-8392-3915-5 (pdf)
978-3-8392-3914-8 (epub)

ZIELE DER FUGGER Der Augsburger Kaufmann Johannes Zink ist selbst in der korrupten Zeit zu Beginn der Renaissance eine ungewöhnliche Erscheinung. Als Faktor von Jakob Fugger in Rom tut er alles, um seine Ziele und die der Fugger durchzusetzen. Fürsten, Bischöfe und Kardinäle stehen in seinem Sold. Die Palette seiner Untaten ist vielfältig. Eines Tages schießt Zink nicht nur mit der Bestechung des Papstes über das Ziel hinaus …

GMEINER SPANNUNG

WWW.GMEINER-VERLAG.DE
Wir machen's spannend

LIEBLINGSPLÄTZE AUS DER REGION

GÜNTHER THÖMMES
So braut Deutschland
....
978-3-8392-1873-0 (Buch)
978-3-8392-5001-3 (pdf)
978-3-8392-5000-6 (epub)

WIR SIND BIER. Bier schmeckt immer gleich? Von wegen! Günther Thömmes zeigt, wo in Deutschland ganz besondere Biergenüsse warten – von Kaufbeuren bis Kiel, von Görlitz bis Trier und natürlich in Oberfranken und im Rheinland. Entdeckenswerte Biere kommen aus Einmannbrauereien, aber auch aus traditionellen, größeren Betrieben. Von malzig-süßlich über erfrischend-bitter, säuerlich, würzig bis herb-prickelnd: Entdecken Sie die Vielfalt mit den Augen eines Kenners und trinken Sie aus dem Maßkrug, dem Stössje, der Biertulpe oder der Berliner-Weiße-Schale.

WWW.GMEINER-VERLAG.DE
Mensch, Kultur, Region